古风清音

元曲精选集

许松华 ◎ 著

北京燕山出版社
BEIJING YANSHAN PRESS

图书在版编目（CIP）数据

古风清音：元曲精选集／许松华著.
——北京：北京燕山出版社，2018.1
ISBN 978 - 7 - 5402 - 5015 - 7

Ⅰ．①古… Ⅱ．①许… Ⅲ．①元曲－文学欣赏Ⅳ．①I207.24

中国版本图书馆 CIP 数据核字（2018）第 052589 号

古风清音：元曲精选集

作　　者　许松华
责任编辑　贾　勇　王迪
设　　计　张合涛
责任校对　岳　欣
出版发行　北京燕山出版社有限公司
地　　址　北京市丰台区东铁营苇子坑路 138 号
电　　话　010 - 65243837
邮　　编　100078
印　　刷　河北信德印刷有限公司
开　　本　880mm×1230mm 1/32
字　　数　187 千字
印　　张　8.75
版　　次　2018 年 8 月第 1 版
印　　次　2023 年 4 月第 2 次印刷
定　　价　46.00 元

前　言

　　对于未来世界的文化发展，许多年前，朋霍费尔曾预言："在文化方面，它意味着从报纸和收音机返回书本，从狂热的活动返回从容的闲暇，从放荡挥霍返回冥想回忆，从强烈的感觉返回宁静的思考，从技巧返回艺术，从趋炎附势返回温良谦和，从虚张浮夸返回中庸平和。"的确，有根基的世界是真正给我们带来希望的世界，我们也会在生命的碎片中看到某种意义。

　　在中华文化的价值观中，各个阶层的人对读书和求学问情有独钟。梁启超说过，"好文学是涵养情趣的工具，做一个民族的分子，总须对于本民族的好文学十分领略，能熟读成诵，才在我们的'下意识'里头，得着根柢，不知不觉会'发酵'"。而向来与唐诗、宋词并称为"一代之文学"的元曲，亦是通向未来世界的一道优美桥梁。与诗、词相比，元曲更贴近世俗生活，更接近当今语言，更具有开放色彩，更符合现代审美心理，以雅俗共赏见胜。

　　散曲始于金而盛于元。元代，是中华民族一个非常特殊的朝代。当剽悍的蒙古大军骑着骏马，挥着弯刀，挥师南下，终于建立煌煌元朝的时候，汉民族士人作了不同的选择。他们中极少数获得统治者的重用，绝大多数士人只能当中下层官吏，更多的士人，或常年奔走仕途，或漂零江湖，或游走勾栏，或落拓民间，或隐居深山。元朝的读书人走向了民间，走向了市井，这在中国两三千年的传统社会中也是极有特色的。独特的社会环境使它产生了不同于历代的文学精神，这也正是元曲独特的艺术魔力所在。

但是，中华民族的文脉不断。经由这些士人的爬剔深啜，元曲继承了自《诗经》至唐诗宋词的文化传统和艺术精华，充分吸收了元代鲜活的民间口语、俗语、俚语，更加不拘一格，更显得风趣诙谐、泼辣明快，嬉笑怒骂，皆成文章。由小令而散曲而套曲而杂剧，用人民大众喜闻乐见的艺术形式反映人民大众的喜怒哀乐，上演一幕幕历史大剧，宣扬普世道德，擦亮辨别美丑善恶的眼睛，宣泄人民大众的感情，更贴近民间市井，使元代的戏场变得格外热闹。

现存元代戏曲约四千余首，其中散曲今存小令 3800 多首，套数 450 多套。在生活节奏快，生活压力大的今天，要完全阅读、深入理解这些元曲，虽为盛宴却未免奢侈。本书优中选优，精选了脍炙人口、精美而具有鲜明特色的元曲，以小令、散曲为主，配以少量套曲，本着细读文本的精神做通俗易懂的深入解读，帮助读者充分理解元曲的艺术魅力，意在抛砖引玉，激发读者对元曲的兴趣，进而深入理解祖国博大精深的文化宝库。

目 录

羁旅情愁

风光物语

相思爱情

人间酬唱

怀古伤今

隐逸玩世

羁旅情愁

枯藤老树昏鸦，
小桥流水人家。
古道西风瘦马，
夕阳西下，
断肠人在天涯。

〔黄钟〕节节高·题洞庭鹿角庙壁①

卢 挚

雨晴云散，满江明月②。风微浪息，扁舟一叶。半夜心③，三生梦④，万里别，闷倚篷窗睡些⑤。

[注释]

① 黄钟：宫调名。节节高：曲牌名。鹿角，即鹿角镇，在今湖南岳阳南洞庭湖滨。

② 满江明月：指满湖明月。

③ 半夜心：指子夜不眠生起的愁心。心：思虑。

④ 三生梦：谓人的三生如梦。三生，佛家指前生、今生、来生，即指过去、未来、现在三世。

⑤ 些：少许，一会儿。

[赏析]

卢挚（约1243—1315），字处道，一字莘老，号疏斋，又号嵩翁，涿郡（今河北涿县）人，元世祖即位后较早起用的汉族文人之一，曾供职宫廷。他于二十岁左右，由诸生进身为元世祖忽必烈的侍从之臣，从此步入仕途。他的散曲，与姚燧齐名，时称"姚、卢"，与散曲大家马致远、杂剧女艺人珠帘秀等相唱和。今存散曲有小令一百二十首，残小令一。

这支小令是元成宗大德三年（1299年），卢挚出任湖南岭北道肃政廉访使，即贬谪南方，赴任途中所作。好不容易连日的阴雨停了，天朗气清，晴空一碧，月亮像新磨的明镜升上天空。诗人叫上仆人，登上了江边的小舟。船夫虽然对诗人月夜游湖的举动略感惊讶，但仍按照诗人的吩咐，划动了小舟。船缓缓地向江心驶去。清新的微风迎面拂来，江上微波粼粼，万点银光闪烁。八百里洞庭袒露在皎洁的月光下，上下晶莹如玉。一叶扁舟在辽阔的湖面，像漂浮的一片树叶。连日的烦闷和阴郁，在明澈的水月湖上，被洁净的湖风一吹，消散了很多。唉，有谁知道，在这万籁俱寂的子夜，还有一颗不眠的心醒着。不知千万里之外的亲人是否安睡？此次，从京城外放到湖南，伶俜愧孤影，可有谁知道自己为何独自在千里之外的湖面漂浮？

　　子夜心，三生梦，思量前世今生，有时偏指过去。遥思前贤唐代白居易自谓前身是巢父、许由（白居易《赠张处士山人》诗云："世说三生如不谬，共疑巢、许是前身。"），元代刘因自谓前身是李白（刘因《盆池》诗云："白发惊鱼应百我，扁舟捉月记三生。"），作者的前生难道是屈原、贾谊，才有今生这样的际遇吧？作者在其小令《折桂令·长沙怀古潭州》中以屈原、贾谊自比，他写道："朝瀛洲暮叙湖滨，向衡麓寻诗，湘水寻春。泽国纫兰，汀洲搴若，谁为招魂？空目断苍梧暮云，黯黄陵宝瑟凝尘。世态纷纷，千古长沙，几度词臣！"诗中的瀛洲，是传说中仙人所居之神山，暗指诗人曾供职的集贤院。那么，来生自己该变成何许样人？卢挚在《蟾宫曲·钱塘怀古杭州》中还提到了白居易和苏东坡，这首小令写道："问钱塘佳丽谁边？且莫说诗家：白傅坡仙。胜会华筵，江潮鼓吹，天竺云烟。那柳外青楼画船，在西湖苏小门前，歌舞流连。栖越吞吴，付与忘言。"其中"白傅"即白居易，"坡仙"即苏东坡。作者又遥想唐代僧人圆观临死时，与友人李源相约在杭州天竺三生石上相见，自己与心上人今生恐怕不能重逢，只能以来生相约。

种种复杂的感情一齐涌上作者心头。他愁绪千端，突可暂释，于是只有闷倚篷窗，希望小睡片刻，以求得心灵的安宁。但"客睡何曾着，秋天不肯明"（杜甫《客夜》），在这耿耿长夜之中，作者终难入梦。夜深露重，月亮悄悄向西移去，无垠的湖面，一叶扁舟在缓缓划过。

这支小令在澄澈明净的意境中，包含着作者复杂痛苦的感情。曲的前四句写景，诗中有画，画中有诗，动静结合，意境空灵；后四句抒情，言短情深，顿挫有力，而明月清辉与作者心头的阴云，平湖的静谧与作者内心的动荡，昔日的欢会与今日的离愁，这层层对比，无不加深着这篇短小的抒情曲蕴含的感情容量。

〔双调〕水仙子·夜雨①

徐再思

一声梧叶一声秋，一点芭蕉一点愁②，三更归梦三更后③。落灯花棋未收④，叹新丰孤馆人留⑤。枕上十年事⑥，江南二老忧⑦，都到心头。

[注释]

① 水仙子：曲牌名，又名凌波仙、凌波曲、湘妃怨等。

②"一声梧叶一声秋"二句：梧桐叶的落下，预示了秋天的到来，雨打在芭蕉上的声音更使人增添了一分愁闷。一点芭蕉，是指雨点打在芭蕉叶上。

③ 三更归梦三更后：夜半三更梦见回到了故乡，醒来时三更已过。归梦：梦归故乡。

④ 灯花：油灯结成花形的余烬。

⑤ 叹新丰孤馆人留：此借用唐代初期大臣马周的故事。《新唐书·马周传》记载马周年轻时，生活潦倒，外出时曾宿新丰旅舍，店主人见他贫穷，供应其他客商饭食，独不招待他，马周命酒一斗八升，悠然独酌。新丰：故址在今陕西临潼北，本秦骊池。汉刘邦定都关中，因其父太公思归故里，乃仿封地街巷格式改筑骊邑，并迁来丰民，故称新丰。

⑥ 枕上十年事：借唐人李泌（一说是沈既济）所作传奇《枕中记》故事，表达作者的辛酸遭遇之感慨。

⑦ 江南二老：指在江南家乡的父母双亲。

[赏析]

徐再思，生卒年不详，约 1320 年前后在世，元代散曲作家。字德可，浙江嘉兴人。曾做过"嘉兴路史"。他因好吃甜食，故号"甜斋"。他与另一个著名散曲家贯云石齐名。因贯云石号酸斋，后人把他们的作品合在一起，编为《酸甜乐府》。

这首小令写一位客居新丰旅馆的游子在秋夜产生的强烈的思乡情。瑟瑟西风吹动落叶，一声声报告秋天来到，绵绵雨点打芭蕉，一滴滴激起离愁。到三更归乡的梦醒后再也难以成眠。灯花落尽，棋盘上的残棋子也懒得去收拾。可叹新丰孤馆把游子滞留。像做梦一般想起十年往事，还有对江南二老的忧心，都一起涌上心头。

小令分为三个小段。第一小段写深秋之夜，勾起孤馆游子的无限愁思。开头描绘孤馆外凄寒的秋景：梧叶在秋风秋雨中飒飒落下，雨点打在芭蕉上沙沙作响，目之所见，耳之所闻，无不是秋容秋声秋夜寒。梧叶落一片，凄凉添一番；芭蕉响一声，愁肠增一分，连用四个"一"字，用夸张手法渲染出此夜的无限凄凉和愁思。客居者心烦意乱，夜不能寐。他只得借独自推敲棋路来消磨长夜，不知不觉地打了个小盹，梦见回了家，又忽然惊醒，把归家的好梦打断。第二小段写梦醒后所见孤馆内的情景。好梦醒来，时已三更。倦眼所见：棋盘还未收，灯油已燃尽，更觉眼前的一切恍如隔世。"叹新丰孤馆人留"把愁思更引深一层，"孤"，是把主观感情赋予到客观之物"馆"上；"留"是"叹"的缘起，写身不由己的羁绊之愁，从反面表达盼归的急切心情。第三小段由景及人，直抒胸臆，写客居者的重重心事，回忆起十年往事，更怀念年老的父母艰辛，酸甜苦辣一时俱上心头，忧愁萦怀，无以解忧，不禁慨叹自己身处异乡，为天涯飘零之客。

小令运用了"梧叶、芭蕉、灯花、棋"等传统意象，让读者联想起众多相关古诗词，大大丰富了小令的内容和情思。全曲语句流利，情景交融，感情真挚，十分感人。

〔越调〕天净沙·秋思①

马致远

枯藤老树昏鸦②，小桥流水人家。古道西风瘦马③，夕阳西下，断肠人在天涯④。

[注释]

① 天净沙：越调曲牌名，又名《塞上秋》。

② 昏鸦：黄昏时的乌鸦。

③ 古道：古老荒凉的小道。

④断肠人：指飘泊天涯、百无聊赖的游子。天涯：天边，这里指异乡。

[赏析]

马致远（约 1250 年—约 1321 年），元大都（今北京）人。字千里。一说致远就是他的字。晚年慕陶渊明，号东篱。他的生平事迹不详，《录鬼簿》说他曾做过江浙行省务官。元代时著名大戏剧家、散曲家，与关汉卿、郑光祖、白朴并称"元曲四大家"。马致远的《天净沙·秋思》在咏羁旅情愁类作品中独占鳌头，成为享誉千古的"秋思之祖"。

这首小令剪辑了一组极富深秋特点的景物，构成了一幅令人断肠的风景画。"枯藤、老树、昏鸦"三种景物渲染出昏沉、阴暗的氛围，与游子旅途疲惫、昏昏沉沉、故乡遥不可及的思乡情愁融合为一，而"小桥、流水、人家"，皴染出清瘦、寂寞、纤丽的画面，与前面昏沉浊重的意境形成对比。这新翻出的境界，表现了游子走了一程又一程，旅途漫长无尽头。"人家"的出现，使游子更深切地感到自己是一个落寞的异乡人，对"家"的向往更为刻骨。"古道西风瘦马"，在荒凉的古道上，西风飒飒，游子骑着匹瘦骨嶙峋的老马，令人担忧的是这马还能走多久。此处以"马"写游子的"瘦"。一个"瘦"字写出了游子又饥又饿、又渴又困，因思乡倍加清瘦的情态。而这时，夕阳已经向西边落下了，游子还飘泊在异乡，不知哪里是他的归宿呀。

小令选取特定的时间：深秋日暮；特定的地点：古道西风；特殊的背景：老树昏鸦，共同组成一幅日暮昏沉的画面，这位在古道上走了几百年的游子，至今还晃荡在西风古道上，让我们感悟到家乡的温暖，家乡的呼唤；感悟到我们每个人其实都是一位游子，终生晃荡在寻找自己精神家园的路上。

〔双调〕寿阳曲·洞庭秋月

马致远

芦花谢，客乍别①。泛蟾光小舟一叶②。豫章城故人来也③，结束了洞庭秋月。

[注释]

① 乍别：突然离别。

② 蟾光：月光。

③ 豫章城：今江西省南昌市，为古豫章郡治所。

[赏析]

在蟾光下泛一叶小舟出洞庭湖，再沿长江顺流东下，入鄱阳湖，转入赣江，最后抵达豫章城，结束"洞庭秋月"这段漂泊生涯。

这首小令描写了作者漂泊生涯的片段。小令开头，作者描绘了一幅秋水伊人、他乡离索的孤寂画面：芦花飘逸，秋风萧瑟，蟾光月夜，乍别的客子，泛一叶小舟，沿着浩渺的长江漂摇而去。"芦花谢"点明离别的季节是萧索的秋天。芦花，在古诗词中经常与离别连成一体。孟浩然诗云："月明全见芦花白，风起遥闻杜若香。"陆游诗云："日淡风斜江上路，芦花也似柳花轻。"因此，"芦花谢"暗示着离情的凄凉愁苦。"客乍别"说明离别实出不得已，其中有作者不愿言明的苦衷。不过，从

"泛蟾光小舟一叶"可约略窥探。"蟾"或"蟾光"比喻夫妻思别之情。白居易诗云："照他几许人断肠，玉兔银蟾远不知"，暗示作者心灵受到刺激。此行明明是离愁，作者借"芦花""蟾光"略加点染，给读者以超然象外的逸趣。最后两句交代了作者的行踪。作者曾经在豫章城游历，此来算是故地重游，因此，在"乍别"又添了几分暖意，找到了归宿地，结束了漂泊的生涯。故结尾"结束了洞庭秋月"，表达了作者如释重负的庆幸语气，那种长吁一口气的"结束了"，反而增加了经过心身挣扎、羁旅漂泊的艰危之感，使这首小令具有更丰富的想象空间。

〔双调〕寿阳曲·潇湘夜雨

马致远

渔灯暗①，客梦回②。一声声滴人心碎。孤舟五更家万里，是离人几行清泪。

[注释]

① 渔灯：渔船上的灯火。

② 客梦回：游子从梦中醒来。回：醒来。

[赏析]

这首小令抒发离家万里、奔波在外的羁旅者的思乡之情。第一句写游子被潇湘夜雨惊醒时的情景。潇湘夜雨是身处孤舟的羁旅游子所处的环境，是他被命运抛至孤立困境的象征，也是他情感的出发点。夜晚，潇湘之间忽然下起瓢泼大雨，游子悚然惊醒。但见江面被笼罩，远处的渔灯变得昏暗不明。冷雨昏灯，让游子更加清醒地意识到自己处境的凄冷荒寒，一个"暗"字奠定了全曲悲伤黯淡的气氛。开篇六字，两幅画，语言凝练，感情充沛。第三句由人写到情。游子被大雨惊醒，触动了离情。那一滴一滴的雨声，就像一条条鞭子在抽打着他。他的心一阵阵作痛，快要碎了。这一句明是写景，实是写情，是失意者痛苦情感的外化。为什么有这种"滴人心碎"的感受呢？第四句作了回答。在这孤舟之上，游子想到远在千里之外的亲人，直到五更还不能入睡，内心掀起巨大的情感波澜。最后一句是全曲的情感结点，既回应了开头的"暗"，又与潇湘夜雨合二为一。这哪里是雨，那一滴一滴的，都是游子的思乡泪！作者运用比喻和夸张的手法，描绘出离情万种，天涯漂泊之苦。全曲情景交融，情感真切动人，语言朴素简洁，有很强的艺术感染力。

〔中吕〕普天乐·平沙落雁①

鲜于必仁

稻粱收，菰蒲秀②，山光凝暮，江影涵秋。潮平远水宽，天阔孤帆瘦。雁阵惊寒埋云岫③，下长空飞满沧州④。西风渡头，斜阳岸口，不尽诗愁。

[注释]

① 平沙落雁：此为"潇湘八景"之第五首。

② 稻粱：稻谷和高粱，此处泛指庄稼。菰（gū）蒲：菰是多年水生草本植物。蒲亦是水生植物，即苇子，可以编席。

③ 云岫（xiù）：指云雾缭绕的峰峦。岫，峰峦。

④ 沧州：水边比较开阔的地方，常用指隐士住地。

[赏析]

鲜于必仁，生卒年不详。字去矜，号苦斋。渔阳郡（治所在今天津蓟县）人。大约生活在元英宗至治（1321—1323）前后。其父太常博士鲜于枢（1246—1302）是元代著名的书法家、诗人。鲜于必仁虽出身官宦家庭，自己却是一生布衣。因其性情达观，常常寄情山水，浪迹四方。明人朱权《太和正音谱》评其词"如奎壁腾辉"。

这首散曲描绘了清秋时节辽阔的江边晚景，抒发了游子漂泊异乡的无限忧思。稻谷已经收割，水边的菰莆婀娜秀美。山沟暮色凝聚，江水宽阔平静，秋空辽远空旷，孤帆显得更加瘦小。雁阵为秋寒所惊，穿过山边薄云，落在江边沙滩上；红日西沉，秋风吹拂着渡口，游子凝目痴望，无尽的诗思与情愁在心中郁积。

散曲前四句描写江边晚景。"山光凝暮"化用了王勃《滕王阁序》中的"烟光凝而暮山紫"，而把山光与暮色凝结在一起，显得更为简洁。作者用"稻粱收"反衬"菰莆秀"；通过江上的倒影描绘山光与岸边的风物，使景物的层次更深。五六句描绘江上的景象，意境与"潮平两岸阔，风正一帆悬"恰成对比。"孤"，写出了游子羁旅的孤独和心境的凄凉；"瘦"，用小舟一叶反衬天空的高远、江面的辽阔，同时又映衬出游子的愁思和憔悴，言简意丰。七八句描写天上的雁阵。"雁阵惊寒"化用了王勃《滕王阁序》中的"雁阵惊寒，声断衡阳之浦"，天已凉而游子犹漂泊在外，更加剧了漂泊、凄寒之感，写景中渗透着浓郁的思归愁绪。最后三句，借景抒情。红日西沉，秋风吹拂着渡口，游子在渡头凝目瞩望，这个特写镜头宛如一幅远眺盼归的雕像，把有家不得归的愁绪和羁旅漂泊的无奈，洒满山光水色，留下不尽余味，给人特别的凄美感，与"夕阳西下，断肠人在天涯"有异曲同工之妙。

〔双调〕庆东原·泊罗阳驿①

赵善庆

砧声住②，蛩韵切③，静寥寥门掩清秋夜。秋心凤阙④，秋愁雁堞⑤，秋梦蝴蝶⑥。十载故乡心，一夜邮亭月⑦。

[注释]

①泊罗阳驿：泊，暂住，寄宿。罗阳：地名，故址不详。驿：驿站，古时供应递送公文的人或来往官员暂住、换马的处所。

② 砧（zhēn）：捣洗衣服的垫石。

③ 蛩（qióng）韵切：蟋蟀的叫声急促。蛩，蟋蟀。

④ 凤阙：原为汉代的官阙名，后用为皇宫的通称。这里指京城，朝廷。

⑤ 雁堞：堞，城墙上的矮墙，雁堞即城墙上雁阵状的墙垛。这里代指城池。

⑥ 秋梦蝴蝶：用庄周梦蝶的典故，说明作者人生如梦的感觉。

⑦ 邮亭：即驿站。

[赏析]

赵善庆，生卒年不详，元代文学家。一作赵孟庆，字文贤，一作文宝，饶州乐平（今江西乐平县）人。其散曲今存小令29首，皆见于《乐府群玉》。内容多写景咏物、抒发羁旅思乡之情。

这是作者夜泊罗阳驿写下的一首小令，描绘了一个寂寥清冷的秋夜景象，表达了作者天涯漂泊、疲惫思乡的感情。捣衣的砧声已住，蟋蟀的叫声急促。静悄悄紧闭房门掩住了凄清的秋夜。心愁国事，身在异地秋愁怎样排解。奔波劳碌，时光飞逝，常有人生如梦的感觉。仰望今夜驿站上空的明月，是它牵起我十年来对故乡的思念之情，深挚而迫切。

小令共三个小段。第一小段描绘了一幅冷清寂寥的秋夜图。"砧声"和"蛩韵"是两个浸透着深厚传统文化和情感色彩的意象。砧声，即捣衣声。乐府《子夜四时歌·秋声第一》："风清觉时凉，明月天色高。佳人理寒服，万结砧杵劳。"李白《子夜吴歌》："长安一片月，万户捣衣声。秋风吹不尽，总是玉关情。"在古代，每到秋天，家家为游子赶制寒衣，那单调而亲切的捣衣声，怎能不勾起征人对故乡的深切思念？捣衣声已经静息了，夜已经很深了，作者仍在思家的情绪中煎熬，夜不能寐，而蟋蟀的低吟又声声入耳。在古诗词里，蟋蟀意象往往与对生命的悲叹联系在一起。《诗经·蟋蟀》："蟋蟀在堂，岁聿其莫。今我不乐，日月其除。"《诗经·七月》："鸣蟋蟀兮在床，步幽阶兮神伤。"对生命的感叹总是与对时光的感叹相联系，"蛩韵切"，蟋蟀那长长短短、高高低低、急杂如密雨的吟咏，更让作者感到时光流逝、人生短促、功业无成的切肤之痛。"砧声"也好，"蛩韵"也好，都是以声写静，又用环境的静谧反衬作者内心的不平静，并引出第三句。"静寥寥门掩清秋夜"由室外而室内，描绘作者寂寥冷清的居处，勾勒出无限伤怀的情绪。秋天秋夜又秋声，耿耿不寐秋夜长，愁上加愁，愁煞人也！

第二小段，一句一个"秋"字，一句一种心事，一种情怀。"秋心凤阙"，言为朝廷烦忧。元朝政治很少有安稳的时候，作者的命运也因之飘转如蓬草；"秋愁雁堞"，言为边防事操心。边防的不安定，让生活期间的每个人都有身危的感觉；"秋梦蝴蝶"，言人生的困惑感。这诸多的烦恼，让人生出人生如梦的感觉，希望像蝴蝶一样翩然飞出这烦扰的尘世。连用三个"秋"字反复抒怀，真是疲惫交加，肝肠百结，不胜愁思，为最后的第三小段作了过渡和铺垫。"十载故乡心，一夜邮亭月"是全曲的点睛之笔，羁旅在外的游子托月传情，在"十载"与"一夜"对比的巨大反差中，表达了浓郁的思乡情。

〔双调〕水仙子·客乡秋夜

赵善庆

梧桐一叶弄秋晴，砧杵千家捣月明，关山万里增归兴。隔嵯峨白帝城①，捱长宵何处销凝。寒灯一檠②，孤雁数声，断梦三更。

[注释]

① 嵯峨（cuó é）：山高峻貌。

② 檠（qíng）：灯架，借指灯。

[赏析]

这是作者客居异乡时写下的一首小令，表达了游子思乡之情。如霜的月光下，梧桐悄然落下一片叶子，叶子在空中久久飘转，恋恋不肯落下。单调的捣衣声传得很远，这亲切熟悉的声音，激起我强烈的思乡之情，哪怕关山阻隔，千里迢迢！无奈白帝嵯峨，关山难越，卧后清宵，绵长无限，此愁何处可销？在漫漫长夜里，好不容易做了一个归家的美梦，又被数声孤雁凄厉的叫声惊醒，眼前只有一盏孤灯。

小令共三小段。第一小段情感的落点在"增归兴"上，写孤旅秋夜引起思乡之情。激发归思的，是"梧桐、砧杆、明月"这些意象。梧桐在夏末秋初就开始落叶，因此常用来代表"秋至"。李咸用的"片叶井梧秋"，岑参的"秋飒梧桐覆井黄"，都用梧桐象征秋天的到来。第一片梧桐树叶的悄然飘落，让人在这细微的瞬间，察觉凉秋即至。因其隐微，愈发让人感知岁时的悄然更替，意识到生命时光的减少，因而激起"悲秋"的情绪。一个"弄"字，不仅形象地描绘出梧桐叶袅袅飘落的姿态，而且用拟人化手法赋予这片叶子对梧桐的缱绻不舍。"砧杆千家捣月明"化用了钱起的"四野山河通远色，千家砧杆共秋声"和李白的"长安一片月，万户捣衣声"句意。明月下，视通万里，把故乡和客居地融合为一；砧声里，秋思千家，使天下离人两地伤情。思及此，更让游子伤情。第二小段前句写恨不得即夜行回家，可是关山万重，情感"碰壁"，愁情千回百折；后句写浓郁的乡思无处安放，更觉夜长难捱。第三小段写梦醒后更感孤凄。这三句，作者运用了倒置法，使句子萦回着一股潜沉回溯的意味。"寒灯"是旅途孤寂的象征物，戴叔伦《除夜宿石头驿》："旅馆谁相问，寒灯独可亲。一年将尽夜，万里未归人。"杜牧《旅宿》："寒灯思旧事，断雁警愁眠。"孤雁是引起归愁的传统意象。刘禹锡《闻雁》："接影横空背雪飞，声声寒出玉关迟。上阳宫里三千梦，月冷风清闻过时。""孤、寒"正是作者此时的心境，作者把主观情感投注在馆内的"灯"和野外天空的"雁声"中，使情和景紧紧融为一体，在"断梦三更"处戛然而止，留有怅惘不尽的余味。

这首小令，最突出的特点，是用"梧桐、砧杵、明月、关山、寒灯、孤雁"等大量的传统意象，其中每一个意象都能够串起大量的情感和意识流。经过读者的想象和体验，再创造出主人公所处的情境，十倍于作者提供的意象，因此，小令的艺术感染力大大加强。

〔中吕〕普天乐·江头秋行

赵善庆

稻粱肥，蒹葭秀①。黄添篱落②，绿淡汀洲③。木叶空，山容瘦。沙鸟翻风知潮候④，望烟江万顷沉秋。半竿落日，一声过雁，几处危楼⑤。

[注释]

① 蒹葭（jiān jiā）：芦苇。秀：开花吐穗。

② 篱落：住家的篱笆。落，人聚居之处，即院落、村落。

③ 汀洲：水中或水边的平地。

④ 沙鸟：指海鸥、沙鸥。

⑤ 几处危楼：几处高耸的楼阁。

[赏析]

稻子高粱硕果累累正丰收，江边蒹葭开花，颀长清秀。黄澄澄的果实挂满农家的篱笆，芳草惨淡枯萎遍布汀洲。树林中叶子凋残有些空疏，青山的形容也已经消瘦。沙鸥在秋风中上下翻飞，因为知道潮汛到来的时候。远望一片烟雾笼罩着万顷江面，迷蒙浩渺，那气象正是深秋，离地半竿的落日上，秋雁一声长鸣，掠过了几处高楼。

　　这支散曲写江头秋行所见所闻，描绘了一幅清丽明朗的秋景图，抒发了游子思乡之情，是写景名作。作者用整齐而活泼的语言，描绘了四幅画。前四句为丰收图，是平视所见。江边、沙洲、篱笆，视野开阔，远近尽括；庄稼肥实密致与芦苇萧疏秀美，疏密相间，黄绿相衬，对比明朗。"黄、绿"借代"稻粱、蒹葭"，"肥、秀"写出了瓜果飘香、秋姿明秀的丰收景象，"添、淡"描绘了由夏转秋的变化过程，十四个字将秋色渲染得充满生机，富有诗意。"芦苇"的摄入，已现离愁情绪。五六句为萧瑟的秋山图，是远视所见。两句之间为因果关系，因为叶落千山，使山峰显露出突兀嶙峋的山体，着一"瘦"字，传神地描绘出山容清癯的容貌。七八句为淡远的秋江图，是从平视而远视所见。"沙鸟翻风"化用杜甫《登高》"风急天高""鸟飞回"意，着一"知"字，把鸟、江和人连接为一体，这七个字以一连串的动作连贯起来，炼字准确。后一句，以"望"字领起了全句。秋色本虚，着一"沉"字，化虚为实，使秋色成为有重量、可触摸之物，不仅以万顷烟江烘托出秋光无限、秋色深沉，而且描绘了万顷烟江在秋色中的轮廓，也可理解为"万顷烟江蕴含着沉沉秋色"，可谓镌刻如画。

　　最后三句为设想之景。与其说是所见之景，不如说是因情设景。在中国的古典诗歌中，"落日、雁、楼"常为表达乡情的意象。孟浩然《途次》："年心愁客心，乡思重相催。"刘长卿《秋杪江亭有作》："日落更愁远，天涯殊未还……寒渚一孤雁，夕阳千万山……。"岑参《巴南舟中夜书事》："见雁思乡信。"司空曙《寒塘》："乡心正无限，一雁度南楼。"白居易《江楼闻砧》："一夕高楼上，故园千里心。"这样的例子不胜枚举。作者以此为媒介，接通了广阔的文化源；又以"半竿""一声""几处"皴染，使日在将落未落之间，雁声在已断未续之时，高楼在参差错落之处，触发羁旅思乡之情，不仅画面具有疏宕之趣，而且也将作者的愁情淡化为若有若无，使之从容典雅。作者的羁旅乡思之情从这四幅画中由实而虚徐徐出之，曲词俊雅，富有情趣。

〔中吕〕醉高歌过摊破喜春来·旅中①

顾德润

长江远映青山，回首难穷望眼。扁舟来往兼葭岸，人憔悴云林又晚。

篱边黄菊经霜暗，囊底青蚨逐日悭②。破清思晚砧鸣，断愁肠檐马韵③，惊客梦晓钟寒。归去难！修一缄，回两字寄平安④。

[注释]

①醉高歌过摊破喜春来：为中吕宫带过曲，由同属中吕宫的"醉高歌"和"摊破喜春来"两支曲子组成。原缺题，据《全元散曲》补。

②囊底青蚨逐日悭：意为口袋里的钱一天比一天少。青蚨，传说中虫名，钱的代称。干宝《搜神记》："南方有虫，名青蚨，大如蚕子。取其子，母即飞来，不以远近，虽潜取其子，母必知处。以母血涂钱八十一文，以子血涂钱八十一文。每市物，

或先用母钱，或先用子钱，皆复飞归，轮转无已，故《淮南子·万毕术》以之还钱，名曰青蚨。"悭：吝啬。此是"少"的意思。

③ 晚砧：傍晚的捣衣声。檐马：即檐间的铁马（风铃）。

④ 修一缄：写一封信。缄，将信封口，此代指信件。

[赏析]

顾德润，生卒年均不详，约元仁宗延佑末（1320 年前后）在世。字君泽，一作均泽，号九山，一作九仙，松江（今属上海市）人。曾任杭州路史，后迁平江路史。《太和正音谱》评其曲"如雪中乔木"。

元曲中的散曲除过小令和套数之外，还有一种带过曲，是从套数里摘出来两支或三支连唱的曲调。带过曲是间于小令、套数之间的体裁，跟双叠或三叠的词调相似。这首带过曲表现了落魄仕子漂泊旅途的穷愁和乡思。前一曲主要写景，后一曲重在抒情，但情中带景。长江水远连天际，青山倒映碧水中，回头看望不到边，只有小舟来去穿梭在芦苇江岸。游子心烦，看山林烟影蒙蒙，一天又到傍晚。篱笆墙边的菊花经霜后金色消减，囊中的铜钱一天天变空，日子越来越艰难。晚风传来砧声惊破我的思绪，房檐上风铃声声让人愁肠百结，拂晓时寺钟又把思乡梦打断。归去难啊归去难，只能写一封信，写上两个字，报平安。

开篇四句的"醉高歌"描绘了长江远景，水面开阔，青山倒映水中，风光无限，点明作者是在行舟中。"回首难穷望眼"，"回首"表现了游子对"来处"的眷顾之情，"来处"何在？自然是他的家乡、故居；"难穷望眼"，一个"穷"字，表现了游子睁大眼睛，穷尽目力回望家乡，可是哪里能望得到？表明他已远离故乡，孤旅飘零，一种深深的孤独和惆怅涌上心头。三四句用"扁舟"写游子的孤独漂泊，用"蒹葭"衬托憔悴的游子。"云林又晚"点名时间，暮色苍茫，正是"鸡栖于埘。日之夕矣，羊牛下来"的时候，"思归"之情愈炽，"又"字写出了这种"思归"情绪日复一日，不知何时是尽头的怅惘。"人憔悴"借景抒情，表现了游子愁云笼罩，愁思郁结，愁眉紧锁的境况。这支曲子寥寥几笔，勾勒长江旅途中的秋日风光和黄昏景象，与游子孤旅飘泊的寂寞、为生活奔波的艰辛相映衬，突显出迟暮潦倒、飘泊无依的情状，凄清苍凉的气氛笼罩篇首。

后七句的"摊破喜春来"则进一步刻画旅途秋色、游子穷愁，抒发沉郁的乡思。篱边黄菊被寒霜侵袭摧残，衬托游子的憔悴；"暗"借景抒情，实写游子心中黯淡。囊中的钱越来越少，日子也更艰难，思量前景，倍觉心寒，在这种心境中投旅夜宿，又无钱买酒，情状堪哀。故这"囊底"一句已为下文蓄势。"破清思晚砧鸣，断愁肠檐马韵，惊客梦晓钟寒"三句写游子夜晚的情状。先是"晚砧鸣"，"砧鸣"意味着天气日趋寒冷，人们日夜赶制寒衣。它打破了游子的思绪，加剧了游子的漂泊感，更引起游子对家乡的思念；"砧鸣"停后，夜更深，也更静了。接着，挂在檐间的铁马，被夜风摇动，发出有节奏而单调的响声，使穷愁的游子不能入睡，以至思绪沸腾，愁肠如断。然后是"晓钟寒"，寒风送来一声声报晓的钟声，惊醒刚要入梦的游子。游子就是这样度过了一个不眠之夜。这三句组成一组鼎足对，捣衣声、檐铁声、晓钟声，有远有近，由晚到晓，打破了旅途中夜的静谧，叩击着夜不能寐的游子之心，加剧了主人公心境的难堪之感。"归去难"是全曲的核心，它以一声长叹，道出了作者思乡而不能归去的隐衷，逼出全篇最后两句："修一缄，回两字报平安。"在写给家人的信中，不言自己的穷愁潦倒，不言自己的漂泊心酸，而只用"平安"二字回报，体现了游子对家中人的体贴、宽慰，也表明了只有"平安"二字尚可告慰深深眷念自己的亲人，背后更透出游子的无尽辛酸。全曲层层渲染，情景交融，把游子迟暮、潦倒、漂泊无依的凄凉悲伤的心境表现得淋漓尽致，不愧为"雪中乔木""曲中上品"。

〔中吕〕红绣鞋·晚秋

李致远

梦断陈王罗袜①，情伤学士琵琶②。又见西风换年华。数杯添泪酒③，几点送秋花。行人天一涯④。

[注释]

① 陈王：指三国魏曹植，封陈王。罗袜：这里指代美人。

② 学士琵琶：化用唐白居易《琵琶行》事。白居易曾为翰林学士，谪居浔阳时，因感琵琶女的弹奏技艺和飘零身世而作《琵琶行》，有句云："同是天涯沦落人，相逢何必曾相识。""座中泣下谁最多，江州司马青衫湿。"故云"情伤"。

③ 添泪酒：宋范仲淹《苏幕遮》词："酒入愁肠，化作相思泪。"

④ 行人天一涯：《古诗十九首》之一："行行复行行，与君生别离。相去万馀里，各在天一涯。"

[赏析]

　　李致远（1261—约1325），名深，字致远。江右（今江西）人，至元中，客居溧阳（今属江苏）。李致远生活于元初，有才而穷困不遇，与文学家仇远相交甚密。据仇远写给李致远的《和李致远君深秀才》诗中谓其"有才未遇政何损，知尔不荐终当羞""亦固穷忘怨尤""一瓢陋巷誓不出，孤云野鹤心自由"，可以看出他仕途不顺，一生郁郁不得志，但性格孤傲清高。《太和正音谱》列其为曲坛名家，评其曲曰："如玉匣昆吾。"

　　这支小令借晚秋之景抒写穷愁困厄。小令开头以虚拟实，从梦中与洛神相会着墨。洛神宓妃貌美，善弹七弦琴。一次劳动之余，宓妃拿起七弦琴，奏起优美动听的乐曲来。不巧，河伯听到，被宓妃的美貌所吸引。于是河伯化成一条白龙，在洛河里掀起轩然大波，吞没了宓妃。宓妃被河伯押入水府深宫，终日郁郁寡欢，只好用七弦琴排遣愁苦。作者说从梦中醒来，有如白居易作《琵琶行》那样伤感，意谓自己与洛神同病相怜。然白居易尚有琵琶女同"青衫湿"，作者却只能与梦中洛神相会，愁苦内蕴其间。"又见西风换年华"，因西风而知秋至，人生又老去一岁，抑郁沉下僚，华发生两鬓，焉能不悲酸？于是，饮酒浇愁，几杯酒下肚勾起伤心的眼泪。因何下泪？作者欲言又止，更费人猜度。下句"几点送秋花"，在晶莹的几点泪光中送走了秋天的黄花，"几点"，无奈多余伤感，这种强自压抑而又不能抑制的满腹悲愁，更富有动人的力量。可是无奈又怎么办呢？还得继续东奔西走，营谋生计，独自一人浪迹天涯。结尾一句照应前曲的"添泪"，尤其惹人悲伤，出现在我们面前的，是萧条的深秋，作者背着瘪瘪的包袱，骑着瘦驴，在让人断肠的小路上一步步远去。这支小令风格清丽，感情内敛，寥寥数笔就勾勒出一幅秋光图，在留白蕴含丰富的内涵。

〔正宫〕小梁州·九日渡江

汤 式

秋风江上棹孤舟①，烟水悠悠，伤心无句赋登楼②。山容瘦，老树替人愁。

[幺]樽前醉把茱萸嗅③，问相知几个白头④。乐可酬，人非旧。黄花时候，难比旧风流⑤。

[注释]

①棹：即划船。篷：即用竹木、苇席等制成的遮蔽日光、风雨的设备。

②"伤心"句：汉末王粲去荆州投奔刘表，未被重视，偶登当阳城楼，作《登楼赋》抒写心志。后以"王粲登楼"作客子思乡、怀才不遇的典故。

③茱萸：一名越椒，是一种有香气的植物。

④相知几个白头：叹年华已逝，白发催人老。

⑤黄花时候：即菊花盛开的时候，此指九月九日。"旧日风流"指过去的风流人物陶潜。

[赏析]

汤式，生卒年不详。字舜民，号菊庄。元末象山（今属浙江）人。元末明初散曲作家。曾补象山县吏，因不得志，后落魄于江湖间。入明，流寓北方，明成祖朱棣为燕王时，待汤式甚厚。朱棣继位后，永乐年间亦常有赏赐。

　　汤式生活在元末明初，曾浪迹江湖多年。这首《小梁州》大约写于他流浪期间。小令从烟水茫茫的秋江之上一只孤舟写起。全曲写在一个特殊的日子，作者登上高楼，先写远眺大江的景象：茫茫秋江，一叶孤舟在风涛中浮沉出没，让人油然兴起人生孤独的慨叹；"烟水悠悠"烘托出一派凄凉迷茫的心绪。远隔浩浩大江，作者欲归而不能。继而写周围的山容。正是深秋时节，山上的树叶都落了，一派萧条，作者不禁伤心无语，感觉那枯黄的老树都为自己哀愁。然后写近景。作者在面前的桌子摆了两尊水酒。这一方座位是给自己的，那一方座位却空无一人。他给自己满上一杯酒，举杯时看一眼对面的空座，更生"少一人"之感，仰头将酒吞下，喉咙里辣辣的，辣辣的酒一杯接一杯，大醉时拿起茱萸放在鼻子下细细地嗅，仿佛要从茱萸的清香中嗅出故乡亲友的味道。他不由得对茱萸长叹，自己都年纪老大，家乡的父老亲朋有几人能活得白头到老？快乐容易找，但与故旧的情谊难以重拾。黄花依旧而人情已无；知音恒久远，真情永流传，这支小曲表达了作者对故友亲人的思念之情。

〔双调〕蟾宫曲·旅况

阿鲁威

　　理征衣鞍马匆匆①，又在关山，鹧鸪声中。三叠阳关，一杯鲁酒②，逆旅新丰③。看五陵无树起风④，笑长安却误英雄。云树濛濛，春水东流，有似愁浓。

[注释]

　　① 征衣：旅人之衣，比喻奔波之意。

②鲁酒：薄酒。春秋时鲁国所酿酒味薄。

③逆旅新丰：新丰，汉代京城长安附近县名，在今陕西临潼县东。逆旅，旅舍。唐代名臣马周未做官时客游长安，住在新丰旅舍中，受尽店主人白眼。

④看五陵无树起风：语出杜牧《登乐游原》："看取汉家何事业？五陵无树起秋风。"五陵，西汉高祖长陵、惠帝安陵、景帝阳陵、武帝茂陵、昭帝平陵，均在长安一带。

[赏析]

阿鲁威（约1280—约1350），字叔重（一作叔仲），号东泉，人亦称之为鲁东泉。蒙古人，其名汉译又作阿鲁灰、阿鲁等。他的蒙、汉文都有相当高的水平，是元代蒙古族散曲家的优秀代表。

这首小令抒写了作者于羁旅行役中怀才不遇的慨叹。整理齐行装骑乘，匆匆跨上了征程。又亲历了关山的风尘，又听到了鹧鸪"行不得也"的啼声。送别的歌曲已经唱罢，一杯薄薄的水酒壮行，寄居在新丰客舍，不见知遇之人。看五陵荒芜，再无坟树惹起秋风，帝王的霸业也那样无凭。笑长安的事业功名，把多少英雄误尽。远方的云树濛濛一片，难辨难分，那滚滚东流的春水啊，就像我心中浓重的愁情。

小令共四小段。第一小段突兀而起，如天风海雨，奄忽而至。作者行色匆匆，一次次地整顿行装，穿越重重关山，耳畔鹧鸪声声。"征衣鞍马"言长途跋涉，公务在身，暗示不得不行之劳顿。"匆匆"言行速之疾，仿佛让人能听到马蹄的得得声。"又"，言身似浮萍，行踪飘忽，是作者的自伤、自嘲、自解、自叹。这里的"鹧鸪声中"，不一定是实指。在唐宋诗词中，常用鹧鸪鸣声喻不如意事、羁旅之愁。此处的鹧鸪声暗喻受官身所驱，辗转行役，心中明知是徒劳，却又无可奈何地不断踏上征程，表达了作者心与身的矛盾与苦闷。满目异乡山水，满怀离愁别绪，满耳鹧鸪声声，使曲子一开头就透着惯历风霜的沉郁悲壮。第二小段三句写旅途下榻时的愁绪满怀。"三叠阳关"是作者在孤馆中自己唱给自己听，在这支离别歌的反复哼唱中，把对故乡亲人的思念渲染得特别浓郁。"一杯"，反衬作者愁绪满怀，心事重重；"鲁酒"淡薄，反衬郁闷之深、愁思之浓。作者的愁思、郁闷、牢骚、失意、潦倒、孤寂、落寞，用故作洒脱的"一杯鲁酒"言之，更显得惆怅、无奈；更见辛酸、落魄。"逆旅新丰"用马周客乡受辱的典故，表达落魄风尘、怀才不遇的感慨。这三句运用了倒置法，营造了可巡回咏唱的效果，抒写作者下榻新丰旅馆后，欲归不得，欲罢不可之苦。第三小段写到京城后的感受。前句是对历史的睥睨，后句是对时世的牢骚。"树"是表示墓主地位和后人纪念的标志，"五陵无树起风"，表示汉家事业不名一文，当年的豪杰身后寂寞，他们所谓的功业尽成空。"笑长安却误英雄"既表达了作者猎取功名的自信、看淡功名的旷达，又含有书剑飘零、功业无成的自嘲和无奈。这两句把历史和现实熔铸在一起，表达了作者在此也是目空古今，却又难以实现抱负的惆怅、落寞。结尾三句借景抒情，"云树濛濛"从空间角度描写作者的愁之广漠，"春水东流"从时间的角度写愁之深长，这种"浓愁"包含历史、现实，身世、家国之慨。全曲纵横捭阖，悲壮苍凉，激越铿锵，大似词笔。

〔双调〕殿前欢·客中

张可久

望长安，前程渺渺鬓斑斑。南来北往随征雁，行路艰难。

青泥小剑关①，红叶溢江岸，白草连云栈②。功名半纸，风雪千山。

[注释]

① 青泥：指青泥岭，又名泥功山。在今陕西略阳县西北，古为入蜀要道，道路崎岖曲折，坎坷难行。

② 白草：枯草。连云栈：栈道名，在陕西汉中地区，全长四百七十里，为古代川陕地区栈道。

[赏析]

张可久（约1270～约1350），字小山（一说名伯远，字可久，号小山），庆元（治所在今浙江宁波鄞县）人，元朝重要散曲家，剧作家，与乔吉并称"双璧"，与张养浩合为"二张"。他的生平不可详考，只知他颇长寿，至正年间尚在世。仕途上不很得意。平生好遨游，足迹遍及江南各地。晚年居杭州。今存小令八百多首，套数九，是元散曲家中留存作品最多的，其数量是作品存世第二的乔吉作品的四倍。

这首散曲抒写作者蹭蹬仕途，半生挣扎的辛酸。眺望长安，前程一片渺茫，鬓发已银白斑斑，追随那南来北往的征雁，经历多少险难。泥泞路滑青泥岭，蜀中天险小剑关，红叶纷飞溢江岸，白草飞沙连云栈。得了个半纸功名，穿越风雪千山。

全曲共四小段。第一小段描述白发斑斑的作者眺望长安，只觉得前途渺茫的情景。"望长安"化用李白"长安不见使人愁"的句意，此处"长安"指元朝首都大都（今北京）。元代统治者极端轻视知识分子，才华横溢的作者内心充满矛盾。他曾反复讴歌归隐生活的乐趣，可是又摆脱不了名利的羁绊。为了谋取前程，他长年累月淹留在外，一生仕途蹭蹬，却沉沦下僚。这其中有多少隐衷酸楚，有多少感慨不平，只有作者自己最清楚，"前程渺渺鬓斑斑"道出了作者的满腹辛酸。句首一个"望"字，既表示作者希望得到朝廷重用的渴念，又表明距离遥远，暗含可望不可即的酸楚。两句点明了滞留"客中"的原因。第二小段写奔波仕途的艰苦。"南来北往随征雁"描写自己的行踪，展示空间的广大和时间的辽阔。一个"随"字，暗示做幕僚身不由己的伤感。在天南地北、春夏秋冬的辗转奔波中，不仅要强颜侍人，还会遭遇风波，"行路艰难"正是作者的切身感受。"行路艰难"语带双关，暗含李白《蜀道难》诗意，语简情长，可谓和泪哽咽之语。

第三小段具体描写"行路艰难"。青泥岭，《元和郡县志》云："悬崖万仞，上多云雨，行者屡行泥淖，故号青泥岭。"剑关，地势险要，张载《剑阁铭》云："一夫荷戟，万夫趦趄。""红叶溢江岸"暗用白居易《琵琶行》诗句："浔阳江头夜送客，枫叶荻花秋瑟瑟。"又云："住近湓江地底湿。"一来表明天涯漂泊之感，二来用白居易触怒权贵遭贬谪之事，来抒发感叹：宦海风波险恶多！"白草"比喻苦寒，岑参："燕支山西酒泉道，北风吹沙卷白草。""连云栈"比喻道路奇险。把"白草连云栈"联合起来，句意即查德卿《寄生草·感叹》云："如今凌烟阁一层一个鬼门关，长安道一步一个连云栈"。此三句具有丰富内涵，它包含有不同时间的交织："青泥"的长年云遮雾湿，可说是代表了一年四季，"红叶"代表秋天，"白草"代表冬季；它包含有空间的延伸："青泥"句为蜀地，"白草"句为西北，"红叶"句则是江南。这样，便将"南来北往"的时空具象化，把"行路艰难"形象化了。

第四小段结尾两句，是全曲的小结，是作者对追求功名旳总体评价。作者用"风雪千山"总结奔走仕途的艰辛，用"功名半纸"概括历尽千辛万苦追求的目标，二者对仗工整，形成强烈的对照。"半纸"，表示无足轻重，体现了作者对"功名"二字价值的认识，流露了作者内心深处对功名富贵的轻视。然而，功名既不值得追求，而又不得不去追求；明知"前程渺渺"却还要奔走于千山风雪之中，这是何等的矛盾！这种矛盾使作者的一生染上了悲剧的色彩。这种悲剧不仅仅是属于作者个人的，而且代表了当时无数知识分子的命运。结句表达了对轻贱人才的蒙元统治者的愤怒抨击，也是对生活期间的知识分子不幸命运的深切同情。

〔双调〕蟾宫曲·旅怀

郑光祖

弊裘尘土压征鞍②，鞭倦袅芦花③。弓剑萧萧④，一径入烟霞⑤。动羁怀⑥、西风禾黍⑦，秋水兼葭，千点万点、老树昏鸦，三行两行、写长空哑哑，雁落平沙⑧。曲岸西边，近水湾、鱼网纶竿钓艖⑨，断桥东壁，傍溪山、竹篱茅舍人家。满山满谷，红叶黄花。正是凄凉时候，离人又在天涯。

[注释]

① 蟾宫曲：曲调名，也叫折桂令。

② 弊裘（qiú）：破旧的皮衣。

③ 鞭倦袅芦花：慢慢挥动着鞭子，抽打得芦花摇曳。袅：摇曳不定貌。

④ 萧萧：这里是形容行人带着弓剑的神态。

⑤ 烟震：山水的气岚。

⑥ 羁怀：旅客的情怀。羁，辔头。

⑦ 禾黍：庄稼。

⑧ 写高寒呀呀：写同"泻"，这里作斜飞解。呀呀，雁的尖叫声。"长空"有的版本作"高寒"。

⑨ 纶竿钓槎：纶，丝做的鱼绳，竿即钓竿。钓槎（chá），钓鱼的小船。

[赏析]

郑光祖，生卒年不详，字德辉，平阳襄陵（今山西襄汾县）人。他是元代著名的杂剧家和散曲家，所作杂剧在当时"名闻天下，声振闺阁"。与关汉卿、马致远、白朴齐名，后人合称为"元曲四大家"。按：这首小令又名《蟾宫曲·弊裘尘土压征鞍》，一名《蟾宫曲·梦中作》。这首小令《阳春白雪》题作白贲，《御定词谱》也题作白贲词《百字折桂令·弊裘尘土压征鞍》，字句略异。

这首小令抒写了游子的羁旅愁怀。骑在马上，衣衫破弊，满身灰沙尘土；马鞭儿也已懒得像芦花那般摇舞。客子佩带着冷清清的弓剑，一直走往晚云的深处。西风把庄稼吹得哗哗作响，寒澄的秋水掩映着苇芦，这一切都拨动了久客他乡的愁绪。瑟缩的乌鸦，黑压压地站满了路旁的老树。三两群雁阵，在高天中排列成字，又呀呀地俯冲着，在平旷的沙滩上驻足。曲岸西边，水流在急速地打转，张设着渔网钓竿，有一只孤零零的小船泊住。断桥东头的溪滩上，茅舍疏篱，望得见几家村户。红叶黄花，缀满了秋天的山谷。这一切都已悲凉不堪，况且客子漂泊在天涯的长途！

小令从人物入手，勾勒出一幅倦客羁旅图。"弊""倦""萧萧"等字，显示了征人长途跋涉的经历；而"一竟入烟霞"则含有漫无目的、不知所之的迷茫意味。然后，以"动羁怀"三字，带出一串冷落的秋景，深深触动远行人的情怀。作者选择一系列富有特征的荒村景物，运用白描手法，从地上到空中，从西边到东边，从容写来，挥洒自如，笔如转环，绘制了一幅带有立体感的凄凉秋景，画面的凄清，用字的雅丽，音调的谐婉，给人以艺术上精美的感觉。

结尾两句"正是凄凉时候，离人又在天涯"点明了作者本意，不仅使前边的景物描写有了着落，而且把萧疏的秋景与天涯游客的思情紧紧交织在一起，有画龙点睛之妙。这同马致远的名作《天净沙·秋思》一样，都是在写景之末点明"人在天涯"，用景色来衬现旅愁。只是《秋思》小令仅有寥寥数语，用语经济，这首《旅怀》用了许多的衬字，句法变化大，意境也写得更加开阔。《太平正音谱》评云："出语不凡，若咳唾落于九天，临风而生珠玉。"

〔中吕〕普天乐·浙江秋

姚 燧

浙江秋①，吴山夜②。愁随潮去，恨与山叠。寒雁来③，芙蓉谢。冷雨青灯读书舍④，怕离别又早离别。今宵醉也，明朝去也，宁奈些些⑤。

[注释]

① 浙江：即钱塘江。为兰溪与新安江在建德会合后经杭州

入海的一段。因为通海，秋天多潮，以壮观著称。

　　②吴山：山名，也叫胥山，在今杭州市钱塘江北岸。

　　③寒雁：秋分后从塞北飞到南方来过冬的大雁。

　　④青灯：即油灯。因发光微青，故名。

　　⑤宁奈：忍耐。些些：即一些儿。后一个"些"字读"sā"，语尾助词。

[赏析]

　　姚燧（1238—1313），字端甫，号牧庵，洛西（今属河南洛阳）人，祖籍营州柳城（今属辽宁朝阳）。他的祖先在辽金两代做过高官，伯父姚枢，金亡后仕蒙，后来加入忽必烈幕府，是元初著名的汉族儒臣。姚燧三岁那年父亲姚格亡故，伯父姚枢收养了他，并对幼年的他非常关切，要求也十分严格。姚燧三十八岁被荐为秦王府学士。一生仕途坦畅，官至翰林学士承旨。

　　这首小令是姚燧的代表作之一，表达了送别友人的难舍深情。钱塘江边，吴山脚下，正值清秋之夜。离愁随江奔涌去，别恨似吴山重重叠叠。北雁南来，荷花凋谢。清冷的秋雨，灯盏的青光，更增添了书斋的凄凉、寂寞，怕离别却又这么早就离别。今晚且图一醉，既然明朝终将离去，还是忍耐一些。

　　小令分为三层，前四句为第一层，诉说作者的离愁别恨。开头大笔勾勒，仅用八字就为送别地描绘了一幅辽阔清冷的秋夜江山图，借浙江的秋潮、吴山的夜色，渲染离愁别恨。紧接着用"愁随潮去，恨与山叠"分别照应前句的浙江、吴山，以"愁"比"潮"，以"恨"比"山"，形象深刻地写出了离愁别恨之多、之重，正是"才下眉头，却上心头"，绵绵不绝。中四句为第二层，写"怕离别又早离别"的孤凄处境。天上，寒雁哀鸣；水池中，芙蓉凋谢，寒塘雁影，秋景萧条，更兼秋雨绵绵，冷雨敲窗，黯淡令人凋朱颜。作者采用由外到内、由上到下的写法，动静掩映，层层渲染，将读者的视线导引到室内的主人公。对室内主人公的描写纯用侧面描写的手法，寒舍、青灯、书，烘托出主人公的孤影伶仃。人物的心情从"寒雁、枯荷、冷雨、青灯、书、舍"几个意象中衬托出来，更具有深沉含蕴的感染力。在充足的铺垫后，用"怕离别又早离别"点化，使"怕离别"的心情增添了令人心悸的动人力量，而"早离别"又使别情变得撕心裂肺。作者着意刻画这孤寂冷清的处境，既表现了对友人的渴盼之情，又描写出友人别离后自己的悲伤难过。期盼、向往和呼唤，使友人感到自己是他离不开的朋友，增进了彼此间的友情。末三句为第三层，写不忍别离。"今宵"与"明朝"以时间之仓促，突出短暂相聚的珍贵，可谓"一刻值千金"，极言彼此情谊之深，对方在自己心目中地位之重。"醉也""去也"连用表肯定的"也"，一咏一叹，堪咏堪叹，俯仰之间甚是感慨。到了"宁奈些些"，不仅词气唏嘘，简直是强忍哽咽，情不能自已。全曲描画了三幅图，由送别地点，转而想朋友去后自己的孤寂，继而回到送别地饮饯行酒，场景转换，情感流连，益转而情愈浓，是写别离、友情的杰作。

风光物语

几枝红雪墙头杏，
数点青山屋上屏。
一春能得几清明，
三月景，
易醉不易醒。

〔越调〕天净沙·春

白朴

春山暖日和风，阑干楼阁帘栊，杨柳秋千院中。啼莺舞燕，小桥流水飞红①。

[注释]

① 飞红：指落花。

[赏析]

白朴（1226—约1306），原名恒，字仁甫，后改名朴，字太素，号兰谷。祖籍隩州（今山西河曲附近），后徙居真定（今河北正定县），晚岁寓居金陵（今南京市）。他出生在一个官宦之家，父亲白华在金朝官至枢密院判，和著名文人元好问是通家之好。元好问曾亲自教白朴读书，使他受到极为良好的教育。白朴一生以亡国遗民自居，终身未仕。白朴与关汉卿、郑光祖、马致远并称"元曲四大家"。

白朴一生优游林泉，对山水自然有一份很深的感情，大自然的美景也被他融入笔端。他有一组《越调·天净沙》，一共八首，写春、夏、秋、冬四时景色。这一首写春景：山绿了，阳光暖了，吹起和煦的春风。楼阁上少女凭栏眺望，高卷起帘栊。院子里杨柳依依，秋千轻轻摇动，院外有飞舞的春燕，啼啭的黄莺，小桥之下流水潺潺，落花飞红。这首小令描绘出一幅明媚的春天景象，洋溢着蓬勃的生机，表现了作者对自然、对生活的热爱。前三句，由外景、中景而内景，作者由远处的春山写到近处的楼阁，由帘栊写到院中的人，每句话都是由名词构成，每个名词都是一个风景，组成一组流畅的风景画。画面景、物、人和谐相配，动静结合，描绘有序，层次分明。后两句以动景为主，由天上写到地面。景物剪裁巧妙，静态的小桥则以动态的流水搭配，春水潺潺则以"飞红"点缀，画面顿时灵动起来。小令像一幅明朗温婉的春天画廊，色彩明丽，生气洋溢，惹人喜爱。

〔越调〕天净沙·冬

白 朴

一声画角谯门①，半庭新月黄昏，雪里山前水滨。竹篱茅舍，淡烟衰草孤村。

[注释]

① 谯（qiáo）门：建有瞭望楼的城门。

[赏析]

白朴的《越调·天净沙》，一共八首，写春、夏、秋、冬四时景色。这一首写冬景：黄昏时分，月牙儿初升，城楼上的亭子里，半明半暗；山前、水畔都被皑皑的白雪所覆盖，城下枯草遍野，在淡淡的炊烟之中，静卧着一座孤村，竹篱茅舍，若隐若现。此情此景，动人哀思。

这首小令描绘出一幅冬日的晚景图，表达了一种莫名悲凉的感情。全曲五句，接连描绘出画角、谯门、半庭、新月、黄昏、雪、山、水、竹篱、茅舍、淡烟、衰草、孤村十三种景物，构成了一幅令人动容的冬景图。作者运用"点染"手法写景。"点"，是点出景物，"染"是对景物的特点加以描写。以"染"

为例,如,"角"是"画角";"门"是"谯"楼的门;"庭"是"半庭";"月"是"新月"。又,雪里、山前、水滨;"竹"篱,"茅"舍,"淡"烟,"衰"草,"孤"村,皴染出一幅清寂、萧瑟、安恬、淡远的冬景水墨画。因为冬天是静寂的,因此全曲以视觉描绘为主,只有首句从听觉的角度写。在这幅山寒水瘦、岑寂萧疏的图景中,响起一声画角声。"角声数声鸣咽,云漫漫"(牛峤《定西番》),这如鸣咽般的画角声,一下子打破了冬日的沉寂,给冬日增添了活力。这一声画角声又给人以悲凉的感觉。它究竟是向人们报时呢,还是在泣诉被征入伍、常年戍边征战的士卒思乡的痛苦呢?是常年戍边战士思乡的悲咽呢,还是父母妻儿在向他们的亲人发出团聚的呼唤呢?作者把不尽的余味留于词句中,因此首句是全曲的点睛之笔。它居于句首的关键位置,给全曲定下了苍凉的基调,给人以难言的凄怆之感。

〔中吕〕迎仙客·括山道中①

张可久

云冉冉,草纤纤②,谁家隐居山半崦③。水烟寒,溪路险。半幅青帘④,五里桃花店。

[注释]

① 迎仙客:中吕宫曲牌名。括山:指括苍山,在浙江省东南部。

② 纤纤:草木茂盛的样子。

③ 崦:山坳。

④ 青帘：酒旗。

[赏析]

　　这首小令描绘了山中春天的美景，表达了山居的乐趣。前三句写山居的优美环境，天上的云彩缓缓地飘飞，纤纤的细草碧绿一片，是谁家的房舍在半山坳里若隐若现？一笔描绘天上的云彩，一笔描绘山上的碧草，用云彩、碧草和山的眼影来烘托山坳里的房舍，充满诗情画意。且"冉冉、纤纤"与居士的恬淡闲散、文采郁郁的气度十分和谐。故意不言自己的家而用旁观的"谁家"引起，更充分地表达了惊奇赞美之情。后三句写山居的形胜之美。房舍之下，溪水潺湲，水上弥漫寒烟，溪水旁边山路陡峭而且艰险，用山路的"险"和水的"寒"，写出山居探险般的乐趣，并由山溪指引，沿山路而涉，山环水绕，眼前的境界豁然开朗：远处半幅青帘招展，是五里外桃花路边的酒店。青帘"半幅"，似隐而现，更增画意。酒店飘香，正是"相逢饮一杯"的好去处，更何况酒店外还有桃花烁烁，真是人间胜境，妙趣无穷！这首小令注重用境界迭出的艺术趣味裁剪景物，写景层次十分清晰。作者好像一个好客的导游，先把客人引至山中家中，再沿山溪路而行，看到一个酒店，立刻热情相邀客人进去饮一杯！

〔双调〕清江引·梦回昼长帘半卷①

钱　霖

　　梦回昼长帘半卷，门掩酴醾院②。蛛丝挂柳绵，燕嘴粘花片，啼莺一声春去远。

[注释]

① 清江引：曲牌名。

② 酴醾又称荼蘼：花名。

[赏析]

钱霖，生卒年均不详，字子云，世居松江（今属上海市）南城。博学，工文章，不为世用，遂为黄冠（即道士），更名抱素，号素庵。约元仁宗延佑前后在世。生平事迹亦无考。善作散曲，有醉边余兴，《录鬼簿》称其"语极工巧"。

钱霖因不为世用，遂弃俗为道士，本曲是其弃俗入道所作。这是一首借景抒情的佳作。漫长的白天，午睡醒来窗帘半卷，院门深掩，荼蘼花开得好鲜艳。蛛丝挂满柳絮，燕嘴里衔着落花片，黄莺儿声声啼叫向人报告春天已经离去好遥远。

这支小令宛如一帧清婉的初夏图，表达了作作者对美好春天眷恋不舍的心情。初夏夜短昼长，天气逐渐变热，容易犯困，让人感到慵懒无力。"窗帘半卷，院门深掩"就是这种气候的体现，并营造了一种清寂的氛围，烘托荼蘼花开的茂盛鲜艳。这是对院内地面上风景的描绘。荼蘼花的秾丽，让作者感到夏天已至，春天即逝。于是不禁抬起头"寻觅春天"。此时，作者在写景时，选取了极为细微、纤丽的几个镜头："蛛丝挂柳绵"尚为常见，"燕嘴粘花片"堪称绝妙的瞬间，意境极其美艳，而此时，黄莺儿叫声清脆亮丽，这些都构成了暮春才去不远的意象，而欲挽留春天，无处把捉。那种美好事物一去难返的"春颓"，那种留恋难舍的惆怅，那种微妙的情感波澜，犹如"燕嘴粘花片"，给人留下深刻难忘的印象。

〔中吕〕阳春曲·春景①

胡祗遹

一

几枝红雪墙头杏②，数点青山屋上屏③。一春能得几清明？三月景，宜醉不宜醒。

二

残花酝酿蜂儿蜜，细雨调和燕子泥④。绿窗春睡觉来迟⑤。谁唤起？窗外晓莺啼。

[注释]

① 中吕：宫调名。阳春曲：曲牌名，又名《喜春来》。春景：曲题。

② 红雪墙头杏：作者乍看枝头，以为看见了红色的雪，仔细一看，才知到原来是红杏已经开花了。

③ 屏：作动词，是说奇山像屏风一样衬在屋后。

④ 燕子泥：形容燕子正在衔泥筑巢。

⑤ 绿窗：绿色纱窗。觉来迟：睡到很晚才起来。觉：醒。

[赏析]

《阳春曲》这个曲调原本就是用来吟咏春天的。胡祗遹这一组《阳春曲·春景》共有三首，这里选其中第一首和第二首。

第一首咏初春，可以叫作"春晴"。开篇两句写景。首句写墙头杏花。杏花是什么样呢？像堆琼砌玉的红雪一般，这就生动地突出了花的繁茂。雪因杏更白，杏因雪更红，彼此掩映，更加鲜明艳目。第二句继续描写青山，"数点青山"，是形容青山远远地点缀在屋后的样子。这两句是描写春天特有的景物，墙头有几株杏树，树上繁花似锦，透着雪一样的晶莹润泽屋后几座青山，这景象是不是就是一幅风景画呢！作者采用剪点取景的方法，杏花则取"几枝"，青山则饰"几点"，轻轻点染，使这幅画显得更加摇曳多姿。三四句写作者的感受。他赞叹地说，三月的景色实在太美了！所以，最适合饮酒作乐，最适合自在悠游地陶醉其中。看似在发议论，实则是抒情，是赞美这阳春三月的令人陶醉，在醉眼朦胧中，这景色将会更美，流露了作者在这大好春光中的悠然和满足的心情。

第二首可名"春睡"，写出了春天的美好。这时春天已接近尾声，花儿也逐渐凋零了，而且春雨蒙蒙的，一般多愁善感的作者，都会为这样的气氛感到伤感，但是作者不同，他反而觉得残花会酝酿花蜜，雨水正有利于燕子筑巢，这样的景致一样充满生气。这首小令在艺术上很有特色，前两句描写了春雨蒙蒙的蜂飞燕舞的晚春景象：所剩不多的花间，蜜蜂纷飞采蜜；斜斜的细雨中，燕子在软泥间衔泥筑巢，这是一幅生机蓬勃的迷人画面。作者运用拟人手法，不言蜜蜂采花酿蜜，而说蜂儿蜜是残花酝酿的；不言燕子在细雨中衔泥，而说细雨给燕子调和了泥，这就使残花、细雨显得更加多情，增添了动人的清韵。这两句对仗工整，动静结合，细腻传神。第三句化用了唐朝诗人孟浩然的"春眠不觉晓"，表现春天时一种悠闲、慵懒的情绪。这个人后来被窗外的黄莺给吵醒了，在此，作者又化用了唐朝诗人金昌绪一首五言诗："打起黄莺儿，莫教枝上啼。啼时惊妾梦，不得到辽西。"此曲中的主人公似乎也是在好梦正甜时被吵醒，但他不像少妇那样哀怨，反而以一种轻松的心情，欣赏枝头吟唤不停的黄莺。而黄莺的歌声，又在静态的花、轻飘飘落的细雨、忙碌的蜜蜂和燕子间，加入美妙的音响。这样，使得这一幅春天的美景显得更加明媚动人。就连元曲大家关汉卿，在自己的创作《诈妮子调风月》中，也引用了这首曲子的开头两句。

〔双调〕小圣乐·骤雨打新荷

元好问

绿叶阴浓，遍池亭水阁，偏趁凉多。海榴初绽，朵朵蹙红罗①。乳燕雏莺弄语，有高柳鸣蝉相和②。骤雨过，珍珠乱糁③，打遍新荷。

人生百年有几④，念良辰美景，休放虚过。穷通前定⑤，何用苦张罗。命友邀宾玩赏⑥，对芳樽浅酌低歌⑦。且酩酊，任他两轮日月，来往如梭⑧。

[注释]

① 海榴：即石榴，因其自海外引入，故称。朵朵蹙（cù）红罗：一作"妖艳喷香罗"。

② 乳燕雏莺弄语：一作"老燕携雏弄语"。雏，幼小的（多指鸟类），此指幼燕。意思是老燕子携带着小燕子呢喃学语。

③ 糁（sǎn）：米粒儿（方言），此作"撒"讲。这里形容雨点打在新荷之上，恰如撒乱的晶莹珍珠一般。

④ 几：几许，此处指多长时间。

⑤ 穷通前定：意为失意得意命运的好坏由前生而定。穷，

困窘，不如意。通，通达顺利。

⑥ 命友：邀请朋友。命：呼，叫，请。

⑦ 芳尊：美好的酒杯。这里指代美酒。芳，芳香；尊，即樽，酒杯。

⑧ 酩酊（mǐng dǐng）：形容大醉。

[赏析]

元好问（1190—1257），字裕之，号遗山，世称遗山先生。太原秀容（今山西忻州）人，是金元之际著名的文学家。

此曲调名本为"小圣乐"，是双调中一曲牌名。元陶宗仪《辍耕录》卷九云："小圣乐乃小石调曲，元遗山先生好问所制，而名姬多歌之，俗以为骤雨打新荷者是也。"因为元好问曲中"骤雨过，珍珠乱撒，打遍新荷"几句脍炙人口，故后人又习惯称此曲牌为《骤雨打新荷》。现仍从《辍耕录》，以《小圣乐》为调名，以"骤雨打新荷"为题目。此曲作于元初，正是作者失意落拓之时。以"白雪词"（高雅的歌曲）写"沧州趣"（放浪江湖的逸志闲情）而为世人称道。

上曲写景，下曲抒情。上曲写留恋湖畔的美景。作者的立足点在池畔的树荫下，先从视觉写静景，"绿叶阴浓，遍池亭水阁"，大处泼墨，视野宏阔，仅用八字就描绘出池塘边的美景。作者以浓荫为媒介，上写茂盛的绿叶，下写池塘边处处亭台水阁，浓荫匝地，地面荫凉如水。"偏趁凉多"，一个"凉"字轻轻点出盛夏季节，"偏趁"勾画出作者乘凉的愉悦心情。绿的是树叶，红的是石榴花。石榴花刚刚绽开，娇艳欲滴，束在一起的花蒂上，花瓣薄得像透明的红绸。作者用工笔描写石榴花，措辞准确贴切，"绽、蘸"二字仿佛让人看见石榴花的明媚鲜艳。接着从挺举的角度写动景。"乳燕雏莺"是在春天诞生、此时刚刚孵出的新雏，叫声稚嫩娇软，清新可喜；更有高柳鸣蝉相和。在这一片新生命的合唱中，池塘水阁平添生气。这时候，一场预料不到的骤雨也来凑兴。这场骤雨像白亮亮的乱洒的珍珠，刚刚把新荷打湿，留一层浅浅的雨脚，就雨霁日出。池塘里初生的新荷，真正成了出水丽人，仿佛透着薄薄的幽香。一场骤雨之后，天地为之一洗，格外清丽宜人；骤雨来得快也去得快，给炎热的盛夏送来意想不到的凉爽。这是作者妙手天成的艺术剪裁的结果，更是作者养成领悟自然妙趣的诗心。只有葆有这种诗心，才能"诗意地栖居在大地上"。

下曲前三句承上启下，流转自然，富有理趣。在无垠的宇宙中，人生如天地浮游。一个人不过短短百年，能有多少良辰美景？若有了良辰美景，又安能轻轻放过？这是对人生短促的感叹，更是对如何过好人生的哲理思考。让我们扔掉忧愁抑郁，放眼窗外的美景；让我们忘记烦恼、痛苦，记住赏心乐事；让我们的人生充满喜悦、快乐和幸福，忘记种种不如意，有了美好的心态，则境随心转，不失为一种最好的处世心法。"穷通前定，何用苦张罗"，遭逢如此世道，在充满诸多的谬见和不确定的因素中，人又能如何驾驭自己的人生呢？有时候，宿命是对自己的最好解脱。既然"穷通前定"，又何必苦苦钻营呢？且不如安命随缘。在旷达的外表下，仍然掩饰不住内心的苦闷。于是，作者"命友邀宾玩赏"，流连光景、杯酒，因为只有在酩酊醉意中，才能忘记令人惊心的时光飞逝，庶几可以忘怀一时。诗歌表现了对生命逝去的无奈和留恋，蕴含着对生命的挽留和热爱之情。这是人类共同的情感，因而能引人共鸣。

〔双调〕蟾宫曲·送春

贯云石

问东君何处天涯①。落日啼鹃，流水桃花，淡淡遥山，萋萋芳草，隐隐残霞。随柳絮吹归那答②，趁游丝惹在谁家。倦理琵琶，人倚秋千，月照窗纱。

[注释]

①东君：春神。

②那答：何处；哪里。这是化用秦观《望海潮》"正絮翻蝶舞，芳思交加，柳下桃蹊，乱分春色到人家"的意境。

[赏析]

贯云石（1286—1324），本名小云石海涯，自号酸斋，又号芦花道人。曾以《芦花被诗》换取渔父芦花被，一时传为文坛佳话。他出身将门，善骑射，后弃武学文，曾官至翰林侍读学士，后归隐江南，变名易姓，易服晦迹，定居在钱塘（今杭州）正阳门外，靠卖药为生。"与文士徜徉佳山水处"，"倡和终日，浩然忘却"。

这支小令表达了对美好春天逝去的缱绻和留恋之情。开头一句就表现了作者悠远的情怀，流露出对春天逝去的遗憾和依依不舍之情。二至六句具体描绘了晚春的景象：暗红的落日，飘散的残霞，杜鹃在凄切地哀鸣，清澈的溪水在哗啦哗啦地缓缓流淌，远山依依，朦胧可见。这些景色和声响，都透露出一种幽静和清凉，表现出作者的那种淡淡的哀伤和悠闲的情怀。

作者通过五个镜头的巧妙剪接，表达了丰富的内心情感。在这组镜头中，有景有象，有音有色，有远有近，有动有静，构成了一幅色彩明丽，意境幽邃的美丽图画。七八句通过对"柳絮、游丝"去向的追问，表达寻春、觅春、对春天留恋不舍之情。"柳絮、游丝"似有似无，若隐若现；似春无处不在，又无迹可寻，它的纤细和柔软给人带来一种恼人的情绪和慵懒的倦意，又给人一种温熙的感觉和淡淡闲愁，作者用一"随"一"趁"一"吹"一"惹"把这种复杂的情绪吹送人间。最后三句正是这种情绪的具体化。作者用一组极富美感的画面传达：漫不经心地拔弄几下琵琶，没有情绪了，又去荡秋千；走到秋千处，愣愣地更是一副哀愁的样子；抬眼，如水的月光正照在窗纱上。画面意境清幽，比"小园香径独徘徊"的情绪更添清愁。"春去"，本来就激人许多联想，给人种种挥之不去的思绪，作者通过人物的形体、动作，把这种丰富的情绪推向极致。

这支小令层次十分清晰。开头一句是一种朦胧情感的概括，接着用五个镜头把这种感情物化，然后用"柳絮、游丝"把作者的感情送向人间，最后通过月夜女子把这种感情定格，给人强烈的印象。

〔双调〕清江引·咏梅

贯云石

南枝夜来先破蕊①，泄漏春消息。偏宜雪月交②，不惹蜂蝶戏。有时节暗香来梦里③。

[注释]

① 破蕊：开花。蕊：这里指花蕾。

② 偏宜：偏偏喜欢。交：交结，交朋友。

③ 暗香：清香，幽香。

[赏析]

贯云石的〔双调〕《清江引·咏梅》小令共有四首，这是其中的一首，写诗人对梅花的赞赏和爱怜。南面的花枝夜里先吐出了花蕾，泄漏了春的消息。偏偏喜欢与雪一般的明月交朋友，却不去招惹蜂蝶来嬉戏。有了春天的使节花蕾散发的暗香来伴我入梦。

这是一首优美的咏物小令，通过歌咏梅花的高尚芳洁，表现了作者洁身自好、不染尘世的情趣。前两句写梅花初绽，无意中吐露了春来的消息。"南枝"，南面朝阳，南面的花先开，把梅花抢先开放写得活泼调皮。"夜来"，写梅花开放的速度让人惊奇，好像跟人捉迷藏，一夜间忽然冒出来，把梅花写得活力四射。联系后面的"泄露"，"夜来"二字还给梅花增添了几分神秘感，表面梅花是悄悄开放的。"破蕊"的"破"字准确传神，形象生动地写出了梅花饱满的生机与活力，同时还写出了花蕊的清新、娇艳、喜人，仿佛让人看到它"争来报春"的可爱劲头，能嗅到它那沁人心脾的清香。"泄漏"状写梅花报春隐秘而不盛开怒放之势态，春的秘密被拟人化了的梅花无意中泄露了，给梅花平添了几分生机，也表现了作者的情趣和殷切盼春的情意。"偏宜雪月交，不惹蜂蝶戏"，表现了梅花的高洁品质。这两句包含了三层意义：第一，是梅花开时的自然习性，它常开在白雪和月光之中，没有蜜蜂和蝴蝶为它授粉；第二，是把梅花比喻成女人，说她只追求纯洁的感情，而不招惹那些拈花惹草的男人；第三层是在第二层的基础上，进一步比喻人高洁的人格、高尚的情操，不愿与世俗蝇营狗苟的世俗小人纠缠在一起。这当然是作者的自况了。贯云石两次辞官，可见他实在厌恶官场上追名逐利的现象，这两句诗，正是他告别官场后的内心追求的一种抒写。最后一句"有时节暗香来梦里"写得十分巧妙，梅花暗香与梦的飘忽水乳交融，营造了一种朦胧飘忽、若隐若现的意境，使全曲笼罩在一种浮动的暗香中，给人心醉的艺术享受。

〔双调〕寿阳曲·鱼吹浪

贯云石

鱼吹浪，雁落沙，倚吴山翠屏高挂①。看江潮鼓声千万家，卷朱帘玉人如画。

[注释]

①吴山：指古时吴国故址一带。翠屏：绿色的屏风。

[赏析]

贯云石在秀丽的西子湖畔度过了一生中创作散曲最旺盛的时期。这首小令就是他在杭州隐居时所作。

这支小令描写钱塘江观潮盛况和弄潮战风斗浪的雄姿，用比喻和夸张的手法把潮水的气势表现得淋漓尽致，成为千古绝唱。小令前三句通过写水中鱼儿嬉游，沙滩大雁栖息，描绘了一幅美丽安洋的钱塘江潮平时候的景象：鱼儿在水中吹浪游嬉、往来不断；大雁在沙滩上徘徊徜徉，悠闲觅食。倚靠吴山，沿江两旁罗列的帷幕就像翠屏一样，挂在两边的高山之上。这样写，是为了与后面潮水上涨时的汹涌澎湃作对比，以静显动，衬托潮水的排山倒海之势。接着写前来观潮之众。"倚吴山翠屏高挂"，南宋词人周密在《武林旧事·观潮》中记载：每到八月观潮之时，钱塘江两岸十余里全都搭上幕帐，以供人观看。一个"挂"字，形象生动地写出"翠屏"沿着吴山层层叠叠往上铺、直达山顶的景观。虽没写人，但已暗示看潮人之多，为潮水来到作了铺垫，使之自然转到第二组镜头。

"看江潮鼓声千万家，卷朱帘玉人如画"描写潮来时的景象，潮水奔腾而上、声如万鼓齐鸣，千家万户倾巢而出，气象甚是壮观，正是"满郭人争江上望"。在这万头攒动的观潮大军中，作者别具一格地将镜头对准了高卷朱帘观看潮水的玉女，这是出人意料的神来之笔。莺声燕语、皓腕凝霜、如花似玉的江南美女，似乎与雄浑壮观的钱塘怒潮极不和谐，然而这正是作者独特的艺术匠心。作者用娇美的江南女卷帘观潮来反衬潮水的浩大壮观，用细腻的笔调表现壮观的场面，更让人感叹自然伟大、雄奇。同时，玉女的出现，给惊涛拍岸的壮观景象涂上一层柔和的色彩，罩上一个美丽的光环。白浪滔天，玉女临照，阳刚大气与千娇百媚毕至，这正是"江山多娇"的绝美画卷。

〔双调〕寿阳曲·远浦帆归①

马致远

夕阳下，酒斾闲②，两三航未曾着岸③。落花水香茅舍晚，断桥头卖鱼人散。

[注释]

① 寿阳曲：曲牌名，又名《落梅风》。因此这首元曲又名〔双调〕《落梅风·远浦归帆》。

② 酒斾（pèi）：酒旗，俗称"望子"，挂在酒店门前招徕顾客的幌子。闲：安静。

③ 航：船。着岸：靠岸。

[赏析]

这首小令是马致远创作的描写"潇湘八景"的《双调·寿阳曲》组曲中的一首。湘水从广西发源，流经湖南零陵，与从九嶷山北流的潇水会合，称为潇湘（今称湘江），流入洞庭。宋代宋迪曾画潇湘风景山水画八幅，称为"潇湘八景"，即《平沙落雁》《远浦帆归》《山市晴岚》《江天暮雪》《洞庭秋月》《潇湘夜雨》《烟寺晚钟》《渔村夕照》。宋迪的原画已不可求。作为散曲，马致远的这八首〔双调〕《寿阳曲》小令，历来被称为"曲中绝画"。

这支小令描绘了一幅江村渔人晚归图，表现了向往宁静生活的主题。夕阳西下，酒旗安静地悬挂在门前。江面上还有两三只小船没有靠岸。落花纷纷，水面飘香，已经到了晚上，断桥头的卖鱼人也都散去了。

小令第一小段写远浦。"夕阳下"点明了时间，为全曲创设了宁静温馨的氛围；"酒斾"点明了地点为小镇，一个"闲"字，写出了小镇安恬的景象。"两三航未曾着岸"写归帆，"两三航"写出了一天的劳动已结束，人们的心情轻松愉快；同时用归航数量少，衬托出江面的辽阔。天光水色，相映生辉。江水粼粼，映照着夕阳，给这个江滨小镇涂上了一层温暖、宁静、悠闲的气氛。在写景层次上，先写近景"酒斾"，后写远景归帆，再加上夕阳、江水的烘托，画面意境开阔，色彩艳丽、明亮。第二小段写帆归。作者略去了渔船靠岸、渔人卸鱼、小镇卖鱼的场景，直接将笔触放在卖鱼散去和归家休憩的生活场景上。这是因为前者有过一段短暂的忙碌情景，而此处要突出的是安恬、闲适的生活图景。这两句运用了倒置法，将"断桥头卖鱼人散"置于曲尾。"断桥头"借代小镇，散发着一种随意、自然、古朴的气息。"卖鱼"和"散"描绘出忙碌的景象，因此放在曲尾更能反衬托出宁静、温馨的生活情景。而这种忙碌是收尾的时候，忙碌之后的休闲更为惬意，所以把"落花水香茅舍晚"置于前，与后句形成循环咏唱的效果，更能突出劳动之后的愉快和欢欣。"落花水香"本应是"落水花香"，这里通过错置，使常见的落花流水的画面，更多出落花满江，花香扑鼻，令水生香，水流之处花香流溢的迷人效果，描绘出一幅水流花香的优美晚景图。从断桥到茅舍，他们远隔尘嚣，与世无争，怡然自得。全曲意境清淡闲远，色调清疏淡雅，作者全用白描手法，勾画出一幅江村晚景图，显得清新自然，创造出一种恬静优美的意境。

〔越调〕小桃红·杂咏

盍西村

绿杨堤畔蓼花洲①，可爱溪山秀。烟水茫茫晚凉后，捕鱼舟，冲开万顷玻璃皱②。乱云不收，残霞妆就，一片洞庭秋③。

[注释]

① 洲：水中的陆地。

② 玻璃皱：比喻水浪。

③ 秋：指秋色。

[赏析]

盍西村，生平不详。盱眙（今属江苏省）人。《太和正音谱》评其词"如清风爽籁"。《〔越调〕小桃红·杂咏》共有八首，所选这首写洞庭秋色，一改豪放之情，也无苍凉之气，而换之以欣赏湖光山色的闲适。江堤上栽着绿杨柳，小洲上蓼花飘飞，一派可爱的秀美山溪景致。今晚凉意袭来，江上烟水茫茫，只见捕鱼的轻舟凌波而出，冲开万顷的水面，漾起不绝的波纹。夕阳中，乱云未收，残霞似锦，妆点洞庭秋色，一片茫茫，无际无涯，与洞庭湖波相映，真是美丽的秋色呀！

这首小令是作者寄情山水、乐道闲逸之作。小令前第一小段写日间静景，作者选取江畔两种带有普遍性和典型性的景物，由堤畔的绿杨，写到水中小洲的蓼花；绿杨在湖中留影，红蓼与绿杨相映，明净可爱。接着视线由湖畔近景推至远景，秋山如画，溪水潺潺，山光水色把绿杨、蓼花映衬得更加秀丽，画面的层次感拓展了开阔的意境。"秀"是前两句山水的特点，"可爱、秀"是点睛词，也是作者直抒胸臆的赞美，给读者创设了想象的空间。第二小段写夜间动景。时近黄昏，蓝天丽日下的青山、碧水、绿杨、红蓼、白苇都消失了色彩，苍烟、落照、暮霭、湖水融合成浑茫一片，为捕鱼舟下航创设了旷阔的背景。"凉"写出夏天炎热消去，正是纳凉的好时候，而这时，捕鱼的轻舟凌波而去，冲破万顷清波，画出长长的縠纹。"冲开"描绘出捕鱼人的英姿，生活的热情和拼搏的活力；把湖水比喻成透明"玻璃"，把捕鱼轻舟在水面划出的波纹拟人为"皱"，生动传神地写出了捕鱼船滑行水上的情景，表现了作者的赞赏之情，情绪也为之一振。抬起的目光从低处的水移向高处的天，只见夕阳的余晖之下，乱云未收，残霞似锦，与洞庭湖波相映，更加美丽、壮阔。一个"乱"字描绘出一片晚云横斜飞卷的景象，"妆就"赋予"乱云、残霞"以人的情感，写出了云霞湖光的灿烂艳丽，表达了作者对壮丽山河的热爱之情。

这首小令描绘了三幅画，第一幅秀丽，第二幅壮丽，第三幅艳丽。作者善于用丹青妙手描绘出一幅充满诗情画意的风景画。他写洞庭秋色不是广为铺排，而是寥寥几笔，即得神韵；虽未言情，而情从景出。特别是选取捕鱼船冲进万顷碧波的生活画面，洋溢着热辣辣的生命活力，别出心裁，引人遐想。

〔双调〕楚天遥带过清江引·屈指数春来①

薛昂夫

屈指数春来，弹指惊春去②。蛛丝网落花，也要留春住。几日喜春晴，几夜愁春雨。六曲小山屏③，题满伤春句。

春若有情应解语，问着无凭据④。江东日暮云，渭北春天树⑤，不知那答儿是春住处⑥？

[注释]

① 楚天遥带过清江引: 为双调带过曲。楚天: 南天, 因为
楚在南方。〔楚天遥〕, 句式与词牌《生查子》同。〔楚天遥〕
本曲与〔清江引〕合为带过曲。不可独用。句式为: 楚天遥,
通篇五字八句四韵。清江引: 七五、五五七。

② 弹指: 形容时间极短。

③ 六曲小山屏: 六扇可折叠的画有小幅山水的屏风。

④ 问着无凭据: 问春春也不答。

⑤ "江东"二句: 杜甫《春日忆李白》诗: "渭北春天树,
江东日暮云。何日一杯酒, 重与细论文?"此袭用之。

⑥ 那答儿: 哪里, 哪边。

[赏析]

薛昂夫这组〔双调〕《楚天遥带过清江引》共有三首, 此
处选取了其中一首。这首带过曲抒发了伤春惜春的感情。屈指
查算时间盼着春天到来, 弹指之间春天就已过去。蛛丝网网住
了落花, 也要把春留住, 有多少天为玲珑晴朗而欢喜, 又有多
少夜愁听纷纷落春雨。六扇绘有小山的屏风, 题满了伤春的诗
句。春天如果真有情应该了解我的心曲, 可它对我的发问却默
默不语。江东日暮烟霭迷蒙, 渭北春天一片花树, 不知道哪里
是春天住处?

全曲首句以人物的心情总领本曲。"数", 表达了对春天的
苦苦盼望之情; "弹", 写春的短暂; "惊", 直接抒情, 表达了
对春去之疾速的惊悚心情, 为下面"留春"张本。"蛛丝网落
花, 也要留春住", 设想新奇。一个无知的虫豸也张开蛛丝, 要
把春天留住, 作为一个有理智有感情的人呢? 更应该要把大好
的春光留住。此句以蛛丝留春, 暗示春色之美好, 反衬出人们

更留恋春天。"几日喜春晴，几夜愁春雨"互文见义，对偶工整，写人们珍惜春光，晴则喜，雨则忧，所谓"三分春色两分愁，更一分风雨"。春之"阴晴"尚喜忧系之，何况春之归去？突出了对春到的欢迎，对春归的忧伤感情。"六曲小山屏，题满伤春句"，伤春雨之埋没春光，伤春去之匆匆，也是伤人生的青春的易逝，这么多的忧伤，当然在屏风上题满"伤春"的诗句。"若有情应解语"化用李贺"天若有情天亦老"，而另出奇思妙想。作者对春一往情深，写了这么多"伤春句"，如果春姑娘有情的话，应该能够理解这些诗句的含义。"问着无凭据"是"怨春不语，算只有殷勤，画檐蛛网，今日惹飞絮"？不！是"怨春不语，春归如过翼，一去无迹"。正是"一去无迹"，所以说"江东日暮云，渭北春天树"，"不知那答儿是春住处"，春已消逝了。"春天树"之"春"，和"春住处"之"春"是两个含意，一实一虚。

〔越调〕天净沙·七月

孟　昉

星依云渚溅溅①，露零玉液涓涓②，宝砌哀兰剪剪③。碧天如练，光摇北斗阑干④。

[**注释**]

①　云渚：银河。溅溅：指急速奔流的流水声。

②　零：落下。

③　宝砌：同玉砌，指玉石砌成的台阶。剪剪：整齐的样子。

④　阑干：纵横交错的样子。

[赏析]

　　这首小令选自孟昉的〔越调〕《天净沙·十二月乐词并序》，共写了十二个月，这里选的是写七月的一首。作者在序言中说他是模仿唐代李长吉（即李贺）的《河南府试十二月乐词》而作，当作于（1352年）孟昉任翰林待制时。全曲描绘了一幅宫中初秋月夜图，气象光明高洁，景色清丽怡人，表现了作者闲适、淡泊的情怀。

　　全曲首句描写秋夜天上银河的神奇、迷人的景象：银河里星光闪闪，好像无数的星星在银河中流动，仿佛能听见它们那像浪花飞溅的声音。这一句短短六字，描绘了银河的行、色、光、泽，运用了比拟、通感的手法，化静为动，化视觉为听觉，仿佛让人看到静静的银河流星飞溅的奇观，极具美感。第二句描写树上露珠零落的景象，露珠从高处树枝叶上流到下面的树枝叶上，一层层地流下来，细微而缓慢地流动着，就像玉液一滴一滴地落下来。"零"，仿佛听得到滴落的轻微声音；"涓涓"描绘露珠流动的动态；"玉液"形象生动地描绘了露珠的晶莹可爱，让人顿生超凡脱俗之思。第二句描写宫中玉阶旁的兰草，兰草花虽已衰谢但还齐整如剪，让人仿佛能呼吸到兰草葳蕤的生命力。"兰草""剪剪"侧面烘托出主人公高雅的情致、勤劳能干的形象，显然，主人公对这里的环境是十分珍爱，并且时时睁大一双惊奇的眼睛看着周围的一切，眼前的一切都让他着迷。在瞧着身边兰草的时候，猛一抬头，看见碧蓝天空如绸练，波光摇动北斗星正横斜西天。这最后一笔，不仅极大地拓展了小令的视野，而且让周围的一切粲然生光。作者用一双善于点石成金的眼睛，化周遭平凡之物为让人惊讶的童话境界。

〔双调〕大德歌·冬

关汉卿

雪粉华，舞梨花①，再不见烟村四五家。密洒堪图画，看疏林噪晚鸦。黄芦掩映清江下②，斜揽着钓鱼艖③。

[注释]

① 雪粉华，舞梨花：形容雪花象梨花一样的洁白。华：光彩、光辉。

② 黄芦：枯黄的芦苇。掩映：半藏地露，或隐或现。

③ 艖（chā）：小船。

[赏析]

关汉卿的〔双调〕《大德歌》共有春、夏、秋、冬四首。这首小令是关汉卿在元成宗年间创作的新曲调，大德是元成宗年号（1297—1307）。

这首小令描绘了一幅江边暮雪图，色调淡远，意境清疏。大雪粉白光灿灿，像飞舞的梨花，遮住了郊野三三两两的农家。雪花密密层层的漂洒堪描堪画。看那稀疏的树林上鸣叫着晚归的寒鸦。一条钓鱼的小船正斜揽在枯黄芦苇掩映的清江下。

小令第一小段是远看，概写雪景，雪花漫天飞舞，是动景，"烟村四五家"是近景。在天地浑茫一白的背景中，托出"烟村四五家"；"烟村四五家"又反衬出雪景的辽阔，渲染出一副宁静的淡墨雪景图。从"雪粉华"到"舞梨花"体现了时间长度，描绘了雪由漫天雪霰到大片雪花飞舞的变化过程，"华"写雪花光泽亮丽，用"梨花"比喻雪花，赋予雪花以春天的蓬勃生机。第二小段是近看。"密洒"与"疏林"疏密有致，"图画"与"噪晚鸦"动静结合，描绘出"四五家""疏林"外生气勃勃的晚景图。最后三句把笔触延向野外渡口，"黄芦""清江"准确地描写了冬天芦苇和江水的特点，"掩映""斜揽"有艺术的遮掩美、曲趣美。"噪晚鸦""钓鱼艖"用留空艺术，给读者创设了想象空间。全曲纯用白描手法，寥寥几笔就勾画出淡远而富有生气的雪景图，正是"诗中有画，画中有诗"，字里行间交织着诗画妙趣。作者通过对"冬景"的描绘，曲折地表现了元朝文人儒士无限的历史感叹和兴亡之感。

〔越调〕平湖乐·尧庙秋社①

王 恽

社坛烟淡散林鸦，把酒观多稼②。霹雳弦声斗高下③，笑喧哗，壤歌亭外山如画④。朝来致有，西山爽气，不羡日夕佳。

[注释]

① 尧庙：在山西临汾境内汾水东八里。秋社：古代祭祀土神，庆祝丰收的节日，在立秋之后的第五个戊日举行。

② 多稼：丰收。语本《诗经·大田》："大田多稼，既种既戒。"

③ 霹雳：琴名。

④ 壤歌亭：来自《击壤歌》，意思为尧庙中建筑名。据皇甫谧《帝王世纪》，尧时有老人击壤而歌，后人因以"壤歌"为尧时清平的象征。壤，一种履形的木制戏具。

[赏析]

王恽（1227—1304），字仲谋，号秋涧，卫州汲县（今属河南省）人。元初著名学者、诗文大家和政治家。他历官元世祖忽必烈、元成宗铁木真两朝，生平凡五任风宪、三入翰林，直言敢谏，恪尽职守，多有政绩，为一代名臣。

此曲写尧庙祭神庆丰收的欢乐场景，抒写作者为民谋福、与民同乐的志向，当是王恽出判平阳时所作。作者时官平阳路（今山西临汾县）总管府判官，尧庙即在其辖境之内。秋社这一天，祭祀土神的香烟淡淡飘荡，林中的乌鸦已经散去；举酒畅饮，看到丰收的庄稼已经登场，心中自然欢悦无比。祭祀仪式之后，人们举行射箭比赛，拉弓射箭的声音，犹如霹雳作响，震耳欲聋，观看的人们笑语喧哗。击壤亭外，织锦铺绣，硕果累累，山色如画。同样是早晨，因丰收在望，心情欢愉，便觉更加舒畅爽快！晨景如此宜人，还有谁再羡慕夕阳西下的晚霞美景呢？

这首小令，描写了秋社日人们怀着丰收的喜悦，在尧庙祭神的热闹情景，记录了古晋人民的纯朴习俗，也表现了作者安于穷乡僻壤，与人民群众同乐的自适心情。第一小段开头两句描绘了祭祀尧帝、把酒畅饮的欢乐场面。秋社祭祀土神是富有民族风情的习俗，宋代孟元老在《东京梦华录》记载："八月秋社，各以社糕、社酒相赍送。"作者首先描写了尧庙上空的景象，剪取香烟袅散的余尾；由于来的人很多，乌鸦已经惊散。这里借香烟乌鸦侧面描绘尧庙祭祀的盛况。接着，人们"把酒"畅饮，为庄稼的丰收感到无比喜悦。"观多稼"总领下文，层层深入地描绘秋社日的欢闹场面与农村的丰收景象。第二小段作者首先把镜头对准尧庙演武的精彩场面，用"霹雳"形容拉弓射箭的声音，用"斗"描写激烈场面，反映了人们心情喜悦，北方人民剽悍尚武的习俗，富有地方特色。接着作者把镜头转向观众，用"笑喧哗"描写观众的神情和喧嚷声，既表现了演武的精彩，又形象地渲染出社日的红火热闹场面。最后，作者拉开镜头，由尧庙扫描亭外山色："壤歌亭外山如画。"相传唐尧时，有老人击壤而歌，曰："吾日出而作，日入而息，凿井而饮，耕田而食，帝力何有于我哉?"平阳城北三里有击壤处、传说为老人击壤而歌的地方。古时筑有击壤亭。击壤亭外，山上山下，一派丰收景象，怎不值得庆祝呢? 这就为前面人们的"把酒""斗弦"等狂欢活动提供了背景画，也是祭祀庆典的余绪。这一小段由尧庙中心演武场，到观众，到周围的自然背景，犹如一幅逶迤的丰收图画，画面背景辽阔，有特写有点染，相互烘衬，展现了尧庙祭神的热闹景况。第三小段前两句话，出自《世说新语·简傲》：主子猷作桓冲车骑参军，啸傲山水而不屑理事。桓冲当面督促对他说："你在我家很久了，应当协助料理些事情。"开始，主子猷举头仰视，望着远方不作回答，继而，用笏板抵謷脸颊说："西山朝来，致有爽气。"（致有：尽有，有的是）表现了王子猷矜持高傲的性格，作者在这里用来形容秋社的早晨清爽宜人，也表现了他高雅的兴致。"日夕佳"引陶渊明《饮酒》诗："山气日夕佳。"原本表现一种自然率真、禅意盎然的隐居生活的情趣，而曲中的意思却与陶渊明的迥异。因为丰收在望，心情欢愉，还有谁再美慕夕阳西下的晚霞美景呢? 表现了作者为人民丰收感到由衷喜悦的心情。

这首小令由庙内写到庙外，由祭祀场面写到自然景色，层层深入地表达了作者与民同乐的思想感情，结构清晰，浓淡相宜，富有民俗特色，是元曲中别具一格的佳作。

相思爱情

自送别，
心难舍，
一点相思几时绝？
凭栏袖指杨花雪，
溪又斜，
山又遮，
人去也！

〔双调〕水仙子·东湖所见

杨朝英

东风深处有娇娃，杏脸桃腮鬓似鸦。见人羞行入花阴下，笑吟吟回顾咱。惹作者纵步随他。见软地儿把金莲印，唐土儿将绣底儿踏①，恨不得双手忙拿。

[注释]

① 唐土：即"塘土"。

[赏析]

杨朝英，字英甫，号澹斋，青城（今山东高青县）人。曾官郡守、郎中，后来归隐。与贯云石、阿里西瑛相交好唱和。《太和正音谱》评其词"如碧海珊瑚"。杨朝英〔双调〕《水仙子》共有九首，此选其一。

这首小令描写作者在春日游东湖时与一位美少女相遇的往事，表现作者对少女的无限爱慕之情。每个人都有过青春孟浪时期，有些孟浪蕴含着纯金般的真情，在岁月的深处散发着永不褪色的光泽。作者首先把少女放在春日东湖这个优美的环境里，让她从"东风深处"款款走出，春光把她打扮得更加俏丽。接着笔锋一荡，让她出现在"花阴下"，春花簇拥着她的笑脸，使她显得更为娇艳。"笑吟吟"一笔写得神情毕肖，生动至极。至此，一个含羞带笑、绰约多情的少女形象宛在目前，呼之欲出。后半部分写作者对她的大胆追求。作者担心自己的莽撞冒犯了少女，又不甘心让这样一个美妙的少女跑掉，于是像追赶快乐的小鹿一样"纵步随他"。"唐土儿将绣底儿踏"这个细节传神地写出了作者不忍冲撞而又顾不得许多的慌乱心情。结尾一句"恨不得双手忙拿"看似实写，实则虚写，传达出对少女的无比珍爱之情。"随、印、踏、拿"这一连串的动词，从反面描绘出少女之美，表现了作者对少女的深深爱慕，对美好事物热烈和大胆的追求。

此曲的前半部分写"娇娃"，重在形态描写，借其形传其神；后半部分写"作者"，重在动作描写，通过动作刻画心理。"惹作者纵步随他"，巧妙地把"跑"和"追"粘合在一起，构成一组生气盎然的镜头。全曲格调活泼轻快，富有喜剧色彩。

〔双调〕寿阳曲·云笼月

马致远

云笼月，风弄铁①，两般儿助人凄切②。剔银灯欲将心事写③，长吁气一声欲灭④。

[注释]

① 铁：即檐马，悬挂在檐前的铁片，风一吹互相撞击发声。
② 两般儿：两样。指云笼月和风弄铁。
③ 剔银灯：挑灯芯。银灯，即锡灯。因其色白而通称银灯。
④ 吁气：叹气。

[赏析]

月亮被层云笼罩，阵阵晚风吹动悬挂在画檐下的铁马铜铃，叮当作响，这使得人更加感到悲凉凄切。起身挑挑灯芯，想把自己所有的思念、所有的悲苦、所有的怨恨都写下来说给心上人听，可是又长叹一声，想把灯吹灭，不再写了。

这首小曲细腻传神地刻画了恋人月夜思人的幽微心曲。小令先描绘出一个清冷的环境，烘托思人不在的凄清孤寂之情。作者由天上的月亮，写到空中的铁马铜铃，写到闺房中的女子，由视觉到听觉，由静景而动景，描绘了自上而下的三幅画面。月光千里，照耀着两地的恋人，最容易引起恋人间的相思，"云笼月"烘托出女子心事重重，由于恋人多时未联系，更增添了她内心的阴影。"风弄铁"以声写静，这单调、断续的声音，烘托出主人公内心的忧伤、凄凉和焦躁不安。也正因此，女子辗转反侧，夜不能寐。"助人凄切"不仅使前面写景有了情感的依托，还通过直抒胸臆，透露出女子早已是凄凉不堪，愁苦难耐了。于是，女子再也无法安宁了，"剔银灯欲将心事写"。"剔银灯"，表明女子原本有很多话要向心上人倾诉；"心事"，因其"私密"而更见"情长"；"欲将"，欲扬先抑，为下文波折张本。"长吁气一声欲灭"，欲言又止；也许满腹心事无从说起，也许想起哪个冤家就来气，种种情绪，真个是愁肠百折。"剔、写、吁、灭"，这一连串的动作细节描写，生动地刻画了女子心理变化过程，细腻、真切地表达出女子爱恨交织的感情。更为妙绝的是结尾的"一声欲灭"，到底灯灭没灭，作者没有说破，让读者去想象她欲吹不忍，不吹又于心难平的矛盾心情，"含不尽余意见于言外"（欧阳修《六一诗话》），让人寻味无穷。

这支小令意境优美，情致深微，婉约动人，尺幅兴波，语言典雅，纯用白描手法，通过动作刻画人物心理尤为出色，短短一首小令，却几经波折，非高手不能为。

〔双调〕寿阳曲·人初静

马致远

人初静，月正明。纱窗外玉梅斜映①。梅花笑人偏弄影②，月沉时一般孤零。

[注释]

① 玉梅：白梅。

② 弄影：化用宋代人张先《天仙子》词句"云破月来花弄影"句意。

[赏析] 此曲也为言情散曲。在封建社会，女子受着封建礼教的种种束缚，因此在爱情方面也只能处于悲伤感怀、等待思念的境地。这首小令描绘了美人月下望梅自感孤凄的情景，表达了对心上人的思念。人刚刚静下来，月色正是明亮的时候。白梅花枝斑驳地斜映在纱窗上。梅花偏偏弄影戏笑人，夜深了月亮沉落，庭院里一番凄凉孤零的景象。

小令开篇创造了一幅恬静优美的月光图。"人初静"，约摸到初更人静之时，当喧嚣静息，人们都入梦时，主人公却心事泛起，难以入眠。"月正明"，为主人公思人营造了一个优美宁静的环境，正是为了反衬主人公内心的不平静。月光历来是相思的寄托物。皎洁的月光下，主人公看见白梅花枝斑驳地斜映在纱窗上。"梅须逊雪三分白，雪却输梅一段香"，白梅花在皎洁的月光中影影绰绰，吐出淡淡的幽香，这简直就是一幅绝妙的"梅窗图"。一阵风过，白梅花的影子舞动起来，摇曳生姿。主人公见此情景，竟生"恼"意：你没看到我正烦恼伤神吗？

竟然卖弄花枝嘲笑我？"笑"，是主人公把自己的心理感受投射到"梅花弄影"上，满含着怀人的心酸、孤单和凄凉。作者抓住这微妙的瞬间，细腻传神地写出了主人公内心的悲伤、焦躁、烦闷。主人公一直心神不宁，辗转反测，不能入眠，一直到月亮落山，她甚想：现在白梅花也跟我一样陷入了寂寞了吧？"月沉时一般孤零"，其深层内涵是人与花两个"沦落人"的同病相怜，真乃绝妙的神来之笔。这首小令意境清幽，在烘托、反衬和对比中刻画出人物心灵深处的波澜，全曲无一字写思人，无一字不是在怀人，含蓄隽永，耐人寻味。

〔中吕〕阳春曲·题情

白　朴

从来好事天生俭①，自古瓜儿苦后甜。奶娘催逼紧拘钳②。甚是严，越间阻越情忺③。

[注释]

① 好事：这里指男女情事，即男女间的爱情。《琵琶记·几言谏父》："谁知好事多磨起风波。"俭：贫乏，引申为受挫折。

② 奶娘：即亲娘。拘钳：拘束、钳制。

③ 间阻：从中阻拦。情忺（xiān）：情投意合。忺：高兴，适意。

[赏析]

美好的爱情天生要经受磨难，自古来瓜儿都是先苦后甜。

奶娘催逼管束又紧又严，可是越阻拦，我和他的情意越缠绵。

这首小令写女子大胆向封建礼教挑战，勇敢追求爱情幸福。在封建社会，女子受着封建礼教的种种束缚，因此在爱情方面也只能处于悲伤感怀、等待思念的境地，这首小令冲破"存天理，灭人欲"的封建伦理纲常，宣告追求个人幸福的正当性。小令前用"好事、瓜儿"兴起女子"偷情"，表现了女子追求个人爱情幸福的坚定信念，不怕折磨，不怕挫折，不怕受苦，勇敢冲破一切阻扰的刚烈性格。由于这两句富有哲理性，无异于把女子追求热烈的爱情等同于"天理"，因而更增加了无可辩驳的说服力。后两句通过对比，上演了一曲"奶娘"的"紧拘钳"和女子"越情忪"的"猫捉老鼠戏"。奶娘代表封建伦理纲常的束缚，女子代表对自由爱情追求的新生力量，在彼此的对立冲突中，形成令人忍俊不禁的喜剧效果。女子顽皮的情态、机智灵活的灵俏，勇敢大胆的宣言，口吻毕肖，活灵活现。

这首小令以女子的口吻来写，前半部分俨然道学家"嗑理"，后半部分诙谐生动，像一把投向封建阴森大门的锋利匕首，为争取个人婚姻自由、争取人生幸福，开辟出一泻千里的决口。

〔正宫〕白鹤子

关汉卿

一

鸟啼花影里，人立粉墙头。春意两丝牵①，秋水双波溜。

二

香焚金鸭鼎②，闲傍小红楼。月在柳梢头，人约黄昏后③。

[注释]

① 春意两丝牵：春意即春情，指男女恋情。丝指情丝。两下里情丝相连。

② 金鸭鼎：铜制的鸭形焚香器具。鼎：三足两耳的香炉。

③ 月在柳梢头，人约黄昏后：出自宋代诗人欧阳修的《生查子·元夕》："去年元夜时，花市灯如昼，月上柳梢头，人约黄昏后。今年元夜时，月与灯依旧。不见去年人，泪满春衫袖。"欧阳修"月上柳梢头，人约黄昏后"这两句描写的是初春元宵之夜青年男女约会偷期的情景。

[赏析]

关汉卿的小令〔正宫〕《白鹤子》共有四首，此处选其中两首。这两支小令写男女双方由以目传情到约会的过程。情景一：鸟儿在花影里啼叫，少年站在墙头观看。姑娘和他情意相连，清澈的眼波溜溜地转。情景二：金鸭鼎里焚上了香，姑娘悠闲地倚在小楼旁。月儿挂在柳树枝头，二人约会在黄昏之后。这两支小令像两部独幕剧，演绎出一曲纯真幽美的恋歌。

第一首的一二句写男子从墙头痴望，粉墙里面当然是女子；"鸟啼花影里"点明正是百花盛开、撩人春情的季节，明里是衬托男子，暗中烘托女子的靓影。所以，这两句的妙处在于从男子眼中勾画出女子，女子的美好形象留给读者想象。三四句用非常工整的对偶句正面写青年男女以目传情。"春意"一语双关，"两丝牵"赋予春光以人的情感，含有天作之合的"巧遇"；"秋水双波溜"，含情脉脉，眼波生动，你有情我有意，一"溜"字生动地表现了他们那种含羞带怯、难以言表的神情。

第二首的一二句避开男子写女子，"香焚金鸭鼎，闲傍小红楼"烘托出女子娴静如水的美好形象。女子因何"焚香"？是祈祷上苍赐给他们美满姻缘，还是祝愿"有情人终成眷属"？"闲傍"则是她内心"忙碌"的反衬。她站在小红楼上看似悠闲，实则焦急地盼望"月在柳梢头"的美好时刻，好"人约黄昏后"呢！

〔南吕〕四块玉·别情

关汉卿

自送别，心难舍，一点相思几时绝？凭阑袖指杨花雪①，溪又斜，山又遮，人去也！

[注释]

① 杨花雪：像雪一般的杨花。

[赏析]

自从把你送走，心中总是难离难舍，一缕相思的情意在心中萦绕不绝。凭倚栏干眺望，衣袖轻指着银雪般的柳絮，看横斜的小溪空自东流，重重的山峦把小路遮没，心上的人真的去也！

这首小令是在女子送别情人后，凭栏望远相思企盼时的深情表露，表达离别相思之情。全曲分为两小段，第一小段前三句，从别后写起，用明白如话的直抒胸臆表达了质朴真挚的感情。"自送别"写离别后一直牵肠挂肚，无一日相忘；"难舍"，用语浅白，却更多了一份依依缠绵的热肠。"一点"与"几时"形成对比，言"一点"暗含"断肠"之意，蕴"为伊消得人憔悴"的不胜忧愁；"几时绝"谓不可断绝，正是"此恨绵绵无绝期"。第二小段后三句，当初离别的情形还在眼前。"凭阑袖指杨花雪"，阑干，点明女主公"独上高楼，望断天涯路"，她在高楼上站了许久，以致杨花飞满衣襟，需要时时"拂袖"。"杨花雪"比喻新奇，意境近似温庭筠"鬓云欲度香腮雪"，还含有苏轼词"去年相送，余杭门外，飞雪似杨花。今年春尽，杨花似雪，犹不见还家"的意境，不仅给画面增添了清新、灵动的优美，而且把女主人公那种迷离的思绪、缠绵的相思，渲染得无处不在，烘托得凄美婉约。离别在杨花似雪的暮春，春愁正深又添离愁。"溪又斜，山又遮"，营造了山环水绕、去路迢迢的的画面效果，拓展了意境的层次和深度，把游子别去的行踪与女子翘望的视线融合为一，描绘出女子望穿秋水，缠绵不断的缱绻不舍。"人去也"有两种理解。一种按顺序理解，那么，女子牵挂的男子一去不返，有似古诗"步出东门城，遥望江南路。前日风雪中，故人从此去。"把一个绝情男子和痴情女子的形象留给读者。另一种作倒叙理解，类似晏几道"从别后，忆相逢"的写法，让女子对男子多一分期盼。不论哪一种理解，以"人去也"作结尾的呼告语，极有风致，让人联想起"听得道一声去也，松了金钏；遥望见十里长亭，减了玉肌。"（王实甫《西厢记》）

〔南吕〕骂玉郎过感皇恩采茶歌·闺中闻杜鹃

曾 瑞

无情杜宇闲淘气①，头直上耳根底。声声聒得人心碎。

你怎知，我就里②，愁无际？帘幕低垂，重门深闭。曲阑边，雕檐外，画楼西。将春醒唤起，将晓梦惊回③。无明夜，闲聒噪，厮禁持④。

我几曾离，这绣罗帏，没来由劝我道不如归！狂客江南正着迷，这声儿好去对俺那人啼。

[注释]

① 杜宇：杜鹃鸟的别称。杜宇为古蜀国国王，号望帝，后归隐。因思其子民，魂化为鹃，夜夜啼血。事见《蜀王本纪》及《华阳国·蜀志》。

② 就里：心里、内情。

③ 醒（chéng）：酒后困倦的样子。

④ 厮禁持：相折磨，捉弄人。

[赏析]

曾瑞，字瑞卿，平州（今河北庐龙）人，一说大兴（今北京市大兴县）人。喜江浙人才景物之盛，因家钱塘（今杭州市）。神采卓异，衣冠整肃，优游于市井，洒然如神仙中人。《太和正音谱》评其所撰为"杰作"，且云："其词势非笔舌可能拟，真词林之英杰。"

这支由三个带过曲组成的小令写闺中思妇情思，新颖别致。

小令以少妇诅咒杜鹃啼鸣开始。"杨花落尽子规啼",暮春正是春情难遣、春愁无限的季节,怎能不惹起少妇的情思?闺中眉尖微蹙的少妇正心事重重,窗外杜鹃鸟却一声递一声啼唱,惹得少妇一时恼煞,骂道:"你这无情的杜鹃,从头上直进入耳根底,叫得人心都碎了!"杜鹃的"无情"反衬思妇的多情;"闲淘气"爱嗔交集,刻画出少妇娇憨的情态。"头直上耳根底"写杜鹃的啼鸣叨扰着她,挥之不去,反衬她心事重重,正为思人烦恼呢!偏巧杜鹃这时声声啼叫,你这知趣的杜鹃,不知道你每叫一声让"我"心碎一次吗?"声声聒得人心碎","心碎",思人心欲碎,可见离别之日久;"聒",反见思妇内心烦恼之深重。这些嗔怒的语言,生动地刻画出闺中少妇的娇痴情态。此为第一节。"你怎知,我就里,愁无际?"转入思妇与杜鹃面对面的对话,"就里"用日常口语,生动地写出了思妇急不择言的情急情困;"无际"写出了思妇忧愁之深广。"帘幕低垂,重门深闭"以思妇所处环境写出她内心的孤寂,"低垂、深闭"言其与夫分别旷日持久,独守空闺,深幽重锁,形同囚拘。"曲阑边,雕檐外,画楼西",继续铺陈杜鹃啼鸣,杜鹃声声,无处不在,日间将思妇从慵懒的春困唤醒,早上又打破她与丈夫团聚的好梦。这几句明写杜鹃之声,实写思妇脚步所指之处,身形所及之地,无处不深陷思人的烦恼不安中,正是"愁无际"的具体写照。"无明夜"至末尾,写夜听杜鹃声,在情急之中袒露咒骂杜鹃的深层原因。"无明夜",骂杜鹃不分日夜地啼鸣,惹她昼夜烦恼不堪;"闲聒噪",第二次骂杜鹃"闲""聒噪","闲"反衬思妇之"忙":思人之心片刻不止息;"聒噪"比"聒"语意更进一层,"厮禁持"直骂杜鹃捉弄她,思妇盼夫归之情愈急。此为第二节。"我几曾离"三句怜自己孤零零地拘守在雕檐曲阑之下、帘幕绣帏之中，欲归何处呢？而那位该归不归的"狂客"（指外出的丈夫），还远在江南，乐不知返呢！杜鹃鸟的"不如归去"正好该对着那厮的耳边叫，让他知道还有人在"无明夜"地盼他早日回归。此为第三节。

小令以思妇对杜鹃啼声的心理感受贯穿全曲，采用剥笋手法，感情层层递进，把"杜鹃聒得人心碎"的情景淋漓尽致地进行铺张，把思妇那种又爱又恨的复杂心情表达得十分真切，细赋感人，丝丝入扣。小令采用了代言体的表达方式，直抒胸襟，平白如话，摹景状物，惟妙惟肖。结构衔接自然，音节圆润爽口；语言质朴中兼有俳谐之趣，时时插入一二方言俗语点缀其中，更显得俗中带艳。明人李开先《词虐》称此曲"急并响亮，含有余不尽之意。"

〔双调〕殿前欢

贯云石

隔帘听，几番风送卖花声。夜来微雨天阶净①。小院闲庭，轻寒翠袖生。穿芳径，十二阑干凭②。杏花疏影，杨柳新晴。

[注释]

① 天阶：原指官殿的台阶，此处是泛指。
② 十二阑干：十二是虚指，意谓所有的阑干。

[赏析]

隔着帘栊，一次又一次听到风儿送来卖花女那如歌的卖花声。走出闺房才发现夜来下过一场小雨把台阶冲洗得干干净净。

在安闲幽静的庭院里，翠袖中微感寒冷。穿过花间小径，倚遍所有的阑干来欣赏春景，只见盛开的杏花舞动着稀疏的枝条，和在细雨中沐浴过更加青翠的柳枝交相辉映。

这支散曲描绘了一幅清新优雅的月下美人图，表达了思妇怀人的情思。散曲从思妇深夜听到卖花声写起。因为思念丈夫，思妇辗转反侧、夜不能寐，这时，帘外传来哀婉动人的卖花声，思妇的情感又掀起了更深波澜。卖花声本指卖花的女子声音如歌，后来被谱成歌曲，即《浪淘沙令》，这里显然指歌声。卖花女子歌唱的也许是团聚的欢乐，让思妇兴起人聚我散、天上人间的悲哀；也许歌词本身就是叹离别之苦，使思妇有"同是天涯沦落人"的感慨。"夜来微雨天阶净"补充交代时间、天气情况，意境清新、明净、优美，然而这美好的环境并没有给思妇带来欢乐，却又徒增无穷的思念，因为自己的心上人并没有在身旁相偎相伴，正是"良辰美景奈何天，赏心乐事谁家院？"由于强烈的思念冲击，思妇没有力量躺在床上忍受煎熬，只好来到庭院，排遣一下满腔的愁闷。"小院闲庭，轻寒翠袖生"化用杜甫《佳人》"天寒翠袖薄"的诗意，又增加了更多的感情色彩。"闲"衬托了思妇的孤单、寂寞，"寒"既是春天早晨的寒冷，又是思妇的"心寒"，是思人不至、孤影伶俜带来的无限寒意。庭院遣愁，并没有达到释愁的目的，反而惹起思妇更强烈的思念，她又沿着花间小路来到楼上，凭阑远眺。在古典文学作品中，高楼凭阑是表现思念和郁闷的意象。"十二阑干"语出南朝乐府《西洲曲·阑干十二曲》，是说阑干多曲。思妇从一个阑干走到另一个阑干，凭尽阑干，不见思人到。此处是通过思妇的举动表现她内心对丈夫的强烈思念，取得比直言更好的艺术效果。至此全曲戛然而止，余味深长，耐人寻味。这首散曲没有一个思念、忧愁的字样，但通过听、寒、凭栏等动作，把主人公的思念之情表现得淋漓尽致。

〔越调〕小桃红

杨 果

满城烟水月微茫①，人倚兰舟唱。常记相逢若耶上②，隔三湘，碧云望断空调怅③。美人笑道，莲花相似，情短藕丝长。

[注释]

① 微茫：迷漫而模糊。

② 若耶（ruò yē）：溪名，出若耶山。若耶山在浙江省绍兴市南。

③ 望断：向远处望直到望不见了。

[赏析]

杨果生活在由金入元的时代，对金亡之痛，一直不能忘怀，抑郁不得志的悲叹常常涌上心头。《小桃红》是越调中常用的曲调。这首小令用欢乐场景来反衬伤感之情。

这支曲以江南水乡为背景，以采莲唱歌为媒介，巧妙地表达了青年男女互相爱慕的情怀。在曲子开头，设置了一个水月相映、雾满江城的幽静环境。在这如梦如幻的夜晚，天上、水里两轮月亮中间，一只装饰精致的小舟停泊其间，宁静得让人的思绪飘忽到无垠的幻境。舟中，依稀有人斜倚船旁低唱、倾诉。月光塑出她的身影，那俏影儿似曾相识；水汽传递着她的歌声，那歌喉也是熟稔的。"日照新妆水底明，风飘香袂空中举"，他蓦然想起，那不是曾经在若耶溪畔遇到的美人儿吗？若耶，相传是西施浣纱的地方，所以又叫"浣纱溪"。此处的"若耶"自然并非实指，但因着这个词语的照亮，让人一下子想起那个带传奇色彩的西施。历史和现实在这一刻重叠生动，男主人公的思绪一下子飞到他们在若耶的情景。相遇时一见钟情的曼妙目光，那种触电的感觉，仿佛让世界融化；别离时，"一日不见，如隔三秋"，唯盼自己化作碧云跟定她的靓影，望穿秋水不见伊人，唯有临风惆怅。"记相逢"是一个短暂的时间节点，"隔三湘"是一个辽阔的空间界面，时空的对比突出了相思的浓烈和持久。然而，他们却分开了，今夜，在水月苍茫中隔水相望。"人倚兰舟唱"的女主人公在思念什么呢？而水这边男主人公会不会上前相认，抑或避之而去？

曲的结尾，以女主人公的嫣然一笑，洞穿了过去与现实。"美人笑道，莲花相似，情短藕丝长"，这一"笑"有嗔有怜有爱等复杂的感情，"莲花相似"既是自明，又是暗讽。女主人公表明像莲花一样出淤泥而不染，保守坚贞爱情，而对方在爱情问题上，像"怜（莲）花"一样，色衰而爱弛。自己对对方依旧好，像藕丝一样，连绵不断；而对方却喜新厌旧，缺乏深厚的感情。一喻两譬，一言多意，充分地体现了语言的密度，即在有限的文字中表现了丰富的信息量，表现了丰富的审美情趣，给读者多重美感体验和美感想象。

在此曲的创作上，作者继承了南朝乐府《采莲曲》中深厚的艺术元素，巧妙地化用一些前人的诗句，如木兰，化用了戎昱的"涔阳女儿花满头，毵毵同泛木兰舟"；若耶，化用了李白的"若耶溪傍采莲女，笑隔荷花共人语"；莲花，化用了梁元帝的"莲花乱脸色，荷卟杂衣香"；藕丝，化用了卢思道的"擘荷爱园水，折藕弄丝长"的语意。这些意象的选用，不仅能使读者产生耳熟能详的亲切感，而且使曲子获得了深沉的意蕴。

〔越调〕凭栏人·寄征衣

姚 燧

欲寄君衣君不还①，不寄君衣君又寒。寄与不寄间，妾身千万难。

[注释]

① 君衣：远行在外者冬天御寒的衣服。

[赏析]

想给你寄冬衣，怕你不想回家，不给你寄冬衣又怕你过冬要挨冻。是寄还是不寄呢，让我特别地为难。

这支曲子以女子自白的形式，倾吐对出征在外的丈夫的思念之情。作者抓住女子矛盾的心情，表达对丈夫的又爱又怨，在怨中表达爱情的主题，构思新颖。开头两句写女子想寄冬衣又不想寄的矛盾心理。从情理上说，冬天边塞严寒，给丈夫寄冬衣才是对丈夫的爱，但是，丈夫有了冬衣就更难以回家了。这位女子盼望与分别多年的丈夫团聚，她把希望寄托在丈夫缺冬衣就会回家的可能性上，这种幻想是可笑的，但正因为可笑，才更能突出女子的痴情。但是，不寄冬衣又怕冻着了丈夫，女子对丈夫的一片怜爱跃然纸上。后两句把女子置于矛盾境地，"寄与不寄"本是一件极小的事，但对于她来说，却成了"千万难"。"千万难"是以"难"衬"爱"；"难"有多大，"爱"有多深、多重，作者用"千万难"写她对丈夫的"千万爱"。这支曲子以小见大，剪取貌似悖谬情理的瞬间，在对比中刻画女子对丈夫的一腔痴爱，语言朴素，情真意切，感人至深。

〔双调〕蟾宫曲·春情

徐再思

平生不会相思，才会相思，便害相思。身似浮云，心如飞絮，气若游丝。空一缕馀香在此①，盼千金游子何之②。证候来时③，正是何时？灯半昏时，月半明时。

[注释]

① 馀香：指情人留下的定情物。

② 何之：到哪里去了。

③ 证候：即症候，疾病，此处指相思的痛苦。

[赏析]

生下来以后还不会相思，才会相思，便害了相思。身像飘浮的云，心像纷飞的柳絮，气像一缕缕游丝，空剩下一丝余香留在此，心上人却已不知道在哪里去留？相思病症候的到来，最猛烈的时候是什么时候？是灯光半昏半暗时，是月亮半明半亮的时候。

这首小令写女子相思之情，读来凄恻动人。小令共四小段。

第一小段写女子陷入不能自拔的相思之病。连用三个"相思"，念念不忘，"相思"无着，为后面"证候"张本。"不会相思"表明是纯洁的初恋，并非风月场中把感情当玩物的调情老手。正因为情窦初开，初尝爱情的琼浆后，一见难忘，"便害相思"。一个"害"字，深刻地写出女子相思之深，相思之急迫。第二小段具体描绘"害相思"的情态。"身似浮云"状其坐卧不宁，游移不定；"心如飞絮"，言其心烦意乱，神志恍惚；"气若游丝"刻画她相思成疾，气微力衰。第三小段点出"害相思"的原因。"一缕馀香"，若即若离，似虚似实，暗喻少女的情思飘忽不定而绵绵不绝，一个"空"字曲尽她空房独守，寂寞冷清的情怀。"盼千金游子何之"，是女子"害相思"的真正原因，她梦绕魂牵、念念不忘的，是一位高贵的"游子"。"千金"不一定是对方拥有高贵的身份，而是强调那位"游子"在女子心目中的重要地位。这句与上句对仗成文，不仅词句相偶，而且意思也对应，一说少女一说游子，一在此一在彼；然而由于对偶的工巧与意思的连贯，丝毫不觉得人工的雕凿之痕，足可见作者驾驭语言的娴熟。第四小段由一问一答构成，另辟一个"盼望归人"的诗意画境。"证候"，绾合上文"害"字与"气若游丝"诸句，言相思来袭时，女子不堪负重的期盼。作者设问，什么时候是少女相思最苦的时刻？那便是夜阑灯昏，月色朦胧之时。这本是情侣们成双作对，欢爱情浓的时刻，然而对于茕独一身的她来说，忧愁与烦恼却爬上了眉尖心头。"灯半昏、月半明"烘托着期盼心上人的女子，让人仿佛能听到她在灯光月影深处的呼吸，看见她颦眉伫望的神情。全曲一气流转，明白率真，不加雕饰，自然天真而曲折尽致，颇有天籁真味。

〔中吕〕十二月过尧民歌 · 别情①

王实甫

自别后遥山隐隐，更那堪远水粼粼②。见杨柳飞绵滚滚，对桃花醉脸醺醺③。透内阁香风阵阵④，掩重门暮雨纷纷⑤。

怕黄昏忽地又黄昏，不销魂怎地不销魂⑥！新啼痕压旧啼痕，断肠人忆断肠人。今春，香肌瘦几分，搂带宽三寸⑦。

[注释]

① 这是一首带过曲，属于小令的变体，由两支小令组成，即《十二月》与《尧民歌》。

② 粼粼：水波清澈的样子。

③ 飞绵：指飘飞的杨花柳絮。醉脸醺醺：指桃花红如酒醉的脸色。醺醺，形容醉态很浓。

④ 内阁：深闺，内室，闺房。

⑤ 重门：庭院深处的门。

⑥ 销魂：神思茫然仿佛魂消魄散的样子。

⑦ 搂带：疑当作缕带，用丝纺织的衣带。即腰带。《西厢记》四本一折〔上马娇〕："把缕带儿解"。

[赏析]

王实甫，生卒年不详，名德信，大都（今北京市）人。元代杂剧作家。现存《西厢记》《丽春堂》《破窑记》三种。王实甫有少量散曲流传。

自从和你分别后，望不尽远山层叠隐约迷蒙，更难忍受清粼粼的江水奔流不回，看见柳絮纷飞绵涛滚滚，对着璀璨桃花痴醉得脸生红晕。闺房里透出香风一阵阵，重门深掩到黄昏，听雨声点点滴滴敲打房门。怕黄昏到来黄昏偏偏匆匆来临，不想失魂落魄又叫人怎能不失魂伤心，旧的泪痕没干又添了新的泪痕，断肠人常记挂着断肠人。要知道今年春天，我的身体瘦了多少，看衣带都宽出了三寸。

这首散曲用典丽清雅的语言，剪辑一个黄昏思人的场面，表达了女子的相思之苦。散曲前半部分，用工整的对偶句，描绘渲染出令人感伤的环境。先写与别情有关的遥山、远水、杨柳、桃花等外界景物，再透过风、雨，写内阁、重门，暗写闺中之人。所描写的景物由远及近，由大及小，把读者的视线导入到内阁重门的女子身上。遥山、远水，使人联想到远离的情人；杨柳、桃花，使人联想到易逝的青春；暮雨、黄昏，使人联想到离别的凄苦。是谓"一切景语皆情语"也。作者在每句前面加三个衬字，大大加强了音韵美。尤其是叠字，运用得十分出色。"隐隐、粼粼、滚滚、醺醺、阵阵、纷纷"，这些叠字的运用，大大增强了女子的伤感情绪和悱恻幽怨的情怀。散曲的后半部分，用重复和排比的句式写情，将笔触直接深入女子的内心世界，具体刻画黄昏时节女主人公的怅惘心境。"怕黄昏忽地又黄昏"，承上启下，一个"怕"字，写其孤独苦闷和相思之深。一个"又"字，拓展生活的广度和深度，如此揾度时光，又何止一日？"新啼痕压旧啼痕，断肠人忆断肠人"二句，既照应这一"又"字，又与篇首"自别后"三字遥相呼应，深得人情事理之妙！最后，"香肌瘦几分，裙带宽三寸"以夸张的口吻，更增强了表现相思之情的力量，使人仿佛看到这位消瘦女子的倩影。全篇词采婉丽，语言清新，充满浓郁的抒情气氛；

在表现手法上，层次分明，步步深入，十分感人，体现出王实甫创作兼有妍丽与本色的艺术风格。

〔双调〕殿前欢·离思

张可久

月笼沙①，十年心事付琵琶。相思懒看帏画，人在天涯。春残豆蔻花②，情寄鸳鸯帕，香冷荼蘼架③。旧游台榭，晓梦窗纱。

[注释]

① 月笼沙：用唐杜牧《泊秦淮》诗句："烟笼寒水月笼沙。"
② 豆蔻：喻未嫁少女。
③ 荼蘼：花名，属蔷薇科，夏日开花。

[赏析]

月色笼罩河沙，十年的心事付与琵琶。想念心上人懒得看那帏屏的画，心上人远在天涯。春天过去豆蔻开花，一片深情寄去鸳鸯帕，百花谢后荼蘼独开冷清肃杀。梦中重游旧时楼台亭榭，梦醒时旭日映照窗纱。

这支散曲意境优美，情调凄凉，抒发了怀人相思之情。曲子共四小段。第一小段描绘了女主人公月夜弹琴的场景。"月笼沙"概括地点，道出人物活动的背景，情调朦胧，心事幽昧。"十年心事付琵琶"，离别已经十年，苦思苦想，不堪忍受；语言凝练而意味深厚，雅致而蕴藉。第二小段点明"心事"具体所指。"懒看"即"无心看"，她心事重重，深情抑郁，思念着相隔遥远的情人，率真自然，干净明快。第三小段写女主人公自伤青春易逝。"豆蔻"言其少而美；"春残豆蔻花"，含惜时自爱，感叹青春易逝。"鸳鸯帕"是定情之物，女主人公睹物思人，倍感悲伤。"荼蘼"，苏轼诗云："荼蘼不争春，寂寞开最晚。"所以说"香冷"，是因为荼蘼虽香，但未赶上大好春光，因此寂寞、冷落。女主人公以荼蘼自况，感叹年华流逝，花容易凋，青春不再。最后两句为第四小段，写苦恋伤神，愁肠百转，不得见意中人，只好在梦中重温旧情，与恋人相会。"旧游台榭"点化晏殊"去年天气旧亭台"句，女主人公看到昔日并肩共游的楼台亭阁，与情人相会的渴念愈炽，无奈只好到梦中追寻那美好的记忆了。全曲笼罩着深深的惆怅和急切的期盼，蕴藉着谐美和悲凉相夹杂的复杂况味。笔调清丽秀雅，语言含蓄华美。陆侃如、冯沅君《中国诗史》评云："'骚雅'与蕴藉是构成张曲的两方柱石。"

〔越调〕 寨儿令

周文质

挑短檠^①，倚云屏，伤心伴人清瘦影。薄酒初醒，好梦难成，斜月为谁明？闷恹恹听彻残更，意迟迟盼杀多情。西风穿户冷，檐马隔帘鸣^②。叮，疑是佩环声。

[注释]

① 短檠（qíng）：矮灯架，代指灯。

② 檐马：悬在檐下的伯马（风铃）。

[赏析]

挑着灯花，靠着云彩屏风，伤心地看着灯下与她为伴的清瘦的身影。淡酒已醒，难成好梦，已经西斜的月儿为谁明？烦闷倦怠地听着深夜一次次更声。他心意缠绵，如此多情极盼和情人重逢。萧瑟的西风穿户而入，带来寒意，也伟来帘外檐下风铃的响声，蓦然间竟以为是情人走来。佩环响叮叮。

这支小令描写一个女子思念情人夜不能寐的情状，表现了她的孤寂和痴情。全曲共四层。第一层前三句，用灯、屏、影营造女主人公凄清的氛围。"挑"，灯烛挑而复明，可见她等待已久；"倚"，或许腰腿已经困乏。"清瘦影"，以"影"写她受思念煎熬，形容瘦损，形影相吊；"伤心伴人"运用拟人，唯以伤心为伴，形象生动地刻画出她沉浸在等人不至的悲伤中，其情堪哀；但她仍抱着希望，不肯睡去，可见她的痴情。第二层四至六句，写她愁肠百转，无计消除。皆因苦闷难遣，她曾借酒浇愁，可是闷饮易醉，醒后更愁；坐立无趣，她想上床睡去，可是孤枕难眠，好梦也难成。满怀愁绪，无可告诉，仰望窗外，月已西斜，她不禁喃喃问月：你究竟为谁而明？"薄酒"之"薄"，乃因知心不来，独酌无趣，故酒味淡薄无味。失望于现实，寄情于梦境，谁知好梦难成，何其可怜可叹！此身等人不至，孤月为何而明？这一天真的痴问，更见她一往情深，痴情至极。第三层七八句，写女子恹恹数更声，痴痴等情人。"闷"，孤闷，闭气，此情无处可诉，无计消除；"恹恹"，精神不振，却强打精神等待情人，百无聊奈，便一声声、一遍遍地数着打更声。那一声声的打更声，使这个不眠长夜更显得孤寂、凄清，它宣告着这个良宵正在消逝，声声都似敲到愁人心上。可是，直数到夜阑更尽，仍不见情人踪影。女子越发无精打采，备感伤情，真真是想死了多情人。这一层变换手法，直接描写人物心理，既承前词点明愁闷的原因，又为后面情景作了充足的铺垫。第四层九句至曲尾，写风吹檐马响，误认佩环声。"西风"烘托愁思愁煞人，"冷"不仅是西风冷，更是她的心"冷"，情景交融。这时隔帘听到檐马响，她以为是男子来到时的佩环声，这一细节生动地揭示了女子"盼杀多情"已经到了如醉如痴、入迷入幻的程度。此时，女子的惊喜和失望，都达到了最高点，给读者留下了鲜明生动的想象空间，真是言有尽而意无穷。

〔双调〕水仙子·为友人作

乔 吉

搅柔肠离恨病相兼，重聚首佳期卦怎占？豫章城开了座相思店①。闷勾肆儿逐日添②，愁行货顿塌在眉尖③。税钱比茶船上欠④，斤两去等秤上掂⑤，吃紧的历册般拘钤⑥。

[注释]

① 豫章城：故址在今江西南昌。此处用双渐与苏卿故事。宋元时期，妓女苏卿与双渐相爱，双渐进京求官不回，鸨母将苏卿卖给茶商冯魁。双渐追赶至豫章城，到处寻访，后来船至金山寺，见苏卿在寺壁留下的诗句，赶到临安，终于团聚。

② 勾肆：勾栏瓦肆，宋元时伎艺人卖艺的场所。

③ 愁行货：使人愁的货物。顿塌：堆积。

④ 比：古代称追征税钱为"比"。

⑤ 等秤：即戥（děng）秤，用以称金银或药的秤。

⑥ 历册：即历本、历书。拘钤：拘束、约束。

[赏析]

搅得人柔肠寸断，离愁别恨积压心中，更何况还有病相煎。

要想再聚首不知道佳期在什么时间？看豫章城里开了一座专营的相思店，忧闷的勾栏瓦肆还不断增添，忧愁烦恼像行货一般堆满在眉尖，相思的税钱要在茶船上收，愁苦的轻重要在等秤上量掂。最要紧的是行动受拘束好像坐牢一般。

　　这首小令题为《为友人作》，从内容看，抒发的是对所爱之人的思念。乔吉的曲以"清丽新奇"见长，这首小令活用市井商业用语写相思恋情，显得新颖别致，生动活泼，富有生活情趣，在元代散曲中，这种写法还不多见。小令可以分为三个部分。前三句为第一部分，抒发了对友人的思念之情。首句"离恨病相兼"概括性很强，与"柔肠"形成对比，突出不堪负重、"为伊消得人憔悴"之愁思。"搅"字生动形象地写出了离愁别恨对主人公造成的困扰，富有鲜明的动感。而"离恨"与"病相兼"，足见离别造成的严重后果，但是，何时才能与心上人相聚呢？只能寄希望于占卦，可是这卦怎么占，又茫然不知，那么"重聚首佳期"就更谈不上了。"重聚首佳期卦怎占"一句，凝聚了主人公复杂的情绪：盼望、希冀、焦虑、不安、苦涩、怅惘，传神地刻画出主人公思念恋人的心理活动。"豫章城开了座相思店"形容对恋人思念之重，写法新颖别致，令人一见难忘，同时也为下面以商贾行话比喻愁闷作了准备。五六句为第二部分，这两句结合人物特定的市井生活环境，描绘友人愁思日增，烦闷不已，写来饶有趣味。"勾肆儿"是娱乐消遣的场所，友人忧郁成疾，相思成病，只好到勾肆儿消遣散心，谁知相思难禁，愁闷与相思与日俱增，这一句从时间的角度写愁思愈久愈深。"愁行货顿塌在眉尖"一句，把无形、无影的愁思比喻成有形状、有重量的货物，形象生动地写出愁思的沉重，造语新奇。最后为第三部分，仍用商贾之语写相思之深，愁闷之重。"税钱"比喻相思，既然彼此相爱，就得付出相思的代价，就像商家必须缴纳税钱一样。这相思的"税钱"到哪里去"追比"呢？"茶船上"。这里作者又再次用了"豫章城"的典故，似乎暗示所爱之人被强有力者夺取。这也许是前面"重聚首佳期卦怎占"的原因吧？"斤两去等秤上掂"继续用具体事物比喻抽象事物，把愁思比喻为有轻重、有"斤两"的物体。最后一句总结全曲，"吃紧的历册般拘钤"用宋元时的方言俗语，连同前面的商家行话，构成了全曲鲜明的俚俗特色。

此曲最大的特点，是用商贾行业词语来描写相思恋情，使传统的相思情烙印上商业特色，散发着令人亲切的市井气息，体现了作者与时俱进的创新思维。

〔中吕〕普天乐·别情①

查德卿

鹧鸪词①，鸳鸯帕②，青楼梦断，锦字书全④。后会绝，前盟罢。淡月香风秋千下，倚阑干人比梨花。如今那里，依栖何处，流落谁家。

[注释]

①〔中吕〕《普天乐·别情》原题二首，这里选第二首。

②鹧鸪词：按照《鹧鸪天》《瑞鹧鸪》词牌填写的词。

③鸳鸯帕：绣有鸳鸯的罗帕。

④锦字：前秦才女苏惠作织锦回文诗寄给远方的丈夫。锦字书，指代抒写相思之情的书信。

[赏析]

　　我曾为她填写鹧鸪词，她曾赠给我鸳鸯帕，再不能到青楼与她相会，连她的音讯都已杳然。重逢的机会已经没有了，以前的海誓山盟都成了空话。想从前相会在秋千架下，淡淡的月色温馨的春风，你凭依阑干美如梨花。如今你在哪里？依附于谁？游荡在何处？

　　这首小令抒发了相思离别之情，歌咏的对象，从"青楼、依栖、流落"等语来看，当为一位寄人篱下的歌妓。全曲可分为三层。前六句为第一层，写对方音信杳然，盟誓成空。首句由"鸳鸯帕"勾起回忆。"鹧鸪"，一为身份的表征，唐宋歌妓在罗衫上绣双鹧鸪，一为爱情歌曲的代指。"鸳鸯帕"，当为定情的信物，"鸳鸯"与"鹧鸪"象征爱情，在这"鸳鸯帕"上题写"鹧鸪词"，记录了双方往日爱情生活中的浪漫旖旎，而现在成了重温旧梦的凭藉。"青楼梦断，锦字书仝"由对旧梦的回忆转到现实，"青楼"点明对方的身份。离别之后，对方音信全无，不仅无缘重逢，连形影也不曾入梦。"梦断、书仝"隐逗结尾。"后会绝，前盟罢"是对前面的总结，梦断书乏，不仅意味着后会无期，连先前订立的盟誓也都变成了空言。七八句为第二层，深情地回忆昔日情人的倩影。尽管那人只有一个朦胧的剪影，但由于环境气氛的烘托，她的精神风采依然鲜明可触。而由于虚处传神，更令人遐想。这幅在记忆中深藏的永不褪色的画，把对所爱女子的无限深情，集中地表现了出来。结尾三句为第三层，从深情的回忆回到现实，表现对对方四处飘零的命运的关切。"依栖、流落"暗示对方不由自主的命运和依人流转的处境。这三句运用鼎足对，字面对偶，意思递进，语虽轻缓，情则深长。真情的追忆转为未尽的追踪，深刻的怀念变成真挚的同情。两用三个问句作结，表现了那种思而不见，渺茫无着的情思，有语尽而情不尽的悠悠情韵。

〔南吕〕一枝花·远归

奥敦周卿

〔一枝花〕年深马骨高①，尘惨貂裘敝②。夜长鸳梦短，天阔雁书迟③。急觅归期，不索寻名利。归心紧归去疾，恨不得袅断鞭梢④，岂避千山万水！

〔梁州〕龟卦何须再卜⑤，料灯花已报先知⑥。并程途不甫能来到家内⑦，见庭闲小院，门掩昏闺，碧纱窗悄，斑竹帘垂。将个枨门儿款款轻推⑧，把一个可喜娘脸儿班回⑨。急惊列半晌荒唐⑩，慢腾腾十分认得，呆答孩似醉如痴⑪！又嗔，又喜。共携素手归兰舍⑫，半含笑半擎泪⑬。些儿春情云雨罢⑭，各诉别离。

〔尾〕我道因思翠袖宽了衣袂，你道是为盼雕鞍减了玉肌。不索教梅香鉴憔悴⑮，向碧纱橱帐底，翠帏屏影里，厮揾着香腮去镜儿比⑯。

[注释]

① 马骨高：马非常瘦，骨架都耸起来了，犹如皮包骨头。宋人欧阳修《六一诗话》有"县老槐根出，官清马骨高"。

② 貂裘：貂皮制作的大衣。《战国策·秦策》记载，苏秦初次游说秦王，"书十上而不行，黑貂之裘敝，黄金百斤尽，资用乏绝，去秦而归"。

③ 雁书：即书信。古人将书信系在雁足上，借鸿雁传递消息，后因称书信为雁书。

④ 袅断：绞断，弄断。

⑤ 龟卦：用龟甲占卜算卦。还有一种"鬼卦"，是闺中少妇脱下绣鞋，往地上掷，以鞋面的朝向，判断有关情郎的信息。

⑥ 灯花：燃过的灯芯结成花朵状，古代习俗认为灯花预兆着喜事。唐人杜甫《独酌成诗》："灯花何太喜，酒绿正相亲。"

⑦ 并程途：即兼程，日以继夜地赶路。不甫能：元曲中也作"不付能"，即才能够、好容易之义。

⑧ 柧门：房门。款款：从容舒缓，形容动作轻。

⑨ 班回：即扳回。

⑩ 急惊列：急忙，惊慌。

⑪ 呆答孩：元曲中也作"呆打孩""呆打颏"，发呆之义。

⑫ 兰舍：闺房的美称。

⑬ 擎泪：含泪。

⑭ 些儿：一会儿。

⑮ 不索：不需要。

⑯ 厮揾：依偎贴紧。

[赏析]

奥敦周卿，生卒不详，女真族人。奥敦是女真姓氏，汉译又作奥屯。名希鲁，字周卿，号竹庵。为元散曲前期作家，当时曲作甚有名，与杨果、白朴有交往，相互酬唱。

作为常见曲牌，〔南吕〕《一枝花》出现于很多作品中。属于南吕宫的曲牌主要有"一枝花""金字经""四块玉""落梅风"等。这首曲子是散曲中的套数。

　　春风得意的人，乘肥马，披轻裘，意气昂扬，衣锦还乡。如果一事无成，囊中羞涩，人潦倒，马也瘦，功名念头渐渐淡去，对故乡亲人的思念，就成为唯一的寄托。战国时，苏秦求功名失败后，返回家乡，妻子见了不打招呼，嫂子做饭也没他的份儿。这首散曲的主人公显然幸运多了，无论他处于什么境况，夫妻之间的爱都忠贞不渝。

　　常言道小别胜新婚，何况长别？尤其遭受了冷遇不顺之后，亲情、爱情更显得珍贵。曲中先写归家的迫切心情，日夜兼程，快马加鞭。到家之后，忽然又调皮起来，故意轻手轻脚进门，让妻子又惊又喜。重逢之后，先急于亲热，再互诉衷肠，将夫妻之间的浓情蜜意，传达得恰当真切。而结尾处，两人互相倾诉思念之苦，以至于要对着镜子比谁的脸更消瘦，令人想起李白的《长相思》："不信妾肠断，归来看取明镜前。"

人间酬唱

这家村醪尽，
那家醅瓮开，
卖了肩头一担柴。
咍！
酒钱怀内揣，
葫芦在大家提取来。

〔中吕〕朝天子·邸万户席上^①

刘时中

虎韬，豹韬^②，一览胸中了。时时拂拭旧弓刀，却恨封侯早。夜月铙歌，春风牙纛，看团花锦战袍^③。鬓毛，木雕，谁便道冯唐老^④？

[注释]

① 邸万户即邸元谦，当时镇守杭州。其父是被封为蒙古汉军万户的邸泽。刘时中的父亲曾在他手下任录事。邸元谦曾请刘时中奉书姚燧，请为其父撰写墓志铭。

② 虎韬、豹韬：为古代兵书《六韬》中的两种，这里泛指古代兵书。

③ 铙歌：短箫铙歌，是古代军乐的名称。"汉乐府"中"鼓吹曲"的一部，行军时在马上吹奏。铙，一种古乐器。牙纛：即牙旗，用象牙饰于竿子上的军中大旗。

④ 木雕：应理解为"未雕"。雕，指凋零衰败。冯唐老：冯唐为汉代安陵人，至头发花白时才得见用，当时匈奴犯境，文帝召见他谈论国事，颇得赏识，任为车骑都尉。景帝时免。武帝时求贤良，有人荐之，时已九十多岁，未再录用。

[赏析]

刘时中，生卒年不详。名致，号逋斋，石州宁乡（今山西离石）人。因石州归太原管辖，故有"太原寓士"之称。大德二年（1298年），翰林学士姚燧游长沙，刘时中往见，为其所知赏，被荐用为湖南廉访使司幕僚。元武宗至大四年（1311年），刘时中随姚燧抵赴杭州，在邸元谦为他们举行的宴会上，刘时中即席写了此曲。

这一首小令充满阳刚大气，在元曲中别具一格。小令逼真生动地刻画了一个久经沙场，虽然年事已高，但仍壮心不已的老将军形象。前三句喜写老将军精通兵法，胸藏百万之军；四五句写老将军宝刀未老。人畏封侯迟，他"却恨封侯早"，言其久经沙场，能征惯战，立功无数，威风凛凛的英姿，反意出之，尽夺风流。"夜月铙歌，春风牙纛"由月夜写到白天，言将军率军整肃有致，以"夜月、春风"写其日夜守备，所向披靡；以"铙歌、牙纛"写其麾下众志成城，战无不胜。"看团花锦战袍"盛赞老将军指挥有方，为众望所归，马首是瞻。最后三句抒发老将军豪壮自信，虽然鬓毛已白，却老当益壮，豪气冲天。

小令充分发挥朝天子曲牌的艺术特点，赋予二字格以铿锵的力度，词气之间充满金戈铁马的韵律，全曲以老将军自白的形式，回顾一生的战斗经历，兼通衬托、对比、引用典故，塑造出一位豪迈、英武、可敬的老将军形象，给人昂扬向上的力量。

〔中吕〕朝天子·小娃琵琶①

乔 吉

暖烘，醉容，逼匝的芳心动②。雏莺声在小帘栊，唤醒花前梦③。指甲纤柔，眉儿轻纵，和相思曲未终。玉葱，翠峰，骄怯琵琶重④。

[注释]

① 朝天子：中吕宫曲名。又名《谒金门》《朝天曲》。句式：二二五、七五、四四五、二二五。

② 逼匝：一作"逼拶"，局促在狭窄之地，即逼迫意。

③ 小帘栊：挂帘的小窗。

④ 玉葱：形容手指细白。翠峰：指发髻高耸。

[赏析]

作者满怀爱心，用轻快跳荡的语调，极柔极柔的词语，描写了一个美丽可爱的弹琵琶姑娘，彷佛怕惊动了面前的这位俏人儿。小曲前三句描写了人物出场的环境氛围。或许是一个冬夜，屋子里烘烤得暖烘烘的，酒杯在宾客们间传递，不谙世事的小琵琶姑娘与他们一杯接一杯地饮酒。暖气和酒意让小姑娘面颊坨红，芳心萌动。在酒徒们怂恿下，小姑娘开始弹琵琶。四五句写小姑娘在小帘栊后一边弹琵琶，一边启朱唇轻唱。"小帘栊"的"小"字，既见姑娘年幼娇小，也见作者对她的一份怜爱。"雏莺声"形象传神地描绘出小姑娘歌声的娇嫩，清新，让世间喧嚣静下来，好像在"唤醒花前梦"。花，是美好的，仿佛吹弹可破；梦，是缥缈的，令人沉迷向往，比喻新奇贴切。"指甲纤柔，眉儿轻纵"，指甲纤细轻柔，眉毛轻轻泛动，通过对小姑娘弹琵琶的神态描写曲调的情节、起伏动听，可是，小姑娘在弹到相思曲的时候，好像触动了幽微的心事，竟未能弹下去。"和相思曲未终"，微妙地画出了这位身份卑微的小姑娘对爱情的追求和追而不得的凄怆心理，给读者创设了丰富的想象空间。最后三句故意把小姑娘弹相思曲未能弹下去的原因，归为小姑娘娇小情怯，"琵琶重"，在欲盖弥彰间刻画出小姑娘难言的心曲。

这首小令的语言与小姑娘的形象，与作者对她的怜爱水乳交融。"暖烘，醉容""玉葱，翠峰"这些二字句，像跳荡的小溪，与小姑娘活泼、顽皮的形象相得益彰。作者通过对小姑娘冰晶玉洁的美貌的描写，展示了小姑娘绝妙的技艺和美好的内心世界。这个涉世不深的小姑娘一方面与酒客厮混、饮酒，另一方面向往美好纯真的爱情，作者善于抓住小姑娘复杂微妙的心理，作细腻跌宕的描摹，于尺幅兴波，令人叹赏。

〔双调〕清江引·笑靥儿

乔 吉

凤酥不将腮斗儿匀①，巧倩含娇俊。红镌玉有痕，暖嵌花生晕。旋窝儿粉香都是春②。

[注释]

① 凤酥：即凤膏。油脂化妆品。
② 旋窝：即酒窝。

[赏析]

乔吉此曲以"笑靥儿"为题，原作四首，今选其一。"笑靥儿"就是脸上的酒窝。这首小令通过对一个女子笑靥儿的描写，刻画出她绝世美容、温暖如春的美好形象。

首句写笑靥深圆，以凤膏作饰，凤膏不能将她腮上的酒窝儿抹匀，既写了笑靥深深，又写了新施粉脂之美，一笔两用，轻轻点染，让读者想象出一个正在新妆的美女形象。第二句写笑靥的娇美迷人。"巧笑倩兮，美目盼兮"，她巧笑的两靥多好看，一个"含"字绽放了她的俊美娇艳，突出了她笑靥儿的魅力。三四句对仗工整精致，作者运用贴切的比喻描绘她的笑靥儿的轮廓美。她的笑靥儿就像"玉有痕""花生晕"。"玉有痕"状其温润，"痕"状笑靥儿的轮廓，"红"状其色，就像红色的琼玉那么精致，美轮美奂；又像花儿的花晕，令人神往、着迷，让人感到温暖动人。"镌""嵌"化静为动，准确生动。这两句写色、状形、感温，虚实结合，穷形尽相，细腻入微。最后一句是一篇之眼，经过前面的铺陈、摹状，作者用"旋窝儿都是春"予以提炼升华，把至小至微的酒窝儿与至大至美的"春"并拟，突出了题旨：笑靥儿之所以美，是因为它让人感到美如春，暖如春，人物心灵之美至此一笔托出。除了推出题旨外，在结构上，这一句又总结全曲，与开头照应，使全曲浑然一体。小令运用以小见大的手法，做细致入微的刻画，语言雅致，结构精美，让人赏心悦目。

〔双调〕沉醉东风·渔夫①

白 朴

黄芦岸白苹渡口，绿杨堤红蓼滩头②。虽无刎颈交③，却有忘机友④。点秋江白鹭沙鸥。傲杀人间万户侯⑤，不识字烟波钓叟。

[注释]

① 沉醉东风：曲牌名，南北曲兼有。北曲属双调，南曲属仙吕入双调。

② 白苹、红蓼：都是水生植物。滩头：江边。

③ 刎颈交：比喻生死之交，患难与共的朋友。

④ 忘机友：没有心机的朋友。"心机"是指心思、计谋。

⑤ 万户侯：汉代侯爵的最高一级，享有万户农民的赋税。后来泛指高官贵爵。

[赏析]

这首曲子的题目叫"渔夫"，主人翁就是江边的渔夫。虽然渔夫是曲子的主人公，但是作者一开始并没有写渔夫，而是渔夫活动的江边背景。长满黄色芦苇的岸边、白频草丛生的渡口，杨柳伫立的堤岸，水滩头，遍布着红蓼，烘托了渔夫闲逸、泰然的风度。黄芦、白苹、绿杨、红蓼，都是水边生长的植物，色彩斑斓，相映生辉；江岸、渡口、堤防、滩头，都是渔夫经常往来的去处，这个特定的背景使渔夫的形象可感可知，真实亲切。这样美好的江畔风景图，天然地培植人的美好情操；在质朴优美的自然面前，当然用不着"机心"。因此，三四句紧承前两句的自然环境描写，转入刻画渔夫的心理活动：虽然我没有发誓与我同生共死的朋友，却有丝毫不藏心机的朋友。为什么白朴要特别去强调"忘机友"呢？因为刎颈之交其实有两种。在《史记》中，我们知道两个很有名的故事：一个是廉颇与蔺相如。两人的误会，在廉颇负荆请罪后完全冰释，反而成为刎颈之交；另一个是楚汉相争时的张耳和陈余。他们从小约为刎颈之交，起初，他们一起追随项羽征讨天下，后来，张耳因为项羽封陈余为王而没有封他，就转而投靠刘邦，两人从此反目为仇，最后，张耳杀了陈余，像这样的刎颈之交，还不如没有心机的朋友。这里所说的"忘机友",就是那飞翔在秋天的江面上的点点白鹭与沙鸥。因此,这两句的直接意思是,忘恩负义的朋友还不如禽兽。但从深层意义上说,白朴崇尚的是那种没有虚伪,没有欺诈,没有算计,物我两忘,抱朴守真的自然纯朴的生活方式。当然,这只能是一种理想的生活图景。

正因为贪赃枉法、尔虞我诈、忘恩负义、卖友求荣、过河拆桥等种种龌龊风习横行,在曲子的最后,白朴借渔夫之口,向恶浊的世风挑战。在渔夫看来,用龌龊的手段谋取了高高在上的"万户侯",还不如"我"清清白白地做个渔夫。"傲杀人间万户侯",渔夫的高洁傲岸形象,在这掷地有声的铿锵表白中活脱而出。何况,渔夫有如此美好的生活环境,有许多的"忘机友"相拥,不是胜似万户侯吗?即使在有权势又有钱的权贵面前,渔夫也一点都不自卑,也不会奴颜卑膝地奉承讨好他们。这是一介平民的高贵风骨。

〔双调〕蟾宫曲

卢　挚

沙三伴歌来嗏①!两腿青泥②,只为捞虾。太公庄上③,杨柳荫中,嗑破西瓜。小二哥昔延刺塔④,碌轴上淹着个琵琶⑤。看荞麦开花、绿豆生芽。无是无非,快活煞庄家⑥。

[注释]

① 沙三、伴哥:这两个名称和第七句中的"小二哥",都是当时我国北方农村小孩的一般称呼。"小二哥"另外也用来广

泛地称呼年轻人，以及店铺中跑腿的伙计。嗏（chā）：口语中的语气词，表示顿挫。除了曲中使用以外，不见于诗词文辞中。

②青泥："青"是黑色，"青泥"就是脏兮兮的泥巴。

③太公：古代对年老男人的尊称。

④昔涎刺塔：元代民间口语，形容口水流下来，身体邋遢的样子。刺塔，低垂下滴的样子。

⑤碌轴：石头制成的圆柱形农具，以人或动物在旁边推动，用来碾稻、麦等谷类作物，是为稻、麦脱粒去壳的工具。又写作碌碡。淹：这里形容小二哥躺着的样子。

⑥庄家：指农家。

[赏析]

这首小令描绘了三个农村小孩的形象，用生动活泼的俚言俗语描绘乡村生活，富有迷人的艺术美。曲文一开始就描绘出两个为了捞虾弄得浑身脏兮兮的孩子。这两个才在河边玩回来的孩子，因为口渴又去吃西瓜，"破"有敲击的意思，可见他们的西瓜不是拿刀子切开的，而是坐在杨柳树下，把西瓜敲破后就吃了起来，多么痛快呀！至于小二哥，不知是不是因为没有吃到西瓜的关系，他流口水流得邋里邋遢的，却又是一副毫不在乎的模样，躺在碌碡上，像一个大琵琶，大概因为他身体瘦瘦的、肚子却大大的吧！接着，作者将读者眼光转移到农田中，以白色的荞麦花配上绿色的嫩芽，营造出一片充满生机的农村景象。然后，作者道出自己的感触，他羡慕农村没有是非纠纷的生活，认为这才是真正的快乐。这样的感慨似乎是元代文人的一般感受。

〔黄钟〕寿阳曲·别珠帘秀①

卢 挚

才欢悦，早间别②，痛煞煞好难割舍③。画船儿载将春去也④，空留下半江明月。

[注释]

① 寿阳曲，曲牌名。又名《落梅风》。与南曲小石调引子异。单调二十七字，五句一平韵、三叶韵。珠帘秀，元代杂剧著名的女演员。《青楼集》说她"杂剧为当今独步，驾头、花旦、软末泥等，悉造其妙"。

② 早间别：早，形容时光短促。间，与"别"同意；"间别"，有离别、分别之意。

③ 痛煞煞：非常痛苦的样子。煞，非常。两次重复是为加强语气。

④ 画船：是一种专供游览湖景的船，船身都会雕刻或画上彩色的图案。将：语气助词。春：春光，美好的时光。一语双关，亦暗指珠帘秀。

[赏析]

这支曲子是卢挚赠送给当时十分有名的杂剧女演员珠帘秀的，表达了对珠帘秀难舍难分的感情。据卢挚此曲推测，他们俩分明有一段情缘，但最终还是分手了。可能是因为双方的社会地位相差悬殊，感情得不到社会的承认，于是含恨而别。

此曲一开始就直接写感情，以相见时的短暂欢乐，反衬出分别后必须忍受的长期痛苦，"才"和"早"两个时间交叠的词，把这种相会时间的短暂提至瞬间即逝。男女热恋中的人会感到时间过得特别快，这就是心理时间的错觉。这里也一样，正因为他们的感情特别深，才觉得相聚的时间过得飞快。"痛煞煞"三个字，更明白地将略人难分难舍的痛苦表露出来。随着画船逐渐远离，落寞的作者感到春天的温暖、明媚、生机和活力，都被载着珠帘秀的画船带走了，暗示着她的离去带走了他们相聚时的欢乐。画船离去，江面上一片空荡冷清，陪伴作者的只有天上的月亮。"冷月照江心"，作者在月下望了很久，直到见不到友人的身影，那种怅然若失的守候，在无言的缄默里倾听那满池的笙歌。那不绝的绵绵情意，一直在时间的河上流淌。

〔双调〕寿阳曲·答卢疏斋

珠帘秀

山无数，烟万缕，憔悴煞玉堂人物①。倚篷窗②，一身儿活受苦，恨不得随大江东。

[注释]

① 憔悴煞：忧苦病瘦得很厉害的样子。玉堂人物：卢挚曾做过翰林学士，而翰林院在宋代以后往往被称为"玉堂"，所以珠帘秀称他为"玉堂人物"。

② 篷窗：一般指车船上遮蔽风雨的设备，"篷窗"也就是指帆船的窗子。

[赏析]

　　珠帘秀与元曲作家有很好的交情，诸如关汉卿、胡祗遹、卢挚、冯子振、王涧秋等相互常有词曲赠答。这首散曲是珠帘秀为答卢挚的"别珠帘秀"所作，疏斋是卢挚的号。

　　卢挚的曲是从感情直接入手，珠帘秀这首则从景物写起，无数重的山与千万缕的云烟，描绘出的是一幅辽阔苍茫的景象，"山无数"表现别离后相隔距离的遥远，"烟万缕"表现了情与思的纷乱缠绵。接着，作者描写景物中的人——卢挚，设想他正为离别而显得忧愁憔悴，这是用对方来写自己为离别而憔悴。第四句才正面写到自己，原来她已经坐在逐渐远离的画船中了，山、云烟、卢挚，都是她从船窗中望见的，两个人的距离越来越远，她已经尝到了分别的苦楚，所以说"一身儿活受苦"。这种痛苦无法消除，她恨不能投身江水中，让生命随着江水消失。

　　在古代，艺人的身价十分卑微，法律规定：她们不能嫁人做正妻，只能做侍妾，而且婚姻也没有自主权，即使像珠帘秀这么有才华的人，也不能拥有自己的爱情。珠帘秀曾一度在扬州献艺，后来在杭州嫁一道士，晚景不幸。

〔双调〕折桂令·咏西域吉诚甫①

任昱

　　毳袍宽两袖风烟②，来自西州，游遍中原。锦句诗余③，彩云花下，璧月樽前④。今乐府知音状元，古词林饱记神仙⑤。名不虚传，三峡飞泉，万籁号天⑥。

［注释］

① 西域吉诚甫：西域是古代对西方诸国的通称，曲中"西州"也指此。吉诚甫是来自西域（今吐鲁番）的一位著名作者，他的生平事迹虽然找不到可靠记载，但元曲中存有好几首颂扬他的曲子，可见他是当时一位很有影响的少数民族作者。

② 毳袍，毛绒袍子。毳（cuì），鸟兽的细绒毛。两杣风烟，风尘仆仆。

③ 锦句诗余：饰句，华关的诗句，诗余，泛拈词、曲。

④ 璧月樽前：月下饮酒。

⑤ "今乐府"两句：你最能赏识曲子，又是博览古代词章的学者。

⑥ 三峡飞泉，万籁号天：是说吉的诗像长江三峡飞奔而出的江水，又如对天呼啸的声音。

［赏析］

任昱，字则明，四明（今浙江宁波市）人。工曲，善诗。曲作多游宴、送别、怀古之类，虽境界不广，但真情可咏，曲词清新流丽，不失自然。

这首小令反映了中原文人与西域文人的交往，刻画了西域学者吉诚甫的的形象。小令共四小段。第一小段描绘了吉诚甫的外貌、籍贯和游历：他穿着少数民族宽敞的毛绒袍子，风尘仆仆从西域而来，游遍中原大地，既抓住了他的个性特征，又概写了他见多识广、学问渊博的内蕴。第二小段描述吉诚甫游中原的情景：他交结诗友，白天在彩云下赏花，晚上在月光下饮酒，到处吟哦题咏，留下华美的诗章。第三小段赞誉吉诚甫的才华："今乐府知音状元，古词林饱记神仙。"称赞他擅词章，精音律，知识渊博，不仅是最能赏识当代曲辞的才子，而且是博览古代词章的学者。末小段盛赞吉诚甫的诗作：像长江三峡飞奔而出的江水，又如对天呼啸的声响，不同凡俗。"三峡飞泉"称赞他才华横溢，才思敏捷；"万籁号天"称赞他的词章清新自然，妙手天成，堪称"天籁"。全曲语言清新明丽，对仗工整，从不同侧面展现人物特征，汇合成一个风采照人的形象。

〔南吕〕金字经·咏樵①

吴仁卿

这家村醪尽，那家醅瓮开①，卖了肩头一担柴。咍③！酒钱怀内揣，葫芦在，大家提去来④。

[注释]

①《金字经》，曲牌名。一名《阅金经》。《太平乐府》注：南吕宫。句式：五五七、一、五、三五；单调三十一字，七句五平韵、一叶韵。

② 村醪（láo）：农村中自酿的酒。醪，浊酒。醅（pēi）瓮：酒瓮。醅，未滤去酒糟的酒。

③ 咍（hāi）：古同"咳"，叹词。

④ 来：语尾助词，无义。

[赏析]

吴仁卿，名弘道，号克斋先生。蒲阴（今河北安国市）人。曾任江西省检校掾史。他游宦南方，颇多眷恋，"愁里南闽，客里东吴，梦里西湖"，与南方"士夫"结下了深厚友情。《太和正音谱》评其词"如山间明月"。

樵夫打了一天柴，挑到街上换几文钱，揣在怀里，到小小酒家买回一葫芦老酒，提来同大家一起痛饮，倒也快活自在。

这首小令抓住樵夫买柴买酒喝的片段，刻画了樵夫豪爽、快活的形象，表达了自得其乐的凡俗生活乐趣。前三句运用倒置法，突出酒多，"村醪""家醅"富有农家气息，从樵夫的眼中写来，让我们至今还可以看到当时繁荣的村镇集市场面。后几句写花钱买酒的场面。一个"哈"字，把樵夫的口吻、神情描绘得活灵活现，大大增强了曲子的活泼色彩。曲末"大家提去来"，生动地点出了樵夫们的豪爽性格，很有生活气息。此曲风格清新活泼，作者用当时鲜活的口语写来，增强了活泼诙谐、欢快俏皮的乡土色彩。全曲短小精悍，流畅自如，朗朗上口，令人喜读爱唱。同时，也流露出作者及时行乐的消极思想。

〔双调〕雁儿落过得胜令·送别

刘时中

和风闹燕莺，丽日明桃杏。长江一线平，暮雨千山静。
载酒送君行，折柳系离情。梦里思梁苑①，花时别渭城②。
长亭，咫尺人孤另③；愁听，阳关第四声。

[注释]

①梁苑：又称梁园、兔园，是汉梁孝王刘武修筑的园林，园内聚集着一班著名文士。

② 渭城：即今咸阳，是古时长安人送别的地点。王维有一首著名的赠别诗名《渭城曲》。这里的渭城并非实指，而是代作别的地点。

③ 孤另：孤零。

[赏析]

这是一首带过曲，前四句是〔雁儿落〕，后八句是〔得胜令〕，因两调音律可以衔接，而作者填完前调意犹未尽，故兼而连带填后调，是谓"过"。

这首小令表达对友人依依惜别的深情。前四句写景，后八句抒情。〔雁儿落〕可以看作是由两副对联构成，交代送别友人的时间和地点，描写了一幅和风吹拂，莺歌燕舞，桃红李白的明媚春景。"和风闹燕莺，丽日明桃杏"前为动景，后为静景，一个"闹"字描绘出一幅春天热闹欢腾的景象，一个"明"字描绘出桃杏的光彩，一派春光明秀的安宁景象。后联写远景，视野极其开阔。"江"是长江的意思，"长"修饰"江"，全句写长江不是着眼其浩大；"长"与"一线"相呼应，描绘出长江的秀丽；也不是描绘长江的奔腾；"平"把长江与地平线融为一体，视域十分辽远，令人胸襟开朗。前写江，后写山。"千山"是总揽式概写，由于傍晚下了一场雨，"千山"显出青翠，显得格外静好。下联所写的江山风格与上一联花鸟风格是如此协调，鲜艳明媚的前景以平静辽阔的背景衬托，构成一幅完美的江南春光画，为送别友人创造了一幅明媚秀丽的背景。

〔得胜令〕前四句构成两联，后四句构成两联。前四句上一联写送别的情景，"载洒"盛深情不舍，"折柳"表留恋依依。下一联写送别时的心理活动，设想别后只有在梦里再见、梁苑集会的情景，回忆今日分别的场面。这两联上联是实、下联是虚。最后四个长短句写离人去后，送别者孤零的境况和凄凉惆怅的感情。"长亭，咫尺人孤另"是视觉形象及引起的心理感受。咫尺之间，刚才还是十分热烈的，顷刻间只剩下孤零的自己了。"愁听，阳关第四声"是听觉形象及引起的心理感受。王维的《阳关三叠》原唱三叠就达到了高潮，这里"第四声"应为第四遍、第四叠的意思，可见离恨之长、之深。

整首曲前半部感情平静舒缓，后半部腾挪跌宕，上下相互映衬，表达出送别时丰富复杂的情感。

〔仙吕〕太常引·饯齐参议回山东

刘燕歌

故人别我出阳关，无计锁雕鞍①。今古别离难，兀谁画蛾眉远山②。一尊别酒，一声杜宇，寂寞又春残。明月小楼间，第一夜相思泪弹。

[注释]

① 锁雕鞍：锁住鞍马，意为留住离人。雕鞍：借指坐骑。

② 蛾眉远山：指美女的秀眉。远山：以山比喻女子美丽的眉毛。

[赏析]

刘燕歌，生平不详，一名刘燕哥。《青楼集》说她"善歌舞"，可知她大概是一位歌妓。能词曲。《古今女史》卷六就尚存其诗一首，题为《有感》："忆昔欢娱不下床，盟齐山海莫相忘。那堪忽尔成抛弃，千古生憎李十郎！"据说当时彰德府（今河南安阳市）一官员欲强行纳刘燕歌为妾，刘执意不从而被捏造罪名投入狱中，沉冤莫白，幸而东平路总管府参议齐显安奉命至下属的彰德府复查案件，为其昭雪。元初聊城县属东平路，可见齐参议是山东聊城人。齐显安后来因双亲年迈而辞官回家，刘燕歌写小令《太常引·饯齐参议回山东》为其饯行。这是她仅存至今的一首小令。此曲为酒别离曲，情感真挚、深沉，表现出元代社会下层妇女的真情实感。

这首小令表达了对送别人难舍难分之情。前两句写离别之际无法留住故人。"故人"言交往已久，情感日深，实不忍离别，比用官职称谓更为亲热。"阳关"，用王维的《阳关三叠》代替离别地点，内涵更丰厚，这是以虚指代实指的妙处。"锁雕鞍"是俗曲中表示留住情人的常见用法。"鞍"前以"雕"修饰，烘托了人物的高贵身份，表达对故人的尊敬。三四句一概写一细节。"今古别离难"，是概写。自古及今，"黯然消魂分，唯别而已矣"，用离别常情之难衬托今日别离尤难。为什么今次离别更难分舍？作者没有言情，而用对方为自己画眉的细节表白。窗前画眉，形同夫妻，情意之深，不言自明。五至七句借景抒情。"一尊"，酒少而情重，"一尊别酒"难表深深情，这是近处的特写镜头；对难舍难分的人来说，"一声"啼鸣已经多了，杜鹃声声催别离，这是对远处背景画面的描绘；"一尊别酒，一声杜宇"离别在即，难舍难分。"寂寞又春残"写故人去后，知音已失，了无乐趣，只剩下寂寞深深。"春残"既是实写自然的春残，更是表故人去后，好像带走了"春天"，从此黯淡无生趣。最后两句虚写，设想与故人别后，自己的落寞伤神。"明月小楼"，境界空明，意境优美，烘托美人登高眺望故人，不见故人,不禁"相思泪弹"。"明月寄相思"啊,告诫对方莫忘自己待月小楼上,不要忘记自己期待、盼望的深情。"第一夜",即与对方分手的"第一夜",表达自己须史不可离开对方。"一日不见,如隔三秋",以后的日子如何打发?这首小令,语浅情真,意蕴深厚,画面优美,让人一见难忘,堪为"留情"佳作。

〔黄钟〕人月圆·为细君寿

魏 初

冷云冻雪褒斜路①,泥滑似登天。年来又到,吴头楚尾②,风雨江船。但教康健,心头过得,莫论无钱。从今只望,儿婚女嫁,鸡犬山田。

[注释]

① 褒斜路:沿着河谷、穿过秦岭的道路,是古代巴蜀通往秦川的交通要道。唐人卢纶《送何召下第后归蜀》:"褒斜行客过,栈道响危空。"

② 年来:近来。吴头楚尾:吴国的上游、楚国的下游,指豫章(今江西)一带。宋人黄庭坚《谒金门》:"山又水,行尽吴头楚尾。"

[赏析]

魏初,字太初,号青崖,弘州顺圣(今河北阳原县)人。幼好读书,尤长于《春秋》,为文简而有法,曾从元好问学。元世祖中统元年(1260年),朝廷刚刚建立中书省,就征聘他为椽史，兼执掌文书记录。不久，因祖母年迈而辞去官职，隐居乡下教授诗书。后来被举荐，官拜监察御史，疏陈时政，多见赏纳。

　、此曲为作者祝妻寿之曲。周代诸侯称作国君，国君的妻子称作小君。后来由小君演变出"细君"一词，指妻子。大约清代时，细君又指妾。在诗词曲当中，为妻子祝寿的题材比较少见。这首散曲，分前后两个部分。第一部分前五句，写自己由秦中至巴蜀，又至豫章，年年仕途奔波的艰辛。前两句描绘冬雪登褒斜路的情景，头顶是冷云冻雪，脚下泥滑难行，山路崎岖陡峭，好似登天，困苦不堪。后两句描绘风雨下江南的情景，风雨飘摇，一舟一叶，出没风涛。"年来"二字用逆溯法，暗示年前年后，跋涉不息，奔波不止，读来格外沉重。作者这样写，有两个用意，其一是告诉妻子自己的行踪，羁旅在外，凄风冷雨，更添对妻子的思念之情；其二是为下文作铺垫，隐含仕途险恶，平安是福的人生体验。第二部分后六句，写自己的人生理想。作者劝慰妻子，只要身体健康、心安意顺，有没有钱都不要紧；表达了朴素的心愿，希望儿女们长大成人，各自婚嫁，夫妻俩没有了心事，就归隐山田，养些鸡犬，逍遥度日。作者这一理想看似平淡，实则蕴含着沉重的人生况味。元代中国，各族都生活在苦难之中，文武百官，荣名难永保，生死难预卜，即使是高官厚禄的重臣，生命也没有保障，也就难怪作者对生活不存过多的奢望。从这个角度说，这首以质朴的语言直抒心灵隐衷的祝寿词，仍然微卷着时代政治的风云，而且正因为是夫妻间的私语，更能烛照整个元代社会的压抑背景。

〔双调〕清江引·老王将军

张可久

绮巾紫髯风满把①，老向辕门下②。霜明宝剑花，尘暗银鞍帕③。江边青草闲战马。

[注释]

① 绮（guān）巾：丝带做的头巾。髯（rán）：两腮的胡子，亦泛指胡子。把：束，量词。杜甫《园官送菜》："清晨蒙菜把。"

② 辕门：将帅领兵作战时的营门。

③ 帕：巾，这里指马鞍上的垫子。

[赏析]

营门下有一位老将军，他戴着丝带做的头巾，紫色的胡须风一吹满满的一束，宝剑生锈，使得剑匣上的花纹更加清晰明显。他的坐骑也由于长期不用，鞍垫上积满了灰尘。在江畔绿油油的青草地上，一匹战马正在那里悠闲地啃着青草。

这首小令描写了一位久经沙场、英武不减却被闲置不用的老将军，寄托了作者怀才不遇的牢骚。前两句用前染后点的点染法描绘老将军的肖像，抓住他"绮巾"的装束、"紫髯满把"的特征，后点突出一个"老"字。"绮巾、紫髯"又包含儒将的风度，言其虽老，然韬略藏胸，英武逼人。三四句用老将军的佩剑、坐骑侧面写老将军英雄无用武之地的悲剧。"霜明、尘暗"言宝剑、坐骑久已不用；"宝剑、银鞍"烘托出老将军的英风俊气，老将军虽久被闲置，但仍不失英雄本色。最后一句收束尤为有力。"战马"本应当驰骋疆场，为国杀敌立功，现在却被闲置在江边的青草地上"悠闲"地吃草。"闲"是一篇之"眼"。这一句仍用侧面描写的方法，以"战马"写老将军，以"战马"的"闲"写老将军内心的焦急，外松内紧。像老将军这样的将才，却被抛弃而不用，充满了悲怆色彩，字里行间潜转着老将军的郁勃不平之气。老将军的形象也是作者的形象。作者才华横溢，直到晚年仍沉沦下僚，强颜事人，焉能不"郁闷"？曲辞风格苍劲悲壮，刻画人物凝炼传神，感情深沉蕴藉，余味悠悠。元曲研究专家隋树森评云："这是一幅战将的生动画像。描写一位风中站立的将军。小令透出一股英武壮美的气息，在元曲中属于难见的题材。"

〔双调〕河西六娘子

柴野愚

骏马双翻碧玉蹄①，青丝鞚②、黄金羁③，入秦楼将在垂杨下系。花压帽檐低，风透绣罗衣，袅吟鞭④、月下归。

[注释]

① 双翻：指马在极速奔驰时前面的两蹄和后面的两蹄双方翻动的情形。

② 鞚：有嚼头的控马络头。

③ 羁：马络头。

④ 袅吟鞭：吟鞭，响鞭，扬鞭作响。袅，形容鞭声的婉转悠扬。

[赏析]

柴野愚，元代散曲作家，生平、里籍不详。现存小令二首，除〔双调〕《河西六娘子》，另有〔双调〕《枳郎儿》。

这支小令抒写与河西六娘子相会的喜悦心情，赞美了河西六娘子的非凡魅力。曲题为河西六娘子，但河西六娘子始终没有出现，全用侧面、烘托描写河西六娘子。这种侧面描写分两个层面，一是用马来衬托男主人公，雄健的奔马，青丝做的控马带，金黄色的马络头，衬托出男主人公的翩翩风度和英姿，二是用男主人公来衬托河西六娘子，他骑着装饰贵重的骏马，穿着"罗衣"，显示他不凡的身份；他精心装饰马，可见河西六娘子在他心中的崇高地位；骏马"双翻"，表现了男主人公去见河西六娘子的兴奋心情；见到河西六娘子之后，"花压、风透、袅"体现了男主人公去见到河西六娘子的轻松、愉快、喜悦心情，可见河西六娘子的高贵，非凡的美貌和魅力。

全曲两小段，主要勾勒了男主人公一"去"一"来"两个动态画面。去的时候，因为想见河西六娘子的心情急切，心神凝聚，故而只以奔马自身构图，无暇顾及周围景物。"秦楼"出自《陌上桑》："日出东南隅，照我秦氏楼。秦氏有好女，自名为罗敷。"自此罗敷成了美女的代称，秦楼也就借为美女的居处。"入秦楼"，显然指的先去会美女；而"系马垂杨下"，则暗示情人们正在楼上相会。回来的时候，因为心情愉快轻松，信马回归，心神外溢，所以多以外景入画，花、风、鞭、月纷至沓来。"花压帽檐低"，是说男主人公走出秦楼，穿过花丛，花枝低垂，扫拂着帽檐。这是明写花，暗写人，使人想到他此刻心花怒放之情状。"风透绣罗衣"，意谓夜风凉爽透衣，消散了浑身的情热，他心中感到由衷的满足和舒畅。于是，他骑着骏马，响着花鞭，踏着月光，异常舒适地离秦楼而去。"袅吟鞭"并非为了策马，由于此时心满意足，他情不自禁地响起花鞭，借以渲泄自己的得意之情。"袅"字十分传神。夜静人寂，月朗星稀，清脆的鞭声在空中回荡，渐远渐弱，大有"余音袅袅，不绝如缕"的悠长韵味。一去一回，前者急，后者缓，急得入理，缓得合情。前者是白天，视觉清晰，所以用"碧玉""宵丝""黄金"装饰骏马，着眼于色彩；后者是月夜，感觉、听觉敏锐，故而花是"乐"，风是"透"，鞭声是"袅"，着眼于感受。构画的准确、鲜明、生动，真切地表现出主人公"入秦楼"前后的感情变化和心态差异。至于"相会"这一中心环节，作者巧妙地略去了，这是因为"相会"的情致已全然蕴含在前后两个动态画面之中，这"空白"的设置，是为了给读者创设丰富的想象空间。这是一种"以不言言之""以不尽尽之"的构思艺术。全曲写情，却没有一个情字出现，体现了作者的艺术匠心。

〔般涉调〕哨遍·张玉岩草书

马致远

自唐晋倾亡之后，草书扫地无踪迹。天再产玉岩翁，卓然独立根基。甚纲纪？胸怀洒落，意气聪明，才德相兼济。当日先生沉醉，脱巾露顶，裸袖揎衣①。霜毫历历蘸寒泉②，麝墨浓浓浸端溪③。卷展霜缣③，管握铜龙④，赋歌赤壁⑤。

〔幺〕仔细看六书八法皆完备⑥，舞凤戏翔鸾韵美。写长空两脚墨淋漓⑦，洒东窗燕子衔泥⑧。其雄势！斩钉截铁，缠葛垂丝，似有风云气。据此清新绝妙，堪为家宝，可上金石。二王古法梦中存⑨，怀素遗风尽真习⑩。料想方今，寰宇四海，应无赛敌。

〔五煞〕尽一轴，十数尺，从头一扫无凝滞。声清恰似蚕食叶，气勇浑同猊抉石⑪。超先辈，消翰林一赞⑫，高士留题⑬。

〔四〕写的来狂又古，颠又实，出乎其类拔乎萃。软如杨柳和风舞，硬似长空霹雳摧。真堪惜！沉沉着着，曲曲直直。

〔三〕画一画如阵云，点一点似怪石，撇一撇如展鹍鹏翼。栾环怒偃乖龙骨，峻峭横拖巨蟒皮。特殊异，似神符堪咒⑭，蚯蚓蟠泥⑮。

〔二〕写的来娇又嗔，怒又喜，千般丑恶十分媚。恶如山鬼拔枯树，媚似扬妃按羽衣。谁堪比，写黄庭换取，道士鹅归。

〔一〕颜真卿苏子瞻，米元章黄鲁直，先贤墨迹君都得。满箱拍塞数千卷⑯，文锦编挑满四围⑰。通三昧⑱，磨崖的本⑲，画赞初碑。

〔尾〕据划画难⑳，字样奇，就中浑穿诸家体，四海纵横第一管笔。

［注释］

① 揎：卷起。

② 毫：毛笔。

③ 端溪：端砚。

③ 霜缣：古代用来写字的白绢。

④ 管握铜龙：管：毛笔。铜龙：比喻字如铜铸的龙。

⑤ 赋歌赤壁：写苏轼的《赤壁赋》。

⑥ 六书八法：六书，六种字体，指王莽时六种字体，即古文、奇字、篆书、左书、缪篆、鸟虫书；八法，八种笔划，指横、竖、点、挑、撇、捺、折、钩。

⑦ 两脚：指"空"字草书之下两点。

⑧ 燕子衔泥：指"窗"字当中"穴"的两点，是形象化的比喻。

⑨ 二王：晋代书法家王羲之、王献之。

⑩ 怀素：唐代草书书法家。

⑪ 猊：狮子。

⑫ 消：需。

⑬ 留题：题咏。

⑭ 咒：祝告。

⑮ 蟠：盘曲。

⑯ 拍塞：塞满，充满。

⑰ 文锦：指张五岩写的草书。

⑱ 三昧：事物的要诀或要义。

⑲ 磨崖：碑名，指唐元结撰《大唐中兴颂》，颜真卿书，碑在祁阳语溪石崖上，俗称《磨崖碑》。

⑳ 据：即据着，真个的意思。

[赏析]

这篇套曲高度赞扬了张玉岩书法艺术取得的成就，把张玉岩草书的艺术特色惟妙惟肖地描绘出来，写得生动形象，成为散曲中描写书法艺术的绝唱。

第一首是序曲，写张五岩书艺、人品和当日挥毫书写的情景。前两句先说从晋、唐以后，草书艺术衰落，后说张玉岩在草书艺术上功底很厚，出类拔萃，很有法度。"胸怀洒落，意气聪明，才德相兼济"，是从气质和人品上写张玉岩，说他性格豪放，意气风发，智意聪明，才德兼备。"当日"等八句写张玉岩写草书的情景。他喝醉了酒，脱去头巾，露出头顶，卷起袖子，露出手臂，抽出毛笔，蘸上清冷的泉水，磨好浓墨，在砚台上盛满墨汁，铺开白绢，拿起笔，挥写《赤壁赋》。这一段文字，将当时书写的情景写得历历如同目前，不但写了张玉岩的神态，而且写了书写的过程、细节。"裸袖揎衣"是一种爽快的神态。苏轼的《赤壁赋》，描写江山之美，凭吊历史古迹，以抒发失意的感慨，张玉岩"赋歌赤壁"，也是借酒浇愁，抒发内心的愁绪。

〔幺〕承接上曲，写作者观赏张玉岩的草书，描写其草书之美，赞美其艺术之高超绝伦。前头四句是说，张玉岩的草书，六种字体八种笔划都完备，像凤舞鸾翔，形体很优美，他写的"长空"两字墨汁淋漓；"东窗"两字，用墨十分有力。接着四句描写张玉岩草书的气势，说它很雄健、遒劲，如"斩钉截铁"，连绵回绕；如"缠葛垂丝"，浑然一体，像风云一样飘逸。九至十一句是作者的评价，认为张玉岩的草书"清新绝妙"，可成为"家宝"，可镌刻在"金石"上。十二、十三两句说张玉岩的草书尽得王羲之、王献之父子的笔法，也学到了怀素的草书，这两个对句意在说明张玉岩成功的妙诀在于：努力借鉴前人的书法成果，熔诸家为一炉。最后三句总结本曲，高度评价张玉岩草书的艺术成就。

〔五煞〕高度赞扬张玉岩草书全轴的风格。上曲是从个别的字来描写，此曲是从整体上来描写，角度不同。开头三句总赞张玉岩草书流畅，一气呵成，浑然一体。接着两句用比喻描写张玉岩草书清新，如蚕吃桑叶；雄健，如同狮子挖出石头。最后三句，总结本曲，赞扬张玉岩的草书超过前人，值得翰林和高士赞扬。

〔四〕也是从风格上赞扬张玉岩草书。前三句说张玉岩草书既狂放，又古朴；既放狂不羁，又朴实，出类拔萃，无与伦比，这是对张玉岩草书风格的评价。当中两句是比喻，说他的草书形状软得如在风中摇曳的杨柳那样婀娜多姿，硬得如高空的霹雳，震耳欲聋，比喻十分贴切，也很形象地描绘出张玉岩草书的艺术特色。最后三句说张玉岩的草书笔力劲道，沉着、形象，或歪歪曲曲，或挺直峻峭。

〔三〕描写张玉岩草书的笔划。前三句描写草书中的一划像一片云，一点像一块怪石，一撇像鲲鹏展开的翅膀，用了三个比喻，形象鲜明。中间两句描写"弯环"像怒倒的恶龙骨，"横拖"像大蟒蛇的皮，形体很特别，像可咒的神符，又像蚯蚓盘曲在泥土里。本曲八句，用了七个比喻，这些比喻表现了作者神奇的想象力，又是那样贴切，那样生动而富于艺术感染力。

〔二〕也是写张玉岩草书的艺术风格，它既娇媚又嗔怒，既愤恨又喜悦；非常丑恶，又非常妩媚。前三句说明这种矛盾对立的情况，同时存在于张玉岩草书的风格中。中二句用比喻，说明这种矛盾的风格，丑恶得像山鬼在拔枯树，那么怪诞奇绝；娇媚得像杨贵妃在弹奏霓裳羽衣曲，那么飘逸秀美。最后三句说只有书圣王羲之的书法可与之相比。此处用了黄庭换鹅的典故。《白帖》："右军王羲之尝见阴山道士有群鹅，求之，邀右军书《黄庭》以换，遂与之。"用此典把张玉岩与王羲之相提并论，对张玉岩草书推崇备至。

〔一〕共八句，可分三层，开头三句为第一层，称赞张玉岩能对前人的书法艺术兼收并蓄，能从他们的艺术中吸取丰富的营养，像唐朝的颜真卿，宋朝的苏东坡（字子瞻）、米芾（字符章）、黄庭坚（字鲁直）等人，张玉岩都能取其所长，得其精髓，从而形成自己的艺术风格。当中两句为第二层，称赞张玉岩勤于创作，作品甚丰。最后三句为第三层，说明张玉岩精通书法艺术的奥秘，字体奇伟，就是最好的碑帖，像唐颜真卿的《磨碑》那样。作者将张玉岩的草书与颜真卿所书的《磨崖碑》相提并论，可见对张的书法艺术评价之高了。

〔尾〕赞叹张玉岩的草书艺术天下第一，世间无双。这首曲是《张玉岩草书》全曲的结尾，前后呼应，总结了张玉岩在草书上的高度成就，对其作出高度的评价，字里行间，充满着赞美之情。

这首套数是播写草书艺术的精品，描写细腻，形象生动，运用了很多比喻，将难名之状，难摹之情，惟妙惟肖地表达出来。全曲结构井然，风格豪放，笔墨洒脱，文情并茂，堪称"四海纵横第一管笔"。

〔双调〕新水令·秋江送别即赠鲁渊道原、刘亮明甫

施耐庵

〔新水令〕西窗一夜雨蒙蒙，把征人归心打动，五年随断梗①，千里逐飘蓬。海上孤鸿，飞倦了这黄云陇。

〔驻马听〕落尽丹凤，莽莽长江烟水空，别情一种。江郎作赋赋难工。柳丝不为系萍踪，茶铛要煮生化梦②。人懵懂，心窝醋味如潮涌。

〔沉醉东风〕经水驿三篙波绿，向山程一骑轻红。恨磨穿玉洗鱼③，怕唱澈琼箫凤。尽抱残茗碗诗筒。你向西来我向东，好倩个青山瓦送。

〔折桂令〕记当年邂逅相逢，玉树兼葭，金菊芙蓉，应也声同。花间啸月，竹里吟风。夜听经趋来鹿洞，朝学书换去鹅笼。笑煞雕龙，愧煞雕虫，要认交白石三生，要惜别碧海千重。

〔沽美酒〕到今日，短檠前，倒碧筒，长铗里，掣青锋。更如意敲残王处仲④。唾壶痕，击成缝⑤。蜡烛泪，滴来浓。

〔太平令〕便此后，隔钱塘南北高峰，隔不断别意情踪。长房缩地恐无功，精卫填波何有用。你到那山穷水尽，应翘着首儿望侬。莽关河，有明月相共。

〔离亭宴带歇拍煞〕说什么，草亭南面书城拥，桂堂东角琴弦弄。收拾起剑佩相从，撩乱他落日情，撩乱他浮云意⑥，撩乱他顺风颂⑦。这三千芥子，多做了藏愁孔⑧。便倾尽别筵酒百壶，犹嫌未痛。那堤上柳，赠一枝；井边梧，题一叶；酒中梨，倾一瓮。低徊薜荔墙⑨，惆怅蔷薇拢⑩，待他日，檄书传奉，把两字儿平安，抵黄金万倍重。

[注释]

① 断梗：折断的苇梗。

② 生化梦：庄生化梦，比喻浮生化梦。

③ 洗鱼：穿头发的簪子。

④ 王处仲：东晋王敦，为东晋丞相王导的堂兄。曾与王导一同协助司马睿建立东晋政权，成为当时权臣，但一直有夺权之心，最后亦因此而发动政变，史称王敦之乱。

⑤ 王敦每次饮酒之后，总要吟咏："老了的骏马虽然伏在

马厩之中，但是它的志向却还是日行千里；有志之士虽然到了晚年，但是他的雄心依旧没有止息。"一边吟咏，一边用如意敲击唾壶作为节奏，唾壶口都被敲缺了。

⑥ 落日情、浮云意：出自李白的《送友人》："浮云游子意，落日故人情。"

⑦ 顺风颂：类似今天离别时祝对方"一路顺风"。

⑧ 芥子：芥为蔬菜，子如粟粒，佛家以"芥子"比喻极为微小。

⑨ 薜荔墙：柳宗元的《登柳州城楼寄漳汀封连四州》："惊风乱飐芙蓉水，密雨斜侵薜荔墙。"暴风雨中的情状使作者心灵颤悸。

⑩ 蔷薇：陆龟蒙《蔷薇》有"倚墙当户自横陈，致得贫家似不贫。"白居易《戏题卢秘书新移蔷薇》有"移他到此须为主，不别花人莫使看。"

[赏析]

施耐庵，元末明初人，长篇小说《水浒传》的作者。他除了小说写得好，还写得一手好诗好曲，但流传极少，除套曲《秋江送别》以外，还有如问顾逖诗、赠刘亮诗等传世。《秋江送别》这组散曲是施耐庵和生死与共的好友鲁渊、刘亮分别时写的。施耐庵在钱塘时，曾结交鲁渊、刘亮等人。鲁渊，字道源，淳安人。张士诚称王时曾被聘为博士。刘亮，字明甫，吴郡人，元末亦尝仕于张士诚，后以巨舰尽载所藏书万余卷渡江，客如皋冒致中家，谋献其书，未果而卒。鲁渊、刘亮都都曾在张士诚幕下当过官，施耐庵也参加过张士诚抗元的农民起义，三人结下了深厚的战友情。这篇套曲表达了他们离别时的难舍难分的深厚情谊。

〔新水令〕表现了三人在一起征战的峥嵘岁月，"征人、五年、断梗"充满刚健苍劲的气息，"五年"写他们战斗情谊之深，"断梗"写他们同为一体，情同手足，今日被生生折断，抒发不忍别离之情。"西窗、夜雨"烘托离情，"飘蓬、孤鸿"描写分手后的情景，令人黯然神伤。

〔驻马听〕写离别的痛苦。先描写江上分别的场面，"落尽、莽莽、烟水"写迷离之情，"空"写与朋友分别在即，心里空落落的，以景传情，水乳交融。接着用江淹的《别赋》作比，言即使是江淹那样写《别赋》的高手，也难描画今日离别的感伤。继之因情设景。"柳丝"含留恋不舍之意，"萍踪"言三人分别后天各一方，行踪不定，殊难聚首。茶铛煮茶是眼前之境，从煮茶中，作者感到人生际会如梦，这两句表达了离别时的惆怅之情。最后两句直抒胸臆，"懵懂"真切地写出了离别时冲昏头脑的感受，"醋味"传神地表达了别离时鼻酸欲落泪的复杂难言之感。

〔沉醉东风〕进一步写离别时的情形。前两句用工整的对偶写送了一程又一程，难舍难分，"经、向、恨、怕"是离别时动作、情感的变化，"磨穿、唱澈、尽抱"从不同的角度呈现难以割舍的感情。最后"你向西来我向东，好倩个青山瓦送"，写分别难以相聚，以青山相送是神来之笔。

〔折桂令〕以赋法叙事为主，回忆当年战友之间的感情。第一小段回忆他们邂逅相逢，"玉树兼葭，金菊芙蓉"是相逢的时间、场景，同时烘托了他们的美好形象。这一小段运用先染后点的点染写法，落脚点在"应也声同"，他们志同道合，意气相投。第二三小段回忆他们互相唱和，共同学习，形影不离。第四小段以议论作结，写他们共同切磋文艺，殷情叮嘱彼此不要忘记这"三生""碧海千重"的情谊。

〔沽美酒〕写今日的生活和别离之痛。第一小段用三字鼎足对，构成不可遏制的气势。与一般缠绵之情不同，作者除了在灯前抒写思念之情外，"长铗里，掣青锋"更多出万丈豪气。第二三小段引王敦故事，抒发壮心不已、建功立业的情志。第四小段借景抒情，用"蜡烛泪滴来浓"写分别后作者复杂的感情，除了对朋友的思念，还有年纪老大，壮志难酬的惆怅，"滴来浓"一个"浓"字写出今日落魄的沉重，一个"滴"字写出无尽难言的怆痛。

〔太平令〕写离别后相互之间的依依思念之情。第一小段写虽然远隔千山万水，却隔断不了彼此间的深情厚谊，以空间之远反衬情意之近。第二小段引用了费长房缩地和精卫填海两个典故写彼此距离之遥。缩地，是传说中化远为近的神仙之术。晋葛洪《神仙传·壶公》："费长房有神术，能缩地脉，千里存在，目前宛然，放之复舒如旧也。"作者说，即使有费长房缩地神仙之术和精卫填海之功，也难以彼此靠近。第三小段虚写，想象对方在山穷水尽处翘首眺望，情深义重。第四小段写既然不能再会，那就借明月传情吧。"莽关河"增加了刚劲矫健之气。

〔离亭宴带歇拍煞〕描写离别的宴席和嘱托。这一曲可以分为两层。前四小段为一层，写他们曾许诺长相厮守，但被搅断，无缘长聚。"草亭、桂堂"烘托他们意气豪迈，不拘雅俗，"琴、书"为伴烘托他们的高雅脱俗，"剑佩"烘托他们阳刚矫健，"收拾起剑佩想从"表现出他们爽快磊落，义重云天。"撩乱他"从反复咏唱中烘托他们不忍分别又不能不分别的痛楚。"三千芥子、百壶"用夸张写宴席中他们不忍分别的深情。五六两小段写他们彼此的赠别和嘱咐。"那堤上柳赠一枝,井边梧题一叶,酒中梨倾一瓮"运用排比分列不同赠送之物,渲染出浓郁难舍之情。"把两字儿平安,抵黄金万倍重",以黄金比平安,殷情祝福保重身体,但得"人长久",情深意切,余味悠悠。

这首套曲,语言通俗明白,雅俗兼备。由于施耐庵了解下层人民的生活,同情和支持民间的反抗斗争,因此,他的创作风格,犹如在一片混浊空气之中吹进一股清风,具有清新、自然、深挚、质朴的本色,在风格上较元未散曲创作中所表现的与世隔绝的闲情逸致及逃避现实、及时行乐的消极思想,是一个重大的突破!

叹世刺时

东篱半世蹉跎，
竹里游亭，
小宇婆娑。
有个池塘，
醒时渔笛，
严子陵他应笑我，
孟光台我待学他。
笑我如何？
倒大江湖，
也避风波。

〔中吕〕朝天子·志感

无名氏

一

不读书有权，不识字有钱，不晓事倒有人夸荐①。老天只恁式心偏②，贤和愚无分辨，折挫英雄，消磨良善③。越聪明越运蹇④。志高如鲁连⑤，德过如闵骞⑥，依本分只落的人轻贱。

二

不读书最高，不识字最好，不晓事倒有人夸俏。老天不肯辨清浊，好和歹没条道。善的人欺，贫的人笑。读书人都累倒。立身则小学⑦，修身则大学⑧，智和能都不及鸭青钞⑨。

[注释]

① 夸荐：夸奖、荐用，指做官。

② 恁（nèn）：如此。

③ 消磨：折磨。

④ 运蹇：命运不好。蹇（jiǎn），跛足，引申指困顿。

⑤ 鲁连：即鲁仲连。战国时齐人，有高尚的德行而不愿做官。他曾为平原君解赵围，谢绝赏金报酬，并说："所贵乎天下之士者，为人排患释难解纷乱而无所取也，而有所取者是商贾之事也。"

⑥ 闵骞：即闵子骞，春秋时鲁国人，孔子弟子，以性孝闻名。

⑦ 立身则小学：立身处世靠的是小学。小学，指礼、乐、

射、御、书、数六艺，为古时小学科。

⑧ 修身则大学：修身养性靠的是大学。修身，修养身心。大学，指儒学经典。

⑨ 鸭宵钞：即青钱，元代发行的劣质钱币。

[赏析]

这两首小令语言通俗易懂，深刻概括了元代社会人情世相和不公正的现实，流露出对元代黑暗社会的不满和愤慨。元代社会地位最低的两个阶层是读书人和乞丐，所谓"九儒十丐"。知识分子不但被限制参政议政权，还有许多人被掳去做苦工、农奴。他们处于"百无一用是书生""儒人颠倒不如人"的境地。这首小令就是产生在这种背景下。

小令开门见山，单刀直入，首先对元代统治者压抑人才，运用不学无术之徒的现象进行了猛烈抨击。接着，从英雄志气被消磨，善良者受欺压，有德有才者受轻贱，守本分者、贫穷者被嘲笑等方面，深刻揭露了蒙元统治者贤愚不分，清浊不辨，黑白颠倒，是非混淆的弊病，对元代腐败的社会风气进行了尖锐的批评。最后一句"智和能都不及鸭青钞"，一针见血地披露了元朝的社会现实，对这种现实流露出强烈的愤懑之情。小令直率泼辣，尖锐犀利，概括深刻，入木三分，令人解气解恨，因此也更具有人民性，价值比一般的小令高得多。

〔双调〕庆东原①

白 朴

忘忧草②，含笑花③，劝君闻早冠宜挂④。那里也能言陆贾⑤？那里也良谋子牙⑥？那里也豪气张华⑦？千古是非心，一夕渔樵话⑧。

[注释]

①庆东原：双调中的曲牌名，又称为《郓城春》。句式为三三七、四四四、五五，共八句六韵（一、七句不用韵）。首两句及末两句一般要求对仗，中间三个四字句也有作鼎足对的。末两句也可作两个三字句。曲子在曲律规定字以外，常用衬字。所谓衬字，指的是在曲律规定必须的字数之外所增加的字，它不受音韵、平仄、句式等曲律的限制。这首曲子四五六句都用了衬字"那里也"。"那里也"都是加在句子前面的衬字，都属虚词。

②忘忧草：萱草，据说嫩苗可作蔬菜，"食之动风，令人昏然如醉。

③含笑花：木本植物，木兰科，花如兰，开时常不满，像含笑的样子，故名。

④闻早：趁早。冠宜挂：意即宜辞官。《后汉书·逢萌传》记载，王莽杀其子宇，蓬萌对友人说："三纲绝矣，不去祸将及人。"即解冠挂东都城门，带着家属泛海到辽东去了。后人以挂冠指辞官，本此。

⑤陆贾：汉高祖谋臣，以能言善辩知名。曾从汉高祖定天下，并曾出使南越，游说南越尉赵陀归汉，故称"能言陆贾"。

⑥子牙：姜太公，名姜尚，又名吕尚，字子牙。曾辅佐周文王，又为周武王的谋士，帮助周武王伐纣灭殷，故称"良谋子牙"。

⑦张华：字茂先，西晋文学家。曾劝谏晋武帝伐吴，灭吴

后持节都督幽州诸军事，虽为文人而有武略，曾作《鹪鹩赋》自喻豪志，为阮籍所激赏，故称"豪气张华"。

⑧渔樵话：渔人樵夫所说的闲话。

[赏析]

本曲系叹世之作。元统一后，作者移家金陵（今南京市），却仍将自己的满腔抱负寄托于山水之间，这支曲子就是在当时所作的叹世、讽世之作。此曲主要通过历史上的谋士、功臣来否定功名和事业，不乏消极之情，但却折射出了当时元代政治的黑暗，以及统治者的昏庸。

看看忘忧草，想想含笑花，劝你忘却忧愁，趁早离开官场。能言善辩的陆贾哪里去了？足智多谋的姜子牙哪里去了？文韬武略的张华哪里去了？千古万代的是非曲直，都成了渔人樵夫们一夜闲话的资料。

全曲以忘忧草、含笑花起兴。通过"忘忧"和"含笑"，体现了一种超凡的境界，这两种草、花，以表示不为忧愁所扰、含笑人生的情怀。只有将忧愁抛之脑后，将含笑当作自己的人生座右铭，不管是遭受困厄还是磨砺，总能一笑而过、一笑置之，才能在世间安然存活下去，才能不被俗世所牵绊。这首曲子表达方式主要是议论，全曲意境高远，怀古叹今。作者把许多的历史人物拿出来作为论点的佐证：善辩的陆贾、多谋的子牙、充满豪气的张华，他们曾是叱咤风云的人物，如今都到哪里去了呢？此处连用三个反问，借姜子牙、陆贾、张华等历史人物的命运遭际，反衬出元王朝统治者不重人才，导致英雄无用武之地的现状，用这些论据论证了自己的观点。同时作者也规劝友人切莫贪恋功名利禄和尘世繁华，表现出作者超脱世俗的思想和潇洒俊逸的性格。此曲不仅展现出对词人友人的深深情义，也有着对历史的变迁与人的命运关系的敏锐观察。

〔双调〕蟾宫曲·叹世

马致远

东篱半世蹉跎①，竹里游亭，小宇婆娑②。有个池塘，醒时渔笛，醉后渔歌。严子陵他应笑我③，孟光台我待学他④。笑我如何？倒大江湖⑤，也避风波。

[注释]

① 东篱：作者自称。

② 小宇：小屋。婆娑：枝叶茂盛貌。

③ 严子陵：严光，字子陵，东汉人。少与刘秀同游学。刘秀即帝位后，屡召不就，隐居富春江，以耕渔为生。

④ 孟光：汉代丑女，三十岁始与梁鸿成婚。后来一起逃到霸陵山中隐居，孟光举案齐眉以进食。全世以"举案齐眉"喻夫妻相敬相爱。台：台盘，盛食物的器皿。此指孟光的食案。

⑤ 倒大：大、绝大。

[赏析]

我半生来虚度了光阴，在那通幽的竹径中，隐映着一座小巧的游亭，走到竹径的尽头，就是小巧的庭院。在那儿有个池塘，我醒的时候轻声吹起渔笛，醉酒之后又放声唱起渔歌。严子陵一定会嘲笑我，孟光台我要学他。笑我什么呢？偌大的江河湖海，也自有躲避风波的办法。

　　这首小令通过对自己营造建的"休闲小筑"的描写，抒发了怀才不遇和对黑暗现实的不满，很有点鲁迅的"躲进小楼成一统，管他春夏与秋冬"的自嘲和调侃味道。小令开头的"半世蹉跎"是营建"小筑"的缘起，寄托了作者很深的身世家国的感慨，是作者对自己前半生的否定，也是对时势的否定，又有"今是而昨非"的愁眉不展。"东篱"作者自谓"东篱本是风月主。晚节园林趣"，既隐含陶渊明诗意，又是与朝廷决裂、归隐之志已坚的表征。接着描绘作者为自己建造的"一方天地"：竹径、游亭、庭院、池塘，营造可谓简单，条件可谓简陋，但"竹里游亭，小宇婆娑"，动中有静，摇曳生姿，掩映成趣，幽静宜人，庭院外筑建一口池塘，也算临风抱水，是作者休憩身心、笑傲风月的"世外桃源"。"醒时渔笛，醉后渔歌"是远祸全身、不问世事的写照，既彰仕隐之乐，又有不甘之心。"严子陵他应笑我，孟光台我待学他"，对仗工整，互文见义，"笑"言作者既不齿于官场的腐败，不肯与之同流合污，又无力摆脱或与之抗争，不能早断世俗羁绊，比不上前辈隐士超世脱俗的大气魄；"学"是说此后不以官场为念，且享家庭天伦之乐。最后三句，仍围绕"笑"作调侃，似在与先贤严子陵对话，实则是对现实的应答：虽不如严子陵、孟光抽身早，亦可略效其遗风，来个眼不见，心不烦，从中得到一种聊以自慰的心态平衡。"倒大江湖，也避风波"，一语双关。"江湖"指眼前"池塘"，也是指官场；"风波"指江湖风波，也是指官场险恶。由于把"休闲小筑"置于人生和时势的大背景中，折射出整个时代的风云，因此就不仅仅是"闲适"之作，"叹世"的标题暗示生存其间的沉重和艰辛。

〔南吕〕四块玉·叹世

马致远

一

带野花，携村酒，烦恼如何到心头。谁能跃马常食肉①？二顷田，一具牛②，饱后休。

二

佐国心，拿云手，命里无时莫刚求③。随时过遣休生受④。几叶绵，一片绸，暖后休。

三

带月行，披星走，孤馆寒食故乡秋⑤。妻儿胖了咱消瘦。枕上忧，马上愁，死后休。

[注释]

① 跃马常食肉：指高官厚禄，富贵得志。

② 一具：一头。

③ 刚求：硬去追求。刚，此指刚硬意、偏意。

④ 过遣：消遣、过活。生受：辛苦、为难。

⑤ 寒食：节令名，清明的前一天或两天，古俗此日禁止生火。

[赏析]

马致远〔南吕〕《四块玉·叹世》共九首，此选其中三首。

带着野花，拿着村酒，烦恼怎么能来到心头？谁能够骑大马，常吃肉？种两顷田，养一头牛，能吃饱也就满足了。

辅佐国王安邦治国的心，能上天揽云的手，如果命里注定没有就不要强求。顺其自然地生活，不要辛苦地去追求。有几叶绵，一片绸，能够保暖就够了。

带着月光行，披着星星走，独自住旅店，过寒食日，离开家乡又到了凄凉的秋天。妻儿胖了我却瘦了。睡觉时在忧愁，出行时也在忧愁，直到死了才算到头了。

这三首小令引起人们共鸣的，是那对生活要求极简和庸常多艰的平凡人心态的回归，然而抒写的却是元代知识分子的不幸命运。三首小令所言，是平凡的"吃饭、穿衣、烦恼"这样的大众话题。第一首小令描绘了一幅返朴归真的田园农家生活图画。前三句写农家的精神生活。"带野花"表现了回归自然，与自然融洽无间，放任天真的野趣。在这里，即使老男人戴着野花，也无人嘲笑。"携村酒"，虽然简陋至极，却有淳朴的乡情、友情。在乡野田园，完全放下了面具，身心得到全部释放，因此，"烦恼如何到心头"。这三句由因及果，揭示了一个简单但是深刻的道理：对生活要求的越少，所用心机越少，获得的快乐就越多。后三句写农家的物质生活。"谁能跃马常食肉"合乎常情而带有反讽意味，由前面的"酒"写到食、行，进而过渡到基本生活需求。"二、一"，用简单的数字，揭示了让人折服的道理：一个人物质所需原本不多，能吃饱饭就够了。这幅自给自足、无忧无虑的田家生活图景，确实让很多在官场挣扎沉浮的人"心向往之"。然而，从治国平天下的儒家理想回到一身一口的简单"谋食"，又使心怀大志的士子不甘和难堪，故第二首前三句，作者从自身经历出发，发出深沉慨叹："命里无时莫刚求"。愿意为国家效力，心怀远大抱负的人才，本是国家的福祉，然而作者将其归于"命"，其中包含多少悲凉和无奈？尽管"意难平"又如何？"休生受"是对蒙元朝压抑汉士人的清醒认识。"几叶、一片"，言人的穿衣所需本也很少。前面这两曲，从表面看，是作者劝人也是自劝：且甘于清贫，随时度日。但仔细品味，其中包含着巨大的悲凉和辛酸，它描画出元代士人悲惨的生活境遇。元代士人的全部生活目的只剩下"活着"，他们不得不把自己的生活需求降到最低点，曲中的"二顷，一具""几叶、一片"，就是他们聊以养家糊口、衣不蔽体的写照。第三首前三句写自己漂泊颠簸的生活状况。"带月行，披星走"，夜晚尚且如此，白昼更不用说；"秋"烘托悲凉的心情。"妻儿胖了咱消瘦"写自己颠簸仕途的目的：不过为养家糊口。就是这样一个简单的目的，也有无穷无尽的忧愁。"枕上忧，马上愁"形象地描绘出日夜忧愁、寝食不安、忧心忡忡的生活状态，所以，作者在结尾半赌气半真率地说："死后休"，表达对蒙元统治下士人痛苦生活的不满和愤懑。

这三首小令用平易率真的语言，描写日常生活状态，看似浅白，却含蕴丰厚，每首结尾的一个"休"字，斩钉截铁，轻快果决，似乎是一种对生活状况的"休"，对烦恼人生的"休"，也是对那个时代的"休"。

〔双调〕折桂令·荆溪即事

乔 吉

问荆溪溪上人家①：为甚人家，不种梅花？老树支门，荒蒲绕岸，苦竹圈笆。寺无僧狐狸样瓦②，官无事乌鼠当衙③。白水黄沙，倚遍阑干，数尽啼鸦。

[注释]

① 荆溪：在今江苏省，是流经宜兴通往太湖的一条小河。溪上：是荆溪岸上的一个地名，在今宜兴。

② 狐狸样瓦：狐狸在房顶戏弄。

③ 乌鼠当衙：乌鸦和老鼠充满了衙门。

[赏析]

这首小令描写社会凋敝景象，表达了作者忧世忧民的情怀，包含丰富的社会内容。荆溪沿岸风景秀丽，唐杜牧曾在此建水榭，宋苏轼欲买田种橘其间，宋梅尧臣有咏荆溪的《东溪》云："行到东溪看水时，坐临孤屿发船迟。野凫眠岸有闲意，老树着花无丑枝。短短蒲耳齐似剪，平平沙石净于筛。情虽不厌住不得，薄暮归来车马疲。"在他们的笔下，荆溪简直是个理想的世界，憩息心灵的世外桃源。但在乔吉眼里，荆溪却是另外一番景象。这首小曲像一组连贯的影片，拍摄了一个接一个镜头。作者以设问开头，写他到达荆溪后问荆溪人家，为什么不种梅花。梅花是受到中国百姓普遍喜爱的欣赏类花，更受文人墨客的青睐，小令以梅花为设问，既符合作者的身份，又串起荆溪深厚的人文背景，兴起古今兴衰之叹。提出问题后，作者没有正面回答，而是剪辑了一组眼前的景象：农户连一个像样的门也没有，像原始人一样，用老树就地支起门，屋内陈设的简陋、吃食的粗糙、衣不蔽体的生活状况可想而知；由于农民大量流亡，沿着荆溪两岸不见豆麦稻椒，生满荒芜的蒲草；居民用矮小的苦竹圈起篱笆。农村凋敝，田园荒芜，民不聊生的境况，在对村居的环境描写中尽出。接着，作者把镜头从乡下延伸到城里官府，沿途所见，寺庙连个和尚也没有了，荒凉得狐狸在房顶戏弄；官府里也是清闲无事，衙门也是乌鼠当道，整个社会好像遭受了大洗劫。而"官无事乌鼠当衙"，官府不理政，官吏差役横行是农村凋敝的原因。最后三句借景抒情，表达内心的愁苦。"白水黄沙"用白描手法，写眼前所见穷山瘦水，杳无人烟，植物都所剩无几，更不用说庄稼，面对如此破敝的景象，作者只有"倚遍阑干，数尽啼鸦"，一声浩叹。

这首小令，风格清丽，巧妙地借景议论，托物抒情，写景为议论提供了基础，议论升华了写景的意义，二者珠联璧合。在这不到七十字的小令中包含如此丰富的社会内容，尤其是作者关心百姓疾苦，为民呼吁的悲悯情怀感人至深。

〔双调〕卖花声·悟世

乔 吉

肝肠百炼炉间铁，富贵三更枕上蝶①，功名两字酒中蛇②。尖风薄雪，残杯冷炙③，掩清灯竹篱茅舍。

[注释]

① 枕上蝶：庄子曾梦见自己变成了蝴蝶，翩翩飞舞。

② 酒中蛇：《晋书·乐广传》记载，乐广有客久不登门，乐广去问原由，客说上次在他家喝酒，见杯中有蛇，回家病倒。乐广告诉他，那是墙上弓的影子。

③ 残杯冷炙：剩酒凉茶。杜甫诗《奉赠韦左丞丈》："残杯

与冷炙，到处潜悲辛"。炙（zhì），烤熟的肉。

[赏析]

这是一首意蕴复杂，题旨深刻的杰作。小令旨在揭露功名富贵的毒幻，人情世态的凉薄，弘扬守志操节，不与世俗同流合污。开篇"肝肠瓦炼炉间铁"一句，既含有要在炎凉世态、富贵贫贱中多加锻炼，使自己心如铁石，意志坚强的用意，又点明当时的世遇艰辛，使人备受煎熬，苦痛不堪的状况。接着"富贵三更枕上蝶，功名两字酒中蛇"，引用庄周化蝶和杯弓蛇影两个典故，意在告诉人们富贵如梦，功名若影，没有什么值得追求和留恋的。在当时争相追名逐利的现实下，这种无视功名富贵的思想倒也难得。最后三句提炼、呈现了一幅悲酸生活画面：在那风雪交加的夜晚，简陋的竹篱茅舍是多么清冷，一盏摇曳如豆的油灯，正陪伴那孤独的作者，就着凉菜饮那剩酒，来消磨难熬的时光。这是作者的个人生活图景，也是当时千百个知识分子悲惨生活的写照。表面看来，这三句似乎在写自己甘于清贫生活，但细加品味，生活质感和思想力度要厚重得多。这幅生活图景与前面三句描述的功名富贵，构成了一种冷眼相对、色调灰暗的不协调，其中浸透着一种刻骨的"冷"。这种"冷"是对蒙元统治集团不顾百姓死活的悲愤控诉，又是一种与"外界"划清界限的操节守志，或者更彻底地说，是对"外界"充满"冷视"的精神自卫和无声对抗，在骨里子是压不倒、摧不毁、折不弯、碾不碎的骨气，把全曲的意旨推向了新的境界。

这首小令多处化用典故或前人的成句，如庄子的"梦蝶"，晋书的"蛇影"，杜诗的"残杯冷炙"，但在令词中化用得那蝉自然贴切，毫无刀斧痕迹，表现了作者遣词造句方面的高超技巧。

〔中吕〕朝天子·邸万户席上

刘时中

有钱，有权，把断风流选①。朝来街子几人传②，书记还平善③。兔走如梭，鸟飞如箭④，早秋霜两鬓边。暮年，可怜，乞食在歌姬院。

[注释]

① 把断：把持，垄断。

② 街子：巡街的士卒。

③ 书记还平善：书记，指纨绔子弟；平善，平安无事。

④ 兔、鸟：指纨绔子弟像兔走鸟飞穿梭在妓院。

[赏析]

元代由于城市经济的畸形繁荣，秦楼楚馆大增，仅大都一处官妓就多达两万五千人。以此类推，其他城市也不会少。她们中绝大多数固然都是被迫沦落火坑的，但也不能否认其中一些人的灵魂因长期受这罪恶环境的污染而变得腐朽堕落，加上鸨母的狠毒贪婪、阴险奸诈和社会上普遍纵欲放荡的风气，确实使一些烟花子弟为此倾家荡产。刘时中此曲虽意在讽刺子弟的咎由自取，但客观上也揭露了蹂躏娼妓制度的罪恶。这正是元代社会一种特别突出的病态。

小令开头单刀直入，把批判的锋芒指向有钱有权的纨绔子弟，他们仗着有钱有权，挥金如土，纵欲无度，把持垄断了青楼名妓。"有钱，有权"以两字句冠首，仿佛模拟纨绔子弟自矜自炫的口吻，穷形尽相地描画出他们志得意满、骄横不可一世的嘴脸；"把断"写出了他们的霸道、张狂；"风流"一笔两用，明写青楼妓女的"风流"，暗写纨绔子弟的轻狂；一个"选"字，写出了他们挑肥拣瘦，依仗有权有钱肆意凌辱、作践青楼妓女。第二小段进一步剥露他们之所以任意胡作非为的深层原因。巡街的士卒几次来传唤他们，他们依然平安无事。为什么？因为他们有钱，可以贿赂官长；因为他们背后有"靠山"，有大官僚为他们撑腰；因为经济发展的需要，他们睁一只眼闭一只眼，假装打瞌睡的"猫"，抓了"老鼠"又放回。说到底，是社会纵容娼妓制度，这一制度受到整个上层社会的庇护和支持。可见，作者不仅仅在讽劝纨绔子弟，而通过这一现象揭露上层社会的黑暗。第三小段用"兔走如梭，鸟飞如箭"形象地描画出他们竞相奔赴妓院的癫狂病态，把他们比喻为"兔、鸟"，辛辣地讽刺了他们的猥琐、猥亵、卑鄙的丑恶灵魂，形同禽兽、为人不齿的宵小形象。"早秋霜两鬓边"写他们在青楼虚耗生命，表现了他们灵魂的空虚、苍白，生命意义的空洞，只不过是一群戕害妇女的"流氓""嫖客"而已，可怜可叹。第四小段由"青春"写到"暮年"，揭示了他们可耻可悲的下场。由于挥金如土，虚掷生命；由于靠山倒塌，上层社会的压榨，他们最终的结局是"乞食在歌姬院"。"乞食"是他们必然而可耻的下场，更令人可悲可叹可笑的是，即使是"乞食"，他们也要"守着"歌姬院！芳草年年，妓院笑声如昔，可怜他们"早秋霜两鬓边"，落到乞丐的地步；即使"贼心"不死，也只能仰望着"歌姬院"，等待那些"有钱，有权"的"阔佬"掷下几个子儿！谁曾料想，他们年轻时也曾是一掷千金的"阔佬"！至此，"有钱，有权"的"阔佬们"仿佛落入了一个命运的轮回"怪圈"。社会的荒诞，生命的空虚，在歌声笑场中透着让人发冷的苍凉。

此曲运用对比，欲抑先扬，既写纨绔子弟昔日之得意轻狂，又反衬其今日之沦落悲哀，两相对照，相得益彰。仅取其两个极端，便勾画浪子的一生经历，剪裁精当。在冷峻的叙述中语含辛辣地嘲讽，更能发人深省，警醒顽俗。

〔双调〕殿前欢

刘时中

醉颜酡①，太翁庄上走如梭②。门前几个官人坐，有虎皮驮驮③。呼王留唤伴哥④，无一个，空叫得喉咙破。人踏了瓜果，马践了田禾。

[注释]

① 酡：饮酒脸红的样子。

② 太翁：本指祖父或曾祖父，这里是对年老长者的尊称。

③ 虎皮驮驮：虎皮，虎皮袋子；驮驮，装满财物的沉甸甸的样子。

④ 王留、伴哥：元曲中泛用的农民姓名。

[赏析]

这支小令辛辣地讽刺了元朝官吏践踏、鱼肉百姓的罪恶。元代农民受官吏掠夺、骚扰可谓司空见惯。《元典章》卷五四刑部十六"擅科"载："郑州达鲁花赤纽怜，系蒙古人氏，状招占破军民人氏耿顺等，令各户供送讫小麦二十七石一斗，粟一十九石八斗，白米五升，大麦一石，稻谷一石，大纸一千五十张，柴四百五十斤，草七百七十斤。""益州路军户王让告本司达鲁花赤忙兀歹，隐占张骡子等三户，每月供送油三斤，柴三驴，菜二筐。"这是"达鲁花赤"（地方长官）在法定赋税之外任意勒索百姓的事例。

本曲生动地再现了元朝官吏下乡，百姓遭殃的情景：一群如狼似虎的胥吏（或禁卫军）喝得醉醺醺、满脸通红，他们在太翁的庄子像穿梭般横冲直撞。太翁的门前坐着几个趾高气扬、骄横不可一世的官吏，旁边放着装满财物的沉甸甸的虎皮袋子，不用说，那是从农民那儿搜刮来的财物。他们指挥那些喝醉了酒的吏役，挨家挨户吆喝呼叫"王留""伴哥"，要村民们赶快缴纳钱粮或供应食宿之类，但村民早已闻风而逃，任官差喊破了喉咙，也无一人响应。官差们恼羞成怒，气急败坏地进行抢掠，人马把农民田地里的瓜果、庄稼践踏得一塌糊涂，弄得鸡犬不宁。从游牧民族使用的虎皮袋子的用具看，这里描绘的也应该是达鲁花赤组怜这类蒙古特权人物在法外肆意掠夺农民的情形。小令把笔锋直接对准气势嚣张的官吏，他们来到村庄就像一群蝗虫，吃肉喝酒，吆五喝六，横冲直撞，践踏庄稼，为所欲为。有法律在背后为他们撑腰，他们无恶不作，肆意殴打百姓还不准百姓还手，甚至抢占民女，而百姓避之如恶虎，畏之如毒蛇，形象地揭露了统治者贪得无厌、鱼肉百姓的残暴本质，他们不过是一群合法的强盗。

〔中吕〕山坡羊·叹世

陈草庵

伏低伏弱，装呆装落①。是非犹自来着莫②。任从他，待如

何？天公尚有妨农过③，蚕怕雨寒苗怕火。阴，也是错；晴，也
是错。

[注释]

① 装落：装死。落：殂落，死亡。

② 着莫：折磨。

③ 妨农过：妨害农事的过错。

[赏析]

陈草庵，生卒年、生平事迹不详。现存小令二十六首。多
愤世嫉俗之作。这是陈草庵写的小令〔中吕〕《山坡羊》二十
六首中的其中一首。

这首小令表面奉劝世人要伏低伏弱、装呆装死，不要争强
好胜、出人头地，背后表达的，是对蒙元统治阶级肆意践踏和
蹂躏百姓的悲愤控诉，他们的欺凌和压榨，使百姓不得不像癞
皮狗一样苟且偷生，被轻视、被侮辱、被损害，活得毫无尊严，
透着"哀莫大于心死"的悲凉和无奈。全篇的意思是说，你已
经伏低伏弱、装呆装死了，"是非"还是要来折磨你，怎么办？
那就任凭他折磨。然后"待如何"，看他还要怎么样？何况老天
爷尚还有妨害农事的过错呢！难道不是吗？养蚕怕雨怕寒，禾
苗又怕干旱。反正老天爷"阴，也是错。阳，也是错"呀！言
外之意是，天老爷尚且被人埋怨，那"伏低伏弱"，逆来顺受，
就更是我等下民百姓的本分了。

在任人蹂躏、践踏的背后，潜藏着作者"但将冷眼观螃蟹，
看你横行到几时"的激愤，充满着怀忧伤世的情绪。作者处于
民族矛盾、阶级矛盾极其尖锐，民族压迫、阶级压迫极端残酷

的时代，对虎狼当道、弱肉强食的社会现实深恶痛绝，却宣扬逆来顺受、与人无争的人生哲学，劝人伏低伏弱、装呆装死，不要去同邪恶抗争，是消极软弱的。从人性的角度说，你越是迁就，别人越是得寸进尺；你越是退步，别人越是赶尽杀绝；你越是原谅，别人越是肆无忌惮；你越是心软，别人越是贪得无厌。人善被人欺，马善被人骑，这就是赤裸裸的人性。但是，另一方面，人都是心高气傲的，要做到真正认识自己，伏低伏弱，并不是一件容易事，只有真正认识到自己不如人，找到自己的不足和差距，才能奋起直追，能"低头"才能"抬头"，百炼钢成绕指柔。在风风雨雨、充满艰难困苦的人生道路上，霜摧不垮，雨打不凋，才是真正的人生胜者。

〔正宫〕鹦鹉曲·农夫渴雨

冯子振

年年牛背扶犁住①，近日最懊恼杀农夫②。稻苗肥恰待抽花③，渴煞青天雷雨④。

［幺］恨残霞不近人情，截断玉虹南去。望人间三尺甘霖，看一片闲云起处。

[注释]

① 扶犁住：把犁为生。住，过活，过日子。
② 最：正。懊恼杀：非常懊恼。
③ 恰待：正要，刚要。
④ 渴煞：十分渴望。

[赏析]

　　冯子振，字海粟，自号怪怪道人、又号瀛洲洲客。湘乡（今属湖南省）人，一说为攸州（今湖南攸县）人。今存散曲小令共四十四首，其中四十二首均为《鹦鹉曲》。

　　这首小令，写农夫在稻子抽花时节对雨的渴望之情。年复一年在牛背后耕作扶犁，近日里可使农夫懊恼之极。稻苗肥壮正等着杨花吐穗，苗都要枯死了，却是响晴的天不下一丝雨。可恨苍天不顾人们渴雨的急切心情，让残霞把要下雨的白虹冲断，云朵向南飘去。农夫们注视着那片白云，盼望能在人间降下三尺好雨。

　　小令分前篇和［幺］篇两个部分。前篇是主体。"年年牛背扶犁住"的语序应为"年年扶犁牛背住"，这里运用了倒置手法，不仅更耐人寻味，而且更能突出农夫生活的艰辛。"年年"写这种艰辛生活日复一日，没有尽头；一个"住"字，写出了农夫靠田为生，靠天吃饭。开头用一句概写农夫生活的艰辛常态，写这种常态是为了突出第二句"近日最懊恼杀农夫"，究竟为什么"懊恼杀农夫"？作者欲言又止。接着三四句作了说明。"稻苗肥恰待抽花，渴煞青天雷雨"，天旱已久，现在正是"稻苗肥恰待抽花"时，如果此时无雨，一年的收成将化为泡影，怎么不让农夫心焦如焚？"渴煞"既点了题，又回答了农夫"最懊恼"的原因，结构严谨，突出了"农夫心内如汤煮"的焦急心情。那么，苍天是不是体谅农夫的苦衷呢？［幺］篇不仅对前篇的具体展开和补充，而且又再兴波澜，这是这首小令最为巧妙之处。"恨残霞不近人情，截断玉虹南去"，本来南天出现了彩虹，虹是将有雨的天象，可是被火炽的晚霞"烧烤"，"玉虹"消散了，农夫盼望的及时雨又成画饼，怎能不恨悠悠？"截断"言苍天的无情。俗谚："晚霞日头朝霞雨。"又云："朝霞暮霞，无水煎茶。"傍晚出现晚霞，意味来日仍将是"旱日"。"望人间三尺甘霖"写农夫盼老天降雨的迫切心情，"三尺"反见旱情之重。那么，老天是不是体谅农夫的苦楚呢？结句云："看一片闲云起处。""闲云"，唐来鹄绝句《云》："千形万象竟还空，映水藏山片复重。无限旱苗枯欲尽，悠悠闲处作奇峰。""一片闲云起处"，意味着仍将无雨。这一句把农夫的失望推至极点。

这首小令以刻画人物心理见长。作者用"懊恼、渴煞、恨、望、看"等一系列动词，细腻传神地描绘出农夫的心理活动。结构上，跌宕起伏，尺幅兴波。语言朴素，不加雕饰，全曲回荡着农夫的心声，让人仿佛能听到农夫渴盼的呼吸，体现了作者对农民艰辛的体察和真诚同情。

〔中吕〕山坡羊·叹世

陈草庵

江山如画，茅檐低厦①，妇蚕缫、婢织红、奴耕稼。务桑麻，捕鱼虾，渔樵见了无别话。三国鼎分牛继马②。兴，休羡他；亡，休羡他。

[注释]

① 茅檐低厦：比较低矮的茅草房。

② 三国鼎分，指东汉王朝覆亡后出现的魏、蜀、吴三国分立的局面。牛继马：指本质都一样，没有什么区别。据《晋

书·元帝纪》记载，司马氏建立的西晋王朝覆灭后，在南方建立东晋王朝的元帝，是他母亲私通牛姓的小吏所生。

[赏析]

　　这是陈草庵写的小令〔中吕〕《山坡羊》二十六首中的其中一首。这首小令歌咏山林隐逸，奉劝世人要甘于恬淡的生活。在农耕社会，耕田种地、养蚕织布是最朴素、最平淡，也是最卑贱的生活方式，然而其中何尝缺乏诗意？

　　作者首先描绘了一幅纯净如诗的乡村生活图景：在如画的江山中，茅屋低矮，一家人各有分工，自食其力，在紧张忙碌中充满自足自得之乐。除了桑麻鱼虾之事，鱼人樵夫见面再无别的话题可谈，正是陶渊明的"但道桑麻长"，孟浩然的"把酒话桑麻"。这是多么令人向往的宁静安好的田园风景，作者的激赏之情，溢于言表。"三国鼎分牛继马"，指魏蜀吴三国争雄和两晋嬗代之历史故事。"牛继马"，指司马氏建立的西晋王朝覆灭后，在南方建立东晋王朝的晋元帝，是她母亲私通牛姓小吏所生的，字里行间略带轻蔑之意。这一句连接以下几句意思是说，至于像三国纷争、马亡牛继之类的事情，或兴或亡，全都听其自然，渔子樵夫一概不必管他。

　　这首小令反映了作者对蒙元统治阶级的"离异意识"和对黑暗现实冷峻的否定态度，作者公然对元蒙统治阶级冷眼旁观，奉劝世人不要跟蒙统治阶级合作，"兴，休羡他；亡，休羡他"，这无异于是对倒行逆施的元蒙统治者的当头棒喝。从本质上讲，是体现了对封建统治阶级坚决不合作的政治态度和对当时社会制度的否定与批判。

〔双调〕水仙子·讥时

张鸣善

铺眉苫眼早三公①，裸袖揎拳享万钟②，胡言乱语成时用③。大纲来都是烘④。说英雄谁是英雄？五眼鸡岐山鸣凤⑤，两头蛇南阳卧龙⑥，三脚猫渭水飞熊⑦！

[注释]

① 铺眉苫（shàn）眼：意为装模作样，装腔作势，目中无人。三公：封建朝代最高的官吏，历代所指称不一，周代以太师、太傅、太保为三公。

② 裸袖揎拳：捋起袖子露出胳膊握紧拳头，指恶狠好斗之徒。万钟：指极高极优厚的俸禄。钟为古代计量单位，六斛四斗为一钟。

③ 成时用：吃得开。

④ 大纲来：总而言之，元人口语。烘：同"哄"，欺骗。

⑤ 五眼鸡：也作忤眼鸡，指好斗的公鸡。岐山鸣凤：传说周文王兴周时有凤凰鸣于岐山（在今陕西省岐山县东北）。

⑥ 南阳卧龙：指诸葛亮。

⑦ 三脚猫：缺一脚的猫。喻指徒有其表实不中用的人。渭水飞熊：指吕尚，即姜子牙、姜太公。传说周文王梦见飞熊，而后在渭水滨遇见姜太公。

[赏析]

张鸣善，名择，自号顽老子。明朱权《大和正音谱》评其词"如彩凤刷羽"。这是张鸣善〔双调〕《水仙子·讥时》四首之一。

装模作样的人居然早早当上了王朝公卿，恶狠好斗、蛮横无礼的人竟享受着万钟的俸禄，胡说八道、欺世盗名的人竟能在社会上层畅行无阻，总而言之都是胡闹，说英雄可到底谁是英雄？五眼鸡居然成了岐山的凤凰，两头蛇竟被当成了南阳的诸葛亮，三脚猫也会被捧为姜子牙！

这首小令尖锐、辛辣地讽刺了元朝上层社会的丑态，备极冷嘲热讽。全曲仅用八句63个字就给元朝上层社会勾画出一幅小丑漫画像，实属难能可贵。小令可以分为两个部分。前四句为一部分，这部分的前三句采用大笔勾勒的方法，画出元朝统治者的嘴脸。作者把元朝统治者当作一个"小丑"来描画，从他们装腔作势、恫吓他人的面部表情，凶相毕露、形同流氓的肢体动作和颠倒黑白、混淆贤愚的说话方式三个方面，分别讽刺了元朝上层社会衮衮诸公的虚伪、蛮横和不学无术，并与"位及三公"的高贵地位、"禄在万钟"的富裕和经世致用的"时用"建立"桥接"关系，在巨大的对比落差中对达官贵人形成了尖锐、辛辣讽刺。这三句用赋的铺排写法，用工整的对仗构成排比句，呈现统治者的不同侧面，反复强调，形成不胜枚举、欲收不能的冲击力和彼此互文见义的表达效果，丰富了意义的含量。第四句虚写一笔，是对前三句的客观叙事的总结和议论升华。这些高高在上的统治者爬到这样的高位，并不是由于他们的德能功勋，而是由于他们的种族、门第背后的野蛮武力支撑。作者用极为精炼的一句话，提炼了他们的统治方法：无非是恫吓和欺骗。小令的后四句为第二部分，采用的结构与前一部分的"先分后总"相反，先用一个设问句总领，然后拿出一个与读者思考截然不同的答案，让人在啼笑皆非中收到辛辣的讽刺效果。这些家伙究竟是不是英雄呢？原来他们的所谓英雄是假的，是冒充的：他们表面上好像是清高拔俗的鸣凤，本质上却是只想"我吃你"的五眼鸡（乌眼鸡）；他们表面上虚张声势，像要为国为民做一番大事业的卧龙诸葛亮，本质上却是传说中人一看见它就会被毒死的两头蛇；他们东抓一把、西抓一把好像什么都能，其实是什么也不能、成事不足而败事有余的三脚猫。那些"腹内原来草莽"的不学无术之徒、行凶霸道的地痞流氓、坑蒙拐骗的小混混、欺压良善的恶棍无赖，摇身一变成为"龙凤熊黑"式的"英雄"。作者用夸张的漫画化手法，撕破他们的画皮，拉出他们的狐狸尾巴，可谓尽揭露之能事的狙击手。此外，前后两个部分，都在排比中运用了数字对偶，也收到了戏弄嘲笑的艺术效果。

总之，这首曲子短小精悍，是向那些凶残丑恶的达官贵人们投的一枝枪。在艺术上，铺陈饱满，揭露深刻，以少胜多，充分发挥了曲善用赋的特点。而首尾两个鼎足对，中间两句承上启下，使如常山之蛇，首尾相应，这种结构上的角度，也不落常套，值得借鉴。

〔越调〕柳营曲·叹世

马谦斋

手自搓，剑频磨①，古来丈夫天下多。青镜摩挲②，白首蹉跎，失志困衡窝③。有声名谁识廉颇，广才学有用萧何。忙忙的逃海滨，急急的隐山阿④。今日个，平地起风波⑤。

[注释]

① 剑频磨：即所谓"十年磨一剑"。

② 青镜：青铜镜。摩挲：抚摸。

③ 衡窝：指横木为门的简陋房舍。衡，通"横"。

④ 山阿：山丘，山谷。

⑤ 风波：喻仕途的险恶情状。

[赏析]

马谦斋，生平不详。这支小令感叹元代不尊重人才的社会现实，也是对整个封建社会无数有志之士一生遭遇的艺术概括。

摩拳擦掌，宝剑不断地磨。自古以来天下有志之士何其多。手抚青铜镜，临镜自照，已鬓生白发，光阴白白度过。不得志困守这简陋的房舍，虽有声威，谁又能了解今日的廉颇，纵然才学广大，怎奈不任用今日的萧何。匆匆忙忙地逃到海滨，急急切切地隐居在山阿。就因为如今仕途祸福难测，平白无故地掀起了险恶风波。

小令共十一句，可分为两个部分。前六句为一层，写自古以来很多人才被埋没。开篇三句写自古以来就有很多渴望建功立业的有志之士。"手自搓，剑频磨"形象地描绘了他们胸怀抱负、自我砥砺、摩拳擦掌、跃跃欲试、待时而动的"精气神"，"丈夫"二字是他们对自己的人格塑造和要求，写得虎虎有生气。后三句写他们的失志困顿。"青镜摩挲，白首蹉跎"化用了李白《将进酒》中的"高堂明镜悲白发，朝如青丝暮成雪"而写出了新意。"摩挲"运用一个细节，含蓄地表现了他们眼睁睁地看着时光白白流逝而壮志难酬的复杂心情，他们困守笼中，无数次等待起用机会，然而，现实是残酷的。"白首"写出了他们一生困厄的悲惨结局；"衡窝"描绘了他们穷愁潦倒的不幸命运。一个"多"字，既概括了这种欲"试剑天下"的人才之众，也总结出人才被埋没是一种普遍现象。这一层通过精炼的对比，对千古人才被埋没的现象发出痛心的浩叹。后五句为一层，写元代士子壮志难酬、屡遭迫害的悲惨命运。他们遭遇三种待遇。首先是不被启用。哪怕声名再大，才学再广，武如廉颇再世，文如萧何重生，都难得启用。"有声名谁识廉颇，广才学有用萧何"这两句对偶分举，互文见义，借古讽今，选用历史人物有代表性。其次是避之不及。"忙忙的逃海滨，急急的隐山阿"，生在元代的人才唯有"隐居"一途。"海滨、山阿"，极言他们走投无路，躲无处躲，穷其一生与草木山泽为伴；"逃、隐"描绘出这些人才连"失志困衡窝"也难保平安，只有"非逃即隐"的两种选择；"忙忙、急急"，用叠词描摹出他们惊恐逃窜，"鸡飞狗跳"的情状，从反面写出了统治者无故罗织罪名迫害人才的现实。第三是躲也躲不掉。"今日个平地起风波"一句，补充交代这些人才"非逃即隐"的原因；放在曲尾，又产生这样的表达效果：即使是逃到海滨，隐到山阿，也难保"现世安稳"，不知哪一天会飞来横祸。作者采用层层递进的写法，充分展现了元代知识分子入仕之难和仕途之险恶。

士之难遇，本是封建社会的普遍现象，在元代尤为严重。元代统治者推行种族歧视政策，将国人分为蒙古人、色目人、汉人、南人四种，当权者大都是蒙古人与色目人，汉人与南人很难有做官的机会。在元代八十九年中，科举考试只举行三至四次，广大士子在仕途没有出路。其中的权豪势要更是无法无天，就连官修的《元典章》，也记载了权豪势要罗织罪名，害人性命的大量事实，这是历代罕见的。因此，在元代，士子们壮志难酬、坎坷终身的现象更为普遍。作者自己也说："辞却公衙，别了京华，甘分老农家。"

〔仙吕〕醉中天·咏大蝴蝶①

王和卿

弹破庄周梦②，两翅驾东风，三百座名园，一采一个空。
谁道风流种?③唬杀寻芳的蜜蜂④。轻轻的飞动，把卖花人搧过桥东。

[注释]

① 醉中天：曲牌名。《太和正音谱》说："其音清新绵渺。"

② 庄周梦：庄周，战国时宋国蒙人，曾为漆园吏，有《庄子》一书。据说他曾梦见自己化为大蝴蝶，醒来后仍是庄周，弄不清到底是蝴蝶变成了庄周，还是庄周变成了蝴蝶。句意为蝴蝶大得竟然把庄周的蝶梦给弹破了。

③ 风流种：一作"风流孽种"，风流才子，名士。

④ 唬杀：犹言"吓死"。唬，一作"諕（Xià）"。諕：吓唬；杀：用在动词后，表程度深。

[赏析]

王和卿，大名（今属河北省）人。王和卿以《咏大蝴蝶》而声名大震。关于这首曲子的创作，元末明初文学家、史学家陶宗仪说："燕市有大蝴蝶，其大异常，王赋'醉中天'小令。"那只大蝴蝶突然出现在燕市上，王和卿见后，于是写下这首小令。

作者开头没有刻画描绘这大蝴蝶，而是云实于虚，联想到庄周梦蝶的奇幻故事。作者说，这大只蝴蝶怎么这么大，这么奇异？原来是挣破古代庄子的美梦才飞到现实中来。这是写蝴蝶的奇特来历。接着写蝴蝶之"大"："两翅驾东风。"让人想起庄子《逍遥游》描写的大鹏"两翼若垂天之云"，"驾东风"更增添了大蝴蝶乘时而至"，飘逸纵横的姿态。更奇特的，是大蝴蝶惊人的采集花蜜的本领和速度："三百座名园，一采一个空。"其气魄惊世骇俗。这究竟是一只什么样的蝴蝶啊！妙在作者笔锋一转，反问一句："谁道风流种？"这惊叹，这惊问，实际是作者惊人的承上启下之笔，让读者思考，这庞然大物的蝴蝶究竟为何而来。然后拈出他物作反衬，更耐人寻思：花园中寻芳的蜜蜂，被梦中飞出的大蝴蝶把三百座名园的花蜜一采一个空的行为吓得失魂落魄，就连卖花的人也被大蝴蝶轻轻地一扇，扇过桥东去了。这一笔真是妙笔生花。不仅把大蝴蝶写活了，而且意在言外地表明，这只大蝴蝶与采花的蜜蜂和卖花人的"风流种"有本质的区别。作者笔下的大蝴蝶另有寄托。

元代从首都大都到地方官府，官员多是贪污腐化、无恶不作，统治集团穷奢极欲，民不堪命。试想，三百座名园凝聚着多少民脂民膏？从京城到地方，无不贪赃枉法，还有许多抢窃掠夺妇女的"花花太岁""浪子丧门"，不仅掠夺妇女，霸占人妻，还为所欲为，如蜜蜂采蜜，搜刮人民，以供养自己和上官的口腹之欲；又如卖花人"采花卖花"，以满足自己和上官的声色之乐，真是"一丛深色花，十户中人赋"。面对如此不公平的世道，作者幻想出现一只荡垢去污的大蝴蝶，把元朝赖以为欢的三百座名园连花带蜜一扫而空。因此，这只大蝴蝶实际是作者心目中的理想人物。这首小令，风格别致，运庄于诙，手法灵活，婉转多姿，含蕴丰厚，耐人寻味。

〔正官〕醉太平·无题

无名氏

堂堂大元，奸佞专权①。开河变钞祸根源②，惹红巾万千③。官法滥④，刑法重，黎民怨。人吃人，钞买钞，何曾见？贼做官，官做贼，混愚贤。哀哉可怜！

[注释]

① 奸佞：善以花言巧语献媚的人。

② 变钞：元统治者规定老百姓一律用纸币，纸币常贬值，掉换新币时要贴补工料费。下文"钞买"与此同义。

③ 红巾：指刘福通、徐寿辉等领导的红巾起义军。

④ 官法滥：指官吏贪污成风和拿钱买官。

[赏析]

这首小令像一把锋利的短剑，将批判的锋芒直指元朝最高统治者，淋漓尽致地揭露了当时社会的黑暗。堂堂大元朝，贪官污吏当权。河水泛滥成灾，新钞大量印造，货币迅速贬值，民不聊生，引起了红巾军千万人起义。苛捐杂税繁杂苛刻，刑法太重，百姓怨声载道。都到了人吃人的地步，钱换钱，什么时候见过这种情形？奸人做了官，做官的又都是贪官污吏，贤明的人得不到重用。悲哀啊真是可怜！

小令一开头毫不掩饰地将批判的对象直指貌似强盛的大元朝，尖锐的贬斥，辛辣的讥讽，反映了人民群众对元朝统治者的蔑视。接着用"奸佞专权"四字一针见血地戳到了当时社会的病根上。"开河变钞祸根源，惹红巾万千。官法滥，刑法重，黎民怨。"从三个方面揭露当时劳役苛重，经济凋蔽，民不聊生的真实情况。一是"开河"。元蒙统治者为把江南的粮食运到北京，征调十几万万民夫开凿黄河故道，繁重的劳役，使黎民百姓苦不堪言，同时也使分散各地的民工集结在一起，为爆发大规模农民起义提供了条件。二是"变钞"。官府经常更换币制，每换一次新币，要人民补贴工料费，官府豪门用旧钞倒卖新钞，引起物价高涨，大大加重了人民的负担。三是"官法滥，刑法重"。元代的刑法，名目繁杂，多如牛毛，仅《元史·刑法制》上明文记载的就有"五刑""十恶""职制""大恶""奸非""盗贼""诈伪"等多种，人民对官府的残酷统治稍有不满，便要被处死或者被流放。正是由于朝廷腐败，刑法泛滥，所以才出现了"人吃人，钞买钞"的惨况乱象。人民到了忍无可忍的地步，就不得不揭竿而起了。元统治者征集民夫开挖黄河故道，就成了元末农民起义的直接导火线。"惹红巾万千"，一个"惹"字说明了"官逼民反"的道理；"万千"二字，指出了农民起义队伍的浩大，势不可当。小令末尾，又回到揭露元朝政治腐败的根源上，"贼做官，官做贼，混愚贤"几句，与开头的"奸佞专权"紧相呼应，对统治阶级内部的恶劣腐败状况又作了进一步的朴充。做贼的当官，当官的做贼，可以想见，这样的官府该是多么浑浊、黑暗。最后一句"哀哉可怜"，是作者发出的深沉慨叹，它和第一句"堂堂大元"相照应，大大加强了全曲的讽刺意味。

这首小令，观点鲜明，锋芒毕露，用语概括，真实而深刻地反映了当时社会的黑暗现实，简直是一篇声讨蒙元统治者的檄文。元末明初的名人陶宗仪在他的《辍耕录》一书中曾录下这首小令，并加评注说："《醉太平》一阕，不知谁所造。自京师以至江南，人人能道之。以其有关于世教也。今此数语，切中时病，故录之，以依采民风者焉。"这段话，对这首小令的评价是较为确切的，从中也可以看出它在当时的阶级斗争中所起到的动员作用。

人生感喟

朝三暮四，
昨非今是，
痴儿不解枯荣事。
攒家私，
宠花枝，
黄金壮起荒淫志。
千百锭买张招状纸。
身，已至此。
心，犹未死。

〔中吕〕山坡羊·人生于世

张养浩

人生于世，休行非义，谩过人也谩不过天公意。便攒些东西，得些衣食，他时终作儿孙累，本分世间为第一。休使见识，干图甚的！

休图官禄，休求金玉，随缘得过休多欲。富何如？贵何如？没来由惹得人嫉妒，回首百年都做了土。人，皆笑汝；渠，干受苦！

如何是良贵？如何是珍味？所行所做依仁义。淡黄齑①，也似堂食②，必能如此方无愧，万事莫教差半米。天，成就你；人，钦敬你。

无官何患？无钱何惮？休教无德人轻慢。你便列朝班，铸铜山，止不过只为衣和饭，腹内不饥身上暖。官，君莫想；钱，君莫想。

于人诚信，于官清正，居于乡里宜和顺。莫亏心，莫贪名，人生万事皆前定，行歹暗中天照临。疾，也报应；迟，也报应。

休学谄佞③，休学奔竞，休学说谎言无信。貌相迎，不实诚，纵然富贵皆侥幸，神恶鬼嫌人又憎。官，待怎生；钱，待怎生。

与人方便，救人危患，休趋富汉欺穷汉。恶非难，善为难，细推物理皆虚幻，但得个美名儿留在世间。心，也得安；身，也得安。

真实常在，虚脾终败，过河休把桥梁坏。你便有文才，有钱财，一时间怕不人耽待④，半空里若差将个打算的来。强，难挣揣；乖，难挣揣⑤。

金银盈溢，于身无益，争如长把人周济。落便宜，是得便宜，世人岂解天公意，毒害到头伤了自己。金，也笑你；银，也笑你。

天机参破，人情识破，归来闲枕白云卧。向岩阿，且婆娑，琴书笔砚为功课，⑦轩裳倘来何用躲？行，也在我；藏，也在我。

[注释]

① 黄韲（jī）：切碎了的腌菜或酱菜。

② 堂食：公署膳食。

③ 谄佞：花言巧语，阿谀逢迎。

④ 耽待：担当，承认。

⑤ 乖：顺从。挣揣：努力争取。

⑥ 婆娑：盘旋舞动的样子。

⑦ 轩裳：指官位爵禄。

[赏析]

张养浩这组小令〔中吕〕《山坡羊》共十首，涉及人生处世、名利官禄等方方面面，可谓是作者为官处世的心得，每一首都有直指本质的穿透性，堪称处世箴言。十首散曲构成一个整体，第一首为总领，最后一首为关总。第一首劝人恪守本分，依义行事，上不欺于天，下不累及儿孙。作者认为，挖空心思攫取财物，耍弄手段算计别人，不合算。"休使见识，干图甚的！"掷地有声，可见作者言出心声，对不义和欺世之行的不屑。第二首劝人随缘过，不要起贪心，不图官禄，不求钱财。

富贵好，生命更好。第三首以设问引起人对"良贵、珍味"的思考，作者认为，依"仁义"而行便是"良贵"，心中无愧即使吃淡黄的腌菜也胜过吃公署膳食，意谓不义而富贵寝食难安，颇有对当时的黑暗官场的讽刺意味。第四首与第二首的意思有相通之处，不过这一首强调了作者宁可"无官""无钱"，不"无德"的是非观，在作者看来，即使位列三公也不过是为了身和口，为"官、钱"失德，甚至违法乱纪而犯罪，不如不想"官、钱"。第五首劝人做人诚信，为官清廉，与邻里和睦相处，不做亏心事。第六首劝人不要花言巧语，阿谀逢迎；不要为"官、钱"竞走钻营，趋之若鹜；不要心口不一，如果依靠这些获得富贵，就连鬼神都感到嫌弃。第七首劝人与人为善，不鄙视、欺侮穷人，留下好名声的口碑。第八首劝人存真务实，就算自己有钱、有文才，还怕人家不认可，要向真实处下功夫。第九首写作者的钱财观。积银钱万贯，不如用钱财周济人，失去便宜之处，正是得便宜之处。拿钱财用于慈善事业，获得的是自身的安全和美名。第十首是说前面九首诗已经说破了人情物理，因此作者"向岩阿，且婆娑"，意谓努力读书，忧道不忧贫，官位爵禄自然来。最后两句是说，有了道德才能，可用可藏，加强自我修养最重要。

〔南吕〕金字经

马致远

夜来西风里，九天鹏鹗飞[①]。困煞中原一布衣[②]。悲，故人知未知？登楼意[③]，恨无上天梯[④]！

[注释]

① 九天：极言天之高远。鹏鹗：均属鹰类，此以自谓。

② 中原：泛指黄河中、下游地区。

③ 登楼意：东汉末王粲依附荆州刺史刘表，不被重用，郁郁不乐，曾登湖北当阳县城楼，并作《登楼赋》以明志抒怀。

④ 上天梯：此指为官的阶梯。

[赏析]

马致远的〔南吕〕《金字经》共三首，此为其中第三首。这首小令当写于马致远的青年时期，当时蒙元统治者轻贱读书人，但也有一些人如刘秉中、元好问等获得重用，但更多的人却屈沉下僚，流寓在江南一带。马致远大概是属于后一类的。小令抒发了困不得时，无法实现远大抱负的悲叹。

深夜的睡梦里，自己像展翅高飞的大鹏，乘着强劲的秋风，翱翔在九天云海之上。然而，梦醒之后，自己仍是一个困居中原的平民百姓。可悲呀，这境况不知道故人知不知道？心里有登楼的意愿，但可恨没有上天的梯子。

小令开头从梦境写起，他把自己比喻为"九天鹏鹗"，趁时而飞，表达自己的远大抱负和志向，意气豪壮；"西风"更增添了悲壮激越的情调。然而在现实中，他不过是一介布衣，"困煞"二字表达了其极大的困顿。后三句由前曲的梦境写到现实，在强烈的对比中，表达自己的失意、落魄，满含悲愤之情，很自然地引出"悲，故人知未知？""故人"传达的含义比较丰富，如：故人对他的期望、无颜见故人、失意的情感只有向故人倾吐，或者明言"故人"而实希望新贵能重用他。最后两句直抒胸臆。"登楼意"化用辛弃疾的《水龙吟·登建康赏心亭》

"把吴钩看了，栏杆拍遍，无人会、登临意"词意，极大地丰富了曲子的含蕴，使作者的抱负更多了一层苍凉悲壮的意味。"恨无上天梯"更是明显表达了希望得到权贵举荐，到朝廷为官，以实现自己的远大抱负的情怀。全曲风格沉郁雄浑，慷慨悲歌，感情跌宕回旋，一气呵成，流转自如，浑然一体。

〔双调〕拨不断

马致远

叹寒儒①，谩②读书，读书须索题桥柱③。题柱虽乘驷马车，乘车谁买《长门赋》④？且看了长安回去！

[注释]

① 寒儒：贫穷的读书人。

② 谩：徒然，枉自。

③ 须索：应该，必须。

题桥柱：司马相如未发迹时，从成都去长安，出城北十里，在升仙桥桥柱上题云："不乘驷马高车，不过此桥。"

④《长门赋》：陈皇后失宠于汉武帝，退居长门宫，闻司马相如善作赋，以黄金百斤请其作《长门赋》，以悟主上。武帝看后心动，陈皇后复得宠。

[赏析]

这是马致远的一组小令〔双调〕《拨不断》中的一首。可叹那贫寒的读书人，白白地读了那么多的书，读书必须要题字在桥柱。即便题柱后乘坐上了驷马车，可乘了车又有谁能像陈皇后那样重金求买《长门赋》？先到长安看看，就回乡去吧！

此曲开篇在这一声浩叹中落笔，表达了自己的凌云志向：贫寒的读书人就是要通过读书改变命运，当上大官，骑着高头大马。接着，作者用层递法，进一步阐述自己的读书目的。在作者看来，读书，做高官还在其次，更要能尽展自己的才华抱负。这种志向，一方面表现了作者才气纵横，另一方面表现了作者志在天下，远远超出那些把当官当作光耀门楣的"仓鼠"型儒人。但是，"乘车谁买《长门赋》？"在蒙元统治着轻视读书人的大气候下，完全没有作者施展才华的"用武之地"。结句的"长安"指代元大都，"回去"指归隐。"且看了长安回去"有两层含义，一层带有游戏的意味，意思是说，且在大都转一圈回去隐居，对此行求官完全不抱希望，对功名富贵表示轻蔑；另一层意思是说，放眼满大都，哪儿有一个重视读书人？且回去隐居吧！这是对蒙元统治者轻视人才的激愤和谴责。这两层含义本质是一样的。在野蛮强权和封建专制下，作者只有自嘲、自解、自谅，踏上归隐之路。本曲最大的特点是用典不着痕迹，且大大地丰富了曲辞的内涵，让人看到作者含泪的微笑。

〔双调〕寿阳曲·江天暮雪

马致远

天将暮，雪乱舞。半梅花半飘柳絮。江上晚来堪画处，钓鱼人一蓑去[1]。

[注释]

①"钓鱼人"句：柳宗元《江雪》："孤舟蓑笠翁，独钓寒

江雪。"张志和《渔父》："青箬笠，绿蓑衣，斜风细雨不须归。"本句综合上述二句诗意而成。

[赏析]

这首小令是马致远创作的描写"潇湘八景"的〔双调〕《寿阳曲》组曲中的一首。这首曲子描写了一个钓鱼人在漫天大雪的暮色中归来，寄托了作者的孤愤情怀。天色将晚时，下起了大雪，纷飞的雪花像盛开的梅花和飘飞的柳絮，白茫茫一片水天一线，何等壮阔，在这美丽如画的风景处，江面上隐隐看见一艘小渔船。渔人穿着蓑衣，放任船漂流，让它带着自己回家。

全曲前两句是远看，概写傍晚大雪飞舞的景象。第一句点明了时间，"暮"为钓鱼人归来张本，暗含"归去"之意，同时赋予画面浑厚的意境感；第二句描写雪飞，一个"乱"字传神地描写了大雪飞舞的景象。第三句是近观，具体描写雪花。作者把雪花比喻为"半梅花半飘柳絮"，梅花、柳絮之喻，除形象地描绘了雪花花瓣之大、之白外，还赋予雪花以春的生机，饱含着作者对雪的欣赏；梅花之喻还赋予雪花以芳香，同时暗含斗雪飘香的生命活力。前三句的雪景，是从钓鱼人的视角中画出，在这充满斗志、活力的雪景中蕴含着钓鱼人乐观、旺盛的精神。这是此曲的第一部分。曲的第二部分是四五句，写人抒情。"江上晚来堪画处"指的就是"钓鱼人一蓑去"。如果说前三句描绘的暮色江畔雪景就是一幅好画，那么真正值得一画的，是这位身着一蓑的钓鱼人。为什么钓鱼人值得一画呢？因为他与"乱雪"抗争，他性格坚毅、孤傲，不与世俗同流。这正是作者的形象。在这一老钓翁的身上，寄托着作者的感情。

这首曲犹如一幅风景画，有雪景，有人物，以景烘托人物，画面明朗，主题鲜明。用比喻对大雪纷飞的情状加以渲染，使"钓鱼人一蓑归去"置于这样的环境之下，成为点题之笔，写景与写人紧密结合，情景交融，一气呵成，使《江天暮雪》成为千古名篇。

〔中吕〕红绣鞋·天台瀑布寺①

张可久

绝顶峰攒雪剑②，悬崖水挂冰帘，倚树哀猿弄云尖。血华啼杜宇，阴洞吼飞廉③。比人心，山未险！

[注释]

① 天台：指天台山，在浙江天台县北。

② 雪剑：形容山峰高峻终年积雪，有如雪亮的宝剑。

③ 飞廉：传说中的风神，又称风伯。此处指阴风。

[赏析]

尖削的山峰像闪着寒光的宝剑聚集在一起，悬崖上挂着一张张冰帘。倚着树的猿猴哀鸣飞跃戏耍在云间。杜鹃鸟凄厉鸣叫，吐着血华，阴洞里狂风在怒吼。但是比起人心的险恶，山算不上危险。

这首小令借景抒情，鞭挞倾侧世情、险恶人心。小令最后一句是点睛之笔。此前用铺排手法写景，剪景紧扣这一"险"字。写山，"绝顶"本已令人丧胆，可是其上还"攒雪剑"；写水，"悬崖"已足以令人恐惧，可是其上还"水挂冰帘"；写猿，则戏耍在云间，随时有掉下的可能。如果说这几句是"阳险"、是"明枪"的话，那么后面两句则是"阴险"、是"暗箭"。杜鹃吐血华，阴洞吼飞廉，气氛阴森恐怖，令人毛骨悚然。经过这样大量蓄势之后，作者以自然之"险"比人心"险"，用"比人心山未险"一句话关总，真如豹尾，直挞世道人心，收到醒世警今的强烈艺术效果。在遣词用语上，"攒、挂、弄、啼、吼"这一系列动词简直是一幅恶世道奸邪小人玩弄卑鄙手段的简笔画，含蓄深刻，耐人寻味。

〔双调〕折桂令·九日①

张可久

对青山强整乌纱，归雁横秋，倦客思家。翠袖殷勤②，多杯错落，玉手琵琶③。人老去西风白发，蝶愁来明日黄花。回首天涯，一抹斜阳，数点寒鸦。

[注释]

① 九日：指九月九日重阳节。

② 翠袖殷勤：指歌女殷勤劝酒。化用宋人晏几道《鹧鸪天》词句"彩袖殷勤捧玉钟"意。

③ 玉手琵琶：谓歌女弹奏琵琶助兴。

[赏析]

面对着青山勉强整理头上的乌纱，归雁横越秋空，困倦游子思念故家。忆翠袖殷勤劝酒，金杯错落频举，玉手弹奏琵琶。西风萧萧人已衰老满头白发，玉蝶愁飞明日黄花。回头看茫茫天涯，只见一抹斜阳，几只远飞的寒鸦。

　　这首小令是作者重九日郊游，对景生情抒发的思归之叹。前三句写对景兴"归欤"之情。"对青山"是眼前之景，"青山"与"乌纱"相对，代表与社会相对的自然存在，从反面写出仕宦的劳倦不堪，一个"强"精炼地概括出作者在仕与隐之间产生的激烈内心斗争。"归雁"引起作者强烈的退隐思归之情。一个"横"字，描画出归雁阵的整齐、"归欤"的强劲，渲染了秋深苍茫的氛围，烘托出作者内心的苍凉；一个"倦"字，凝练地概括了宦海挣扎的艰辛，让人心力憔悴。四至六句回忆官场情景。这三个短句采用了以点代面，以偏概全的借代修辞手法。"翠袖殷勤"指曼妙的的舞姿，"玉杯错落"指觥筹交错的宾主欢宴，"玉手琵琶"指动听的音乐，这些都是让人向往的官场享乐，但现在在作者眼里都丧失了吸引力：不过如此，没有什么值得留恋的。他感到人生易老，白头可悲。所以，接下去便写出"人老去西风白发，蝶愁来明日黄花。"前一句"西风白发"相互映衬，表达人生易老、世事艰难的悲凉况味；后一句，从字面上看是写蝴蝶，实际上仍是在写人。郑谷《十月菊》："节去蜂愁蝶不知，晓庭还绕折残枝。"言蝴蝶不知时光易逝，早晨还到庭院里采摘枝上的残花。此袭其意。苏轼《九日次韵王巩》："相逢不用忙归去，明日黄花蝶也愁。"此句以蝶愁喻良辰易逝，好花难久，正因为如此，此时对此盛开之菊，更应开怀畅饮，尽情赏玩。此用其句。盖蝶愁缘自人愁，人愁则视蝶亦愁。此处用"黄花"扣紧题旨（九日），用"蝶愁"映衬上文的"倦客、人老"，感慨系之，言外之意是说："人无千日好，花无百日红"，也该及时为今后的岁月考虑一下了。最后三句又调转笔头写眼前之景。茫茫"天涯"，以空间之广漠比人生之短促，"一抹斜阳"以时间之促迫，比暮年之短暂；"数点寒鸦"既意承"倦客思家"，又烘托作者此时的心情。这些凄凉的景象，给作者增添了无限惆怅，使他陷入深沉的思索之中。

这首小令情景交融，达到了物我融合的境界；语言清丽，字句凝练，对仗工整，音律和谐，其艺术性是不可忽视的。

〔中吕〕普天乐·秋怀

张可久

为谁忙，莫非命。西风驿马，落月书灯①。青天蜀道难，红叶吴江冷②。两字功名频看镜，不饶人白发星星③。钓鱼子陵，思莼季鹰，笑我飘零④。

[注释]

① 西风驿马：指在萧瑟西风中驱马奔忙。

② 青天蜀道难：李白《蜀道难》诗："蜀道之难难于上青天。"这是说奔波之苦。红叶吴江冷：据《新唐书·崔信明传》：郑世翼遇信明于江中，谓之曰："闻公有'枫落吴江冷'之句，愿见其余。"信明欣然，多出众篇，世翼览未终，曰："所见不逮所闻。"投诸水，引舟去。此用其句。吴江：即松江，为太湖最大的支流。

③ 功名频看镜：此用杜甫《江上》"勋业频看镜，行藏独倚楼"的句意。"不饶人"句：杜牧《送隐者一绝》："公道世间惟白发，贵人头上不曾饶。"

④ 钓鱼子陵：指拒绝汉光武帝刘秀征召，隐居垂钓的严光。严光，字子陵，东汉著名隐士。刘秀请他做谏议大夫，他辞官

不就，隐于富春江。张翰，字季鹰，西晋时人。因见秋风起，乃思吴中莼羹、鲈鱼脍，于是辞官回家。

[赏析]

这首小令抒发岁月消磨而功名难遂的悲叹。究竟是为谁这样辛苦奔波？莫非是命中注定。西风萧瑟瘦马颠簸，落月下书卷伴一盏昏灯。蜀道之难难于上青天，红叶满山吴江凄冷。为那两字功名，岁月匆匆不饶人，镜中人已白发频添。垂钓拒召的严光，思恋莼羹的季鹰，定会笑我飘零。

全曲五小段，写了三层意思。第一层前三句，以自怨自艾的议论抒发作者生途的窘困。"为谁忙"表明了多层含义：首先，自己劳而无获，忙而无益。屈居下僚，听命于人，功归于人，过归于己，很难得到提升，反而处处怄气；其次，是对自己为之奔波劳碌的对象不认同，认为异化于己，非自己所愿；第三，表达了身不由己，个人不能主宰自己的命运，不能按自己的意愿生活，如水中之舟，风中之蓬，不愿为而不得不为的无奈，感慨系之，无由解释，只能归之于命，却又不愿相信是命，既不甘又无奈，只得在烦恼人生的泥沼中痛苦挣扎。第二层包括二至四小段。第二小段承前具体写"忙"的内容。"西风驿马"写白天羁旅颠簸之苦，为谋取功名四处飘零；"西风"二字渲染出作者内心悲怆的感情。"落月书灯"写夜晚学习诗书经典，留心学问；"落月"二字写苦读时间之长，"落"字下得沉稳，增加了蕴藉的力度；"书灯"侧面写出自己孤凄的处境，这两种景物有外景有内景，有远景有近景，有背景有特写，有极强的画面感。作者昼夜流连不息，极尽劳倦。第三小段是虚写，上句写山，下句写水。"青天蜀道难"虚写仰视所见，取意李白

"蜀道之难难于上青天",语带双关,既写陆路旅途之艰,又抒写了人生之路的艰难,慨叹谋取功名难于登天;"红叶吴江冷"虚写远视到俯视所见所感,空中的红叶与叶下的松江相互映衬,构成极美的画面意境,令人很容易想起屈原"洞庭波兮木叶下"的名句,而更多了艳丽的色彩。一个"冷"关锁"红叶、吴江",在冷艳中透出凄美,烘托出作者处境孤单,内心苍凉的感情。二三两小段四句意象组接极具画面感,对偶工整,语言凝练典雅,音律协调,体现了汉语之美。第四小段慨叹功名难取,使人蹉跎白发生。这两句取意李白"高堂明镜悲白发,朝如青丝暮成雪"又写出了新意。"频"写时间之长,一年又一年,功名无望,岁月蹉跎;"不饶人"嗟叹摘取功名比登天还难,岁月无情,转眼少年人变成白发人。结尾三句引用古代隐者自嘲,一个"笑"字表明作者既不能摆脱对功名的热衷,又无力做一个真正的隐者,表现了在元代社会,寒门很难步入社会上层的感叹,这种感叹是时代与个人追求的矛盾。小令像一面小巧的镜子,折射出元代不重视知识分子,有志之士壮志难酬的社会现实。

〔仙吕〕寄生草·酒

范 康

　　常醉后方何碍①,不醉时有甚思,糟腌两个功名字②,醅淹千古兴亡事③,曲埋万丈虹霓志④。不达时皆笑屈原非⑤,但知音尽说陶潜是⑥。

[注释]

① 方何碍：将有什么妨碍？

② 糟腌：用酒或盐渍食物。

③ 醅（pēi）淹：醅，未过滤的酒。淹：泡。淹，一作"淊"（yān）。

④ "曲埋"句：将远大的志向埋没在酒醉之中。曲埋：用酒曲埋掉。曲：酿酒的酵母，酒糟。虹霓志：气贯长虹的豪情壮志。霓：副虹。

⑤ "不达"句：人在穷困潦倒不得志时，都讥笑屈原不随众人共醉、轻生自杀，太不通世故。屈原，战国时楚国大夫，伟大爱国作者，虽怀报国大志，但屡遭谗言迫害，最后投汨罗江而死。他曾说："众人皆醉我独醒。"

⑥ 但知音尽说陶潜是：了解陶潜的人，都说他的行为是对的。陶潜即陶渊明，东晋诗人。他不为五斗米折腰，弃官回乡隐居，性嗜酒。

[赏析]

〔仙吕〕《寄生草·酒色财气》是元曲作家范康的组曲作品，共四首，这是其中的第一首《酒》。一说这首小令为白朴作，只是题作《饮》，且其第一句为"长醉后方何碍"，有一字之别。

范康用同一曲调，写了酒、色、财、气四首小令，这是较优秀的一首，深为后来的散曲家所赞赏。《酒》曲是一首具有豪放风格的小令。终日酩酊大醉又有何妨？要是不喝酒清醒着，又能作何思量！这酒啊，改变了功名的风味，淹没了千年的兴亡，埋没了冲天的志向。屈原守身独醒，世间人都笑他太不识相；陶渊明饮酒海量，一个个都把他引为知音、同党。

这首小令从内容上看，对于功名、兴亡、志向全部予以否定，似乎偏于消极了。细读之下，可以察觉曲中含有无法排解的忧愁，透着埋没理想、屈身退隐的内心痛苦。可以想见，作者或许同当时的不少文人一样，面对黑暗的社会现实，郁郁不得志，不得已便放情山水间，以诗酒为乐。他心情郁闷，满腹牢骚，有时禁不住要一吐为快。这首小令便是借酒抒情，发泄不满现实的愤激之作。

全曲意在劝饮酒，开头即用"长醉"二字，充满酒意。前两句设问，长醉不醒有什么妨碍呢？长醉不醒还有什么可思虑的呢？不难看出，纵情诗酒，无非是想借渴浇愁，以忘天下，这与杜甫诗中"沉饮聊自适，放歌破愁绝"意境大致相同。接下来三句，作者以奇特的联想，用酒槽把"功名"二字浸泡起来，用浊酒把历代兴亡的史实淹泡起来，用酒曲把雄心壮志掩埋起来，这都是发泄对现实的不满，表明自己宁愿饮酒，不愿做官，一心在沉醉中寻找自我安慰。这三句意思相近，在形式上运用了"鼎足对"，即三句互为对偶。这种句式类似现代的排比句，可以反复强调某个重点，增强曲词的语言气势。末二句借屈原投江和陶潜退隐两个典故，用人们对二人醒与醉的褒贬进行对比，申明作者不愿为官、沉湎酒乡的道理。全曲借议论以抒情，以嬉笑怒骂，表达愤世嫉俗，音节急促，一气呵成，豪放俊爽，别具一格。

〔黄钟〕人月圆①

倪　瓒

　　惊回一枕当年梦，渔唱起南津。画屏云嶂，池塘春草，无限销魂②。

　　[幺]旧家应在，梧桐覆井，杨柳藏门③。闲身空老，孤篷听雨，灯火江村。

[注释]

　　① 人月圆：黄钟宫的曲牌名。此调始于宋人王诜，因词中"人月圆时"句，取以为名。有幺篇换头，须连用。

　　② 画屏云嶂：画屏，指重叠而秀丽的山峦，因被云雾遮掩着，所以说"画屏云嶂"。池塘春草：东晋谢灵运《登池上楼》："池塘生春草，园林变鸣禽。"这里用其意，暗寓因季节变化引起的伤感。

　　③ 梧桐覆井：李白《赠崔秋甫》："门前五杨柳，井上二梧桐。"这里用其意，形容古宅的残破。

[赏析]

　　倪瓒，字元镇，自号云林子、风月主人等，无锡（今属江苏省）人。倪瓒是元代大画家，又是著名的曲作者。元末大动乱初起时，他突然疏散财产，弃家出走，浪迹于太湖、泖湖一带，寄居在田庄、佛寺之中。这首小令当是他弃家出走以后所作。

　　这首小令抒发了栖身僻乡时思念故家的心情，表现了对宁静生活的向往。正在梦中重温当年生活时，突然被惊醒，原来是从南边的渡口传来声声渔歌。放眼望去，秀丽的山峰重重叠叠，云雾在山峰上萦回，池塘里春草青葱，让人无限销魂。老家应该还在吧，想来应是梧桐遮盖着水井，家门被杨柳树遮蔽。自己一身闲散，不能有所作为，坐待岁月消逝。在孤舟上听雨声渐沥，江边村里人家的灯火近在眼前。

全曲四小段。前两小段五句，写梦醒后的春景，为季节变化感到伤感。开头破空而起，用"一枕"之短暂与"当年梦"之深长作对比，惆怅之情内蕴其中，从重回"当年梦"惊醒，自然是非常遗憾的。此句"当年梦"总起后曲词。下句承上解释"惊回"的原因，"渔唱起南津"极富诗意，暗示作者隐居乡野。全曲情景由此二句而来。第二小段写景，白云青草，山光水色，由山写到水，由上写到下，由远景及近景，动静结合，寥寥几笔，就勾画出一幅色彩明丽的春光图。然而，作者写美好春景的目的，并不是为了抒发愉悦的心情，而是用美景反衬哀情。"无限销魂"中的"销魂"有黯然神伤之意。那么，作者为什么产生如此反常的情感呢？第三小段作了深入阐发。"故家应在"交代这三句是作者想象之景，"故家"点明"当年梦"之所在，是全曲之眼。"梧桐覆井，杨柳藏门"借景抒情，表现了作者对"故家"的深切怀念。作者是主动弃家而浪迹江湖的，为什么又苦恋"故家"呢？联系元末社会大动荡的情形来看，当是对过去安谧、恬静生活的追怀。作者本无意于功名利禄，对统治者抱着冷漠蔑视的态度，因此隐居乡里，以诗酒自误。现在连这样的生活也不可得，无怪乎他要有无限的惆怅之情了。第四小段又由回忆转回现实，表达了自己生不逢时的惆怅。"闲身空老"表达了自己无所作为，虚度人生，徒耗时光的怅惘，是后一句的起因；"孤篷听雨"写作者此时内心的空虚寂寞而无可奈何，寂寥一身，百无聊赖，生涯凄苦；"灯火江村"是用荒凉、静寂的环境氛围烘托这种心情。这三句由白天之景写到傍晚之景，时间和场景都发生了转换，但感情则更深沉内蕴，与其说是写景，不如说是因情设景，情景完全融合为一，作者生不逢时的无限惆怅也自然溢出纸面而让人感慨无穷。

〔中吕〕山坡羊·冬日写怀

乔 吉

朝三暮四，昨非今是，痴儿不解荣枯事①。攒家私，宠花枝②。黄金壮起荒淫志。千百锭买张招状纸③。身，已至此；心，犹未死。

[注释]

① 痴儿：指迷恋名利的人。

② 宠花枝：指好女色。

③ 招状纸：指犯人招供认罪的供状文书。

[赏析]

乔吉的〔中吕〕《山坡羊·冬日写怀》共三首，此选其一。这首小令感叹贪婪者的本性，表达了作者对人生的"正觉"。朝三暮四，贪求无厌，反复无常，昨非今是。这帮愚蠢的人哪里知道荣枯变化的世事。奔着命积攒家财，好色宠妓人欲横流，黄金鼓弄起荒淫的情志，用去千百两金银买一张做官的招状纸。已落得个身败名裂，可贪心还不止。

全曲五小段，表达了三层意思。第一层前三句，是对人情反复、人性贪婪的觉悟。"朝三暮四，昨非今是"如当头棒喝，言尽人情世态，诚如明人所言："世界原称缺陷，人情自古习钻。"（《歌代啸·临江仙》）。尽管世情如此翻覆、颠倒荒唐，真正勘破并不容易，故说："痴儿不解荣枯事。""痴儿"指追名逐利之徒。他们被贪婪蒙蔽了双眼，如何能看破、理解世事如翻云覆雨，转眼盛衰，荣枯无定呢？活活画出他们可鄙又可悲的形象。四至六句为第二层，具体描写"痴儿"的情状，他们一边熬尽民脂民膏，一边挥金如土，荒淫无耻。七句后为第三层，写"痴儿"的可耻下场和冥顽不化。这些贪婪的剥夺者榨取无度，千夫所指，而且剥夺者之间尔虞我诈、相互倾轧，他们最终的结局，轻则锒铛入狱，重则被人置于死地，这就叫"千百锭买张招状纸"。这句话一针见血，形象地描绘了这种人的可耻下场。但这些剥夺者从来都是愚妄的顽固派，他们"身，已至此；心，犹未死。"尽管身败名裂，但他们财迷心窍，至死不悟，总在幻想东山再起，重温贪欢旧梦。作者仅用八个字，就把贪婪者执迷不悟的顽固本性活脱脱地揭示出来。如此世情如此人！真是荒唐不堪、愚不可及、不可救药，作者对人生正觉正念也就从反面彰显出来。

〔中吕〕山坡羊·寓兴

乔 吉

鹏抟九万，腰缠十万，扬州鹤背骑来惯①。事间关②，景阑珊③，黄金不富英雄汉，一片世情天地间④。白，也是眼；青，也是眼⑤。

[注释]

① 鹏抟（tuán）九万：大鹏鸟振翅高飞九万里，此处用来比喻人的奋发有为、志向远大。抟：盘旋。

② 事间关：世事艰险、道路崎岖。间关：道路艰险。

③ 阑珊：零落、凋敝。

④ 世情：这里指世态炎凉，化用杜甫诗句"世情恶衰歇，万事随转烛。"

⑤ 白，也是眼；青，也是眼：化用阮籍能做"青白眼"的典故，说明对人情世态已经看破，《晋书·阮籍传》说，阮籍能做青白眼，用青眼看人表示敬重，用白眼看人，表示蔑视。

[赏析]

这首小令感慨贪婪者的本性，表现了不为世情改易的耿耿傲骨。总是梦想鹍鹏展翼扶摇直上九万里，腰间缠钱十万贯，骑在鹤背飞扬州常去常来等闲间。可是，世事多难关，好景霎时衰败变凋残，黄金富不了英雄汉，不管天地间世态炎凉，任你是白眼看人还是青眼看人，我要坚持自己的节操不变。

小令开头以历史传说破空而来，意在阐明道理。"鹏抟九万"引自庄子《逍遥游》，庄子借鲲鹏直上九万里的形象，旨在说明人应当脱弃一切物累，以获得最大自由，作者反其意而用之，说明庄子式的"自由"是违反物理人情的。接着引述《商芸小说》的一个故事：有几个客人结伴而行，说起了平生志愿。有人说，愿意当扬州刺史；有人说，愿意有很多的财产；有人说，愿意骑鹤飞天做神仙，其中一个人说："愿意腰缠十万贯，骑鹤上扬州，欲兼三者。"作者有诙谐的笔调辛辣地讽刺了人性的贪欲无度。第二小段笔锋急转而下，转回现实。"事间关，景阑珊"这两句移情于景，把一生事业无成的悲伤寂寥心绪与零落的景色相衬托，其中沧桑之味、沉郁之气力透纸背。作者一生穷愁潦倒，历尽生活的风霜，受尽轻辱，但他不悲观，而是用豪放的笔调，表现出傲岸不屈："黄金不富英雄汉，一片世情天地间。"铿锵磊落，掷地有声。"黄金不富英雄汉"与前面世俗贪婪者"欲兼三者"形成鲜明对比，同时揭示了一个深刻的真理："黄金"物欲腐蚀人的意志，吞噬人的刚强风骨，"黄金"再多不增长人的英雄本色，不使世间增加英雄汉，多出纨绔子弟；真正的英雄好汉不为金钱、名利而摧眉折腰。"一片世情天地间"高风亮节，英雄汉的人格与天齐高，与日月争光，表现出与天地相通的精神。作者浪迹江湖几十年，饱尝人间沧桑后，似乎悟出了人生的哲理："白，也是眼；青，也是眼"对遭受到的青睐和鄙视不再重视，穿透世情，坚守嶙峋直立的志节，秉持自我本色，直击自己的人生追求。作者这种不取悦、苟合于世俗的一腔悲愤，不仅仅属于个人，也代表了当时头脑清醒的知识分子的心声。

〔中吕〕山坡羊

陈草庵

晨鸡初叫，昏鸦争噪，那个不去红尘闹①？路遥遥，水迢迢，功名尽在长安道②。今日少年明日老。山，依旧好；人，憔悴了。

[注释]

①那个：哪个。红尘：佛家称人世间为红尘。此指纷扬的尘土，喻世俗热闹繁华之地，亦比喻名利场。

②长安：今陕西西安，汉唐京都，此泛指京城。

[赏析]

这是陈草庵写的小令〔中吕〕《山坡羊》二十六首中的其中一首。从早晨雄鸡初叫，到黄昏乌鸦不停地聒噪，世上有哪一个人不去名利场上奔波？道路遥遥万里，江水千里迢迢，为了求取功名，人们苦苦跋涉在长安道上。今天的少年明天就会衰老。江山依旧那样美好；可人的容颜却憔悴不堪了。

这首小令描绘了元代士林汲汲于功名的众生相，表达了功名误人的思想。全曲共四小段。第一小段描写士人早出晚归，营谋功名。"初"写出他们起床之早，"那个"表明无一例外，热衷功名之徒多如过江之鲫。"晨鸡初叫，昏鸦争噪"既是点明时间，写他们日夕思谋的尽是功名，更是士林争竞的一幅绝妙漫画图。第二小段逼真地描绘一幅世俗名利场上的风景。"路遥遥，水迢迢"，翻山越岭，从四面八方汇集，不避险阻，同时以空间距离之广，写追逐时间之漫长。一个"尽"字，精炼地表达出功名竞争之激烈，道路之狭窄，"千人万人挤独木桥"，实在好辛苦；同时暗含讥讽：放眼大元士林，无一人不热衷名利。第三小段用时间的对比，鲜明深刻地写出了功名难求，穷尽一生未必能谋取半个功名。第四小段以自然界不变的青山与士人为功名劳倦憔悴作对比，使人不禁掩卷沉思：穷其一生"为之消得人憔悴"，真的值得吗？小令以客观描绘为主，但作者的观点看法却表现得十分鲜明。这是由于作者善于勾画出一幅幅典型的画面，如"那个不去红尘闹""功名尽在长安道"，把日常常见却未加深思的现象凸显出来，使人首肯。其次是善于取象表达，如"晨鸡初叫，昏鸦争噪"一语双关，以"鸡、鸦"比士人，刻画其鄙狭，作者的不同看法就凸显了出来；第三是对比手法的运用，如"今日少年明日老"表达了元代功名难取的观点；把"山，依旧好"放在"今日少年明日老"和"人，憔悴了"，在鲜明的对比中，表达了与其这样无谓地穷耗一生折腾功名，不如与青山同老，放逸心灵，快乐度人生的理趣。第四是善于片字言断，如"那个""尽""憔悴"等，让人得字外之意。小令含蓄冷隽，让人在含泪的笑中领悟人生真谛。

〔中吕〕红绣鞋·阅世

宋方壶

短命的偏逢薄幸①，老成的偏遇真成②，无情的休想遇多情。懵懂的怜瞌睡③，鹘伶的惜惺惺④，若要轻别人还自轻。

[注释]

① 短命：民间对无德的人的詈辞，此处指缺德的人。薄幸：无情的，负心的。指无情无义的人。

② 老成：世故，社会经验多。真成：真挚老实。

③ 懵（měng）懂：痴呆，不晓事。指糊里糊涂的人。瞌睡：糊涂，混日子。怜：爱，喜欢。

④ 鹘（gú）伶：精灵鬼，狡猾的。惺惺：机警的，聪明的。两者都是指聪明的人。

[赏析]

宋方壶，名子正，华亭（今上海松江县）人。这首小令以"阅世"为题，概括了作者的人生经验，可以看作是生活的箴言。缺德的人一定会碰到薄情的人，老成的人别人定以真诚相待，无情的人休想遇多情的人。糊涂人必然赏识瞌睡虫，聪明人也会受到机灵人的爱惜，如果要别人轻视就自己先轻视自己。

元代作家与社会各个层面都有联系，他们常用"醒世、警世、叹世"为题，抒发自己对世情、人生的感悟，但大多局限在官场上，劝人避世隐居，远害全身。这首小令把视角从仕途官场转向广大社会和人民大众，从道德人情方面审视人与人之间的关系，观察和总结出了一些具有积极意义和普遍意义的人生哲理。这首小令的基本思想可说是"同声相应，同气相求"，它启示人们应该有情有义，只有尊重别人才能得到别人的尊重。这种思想并不新鲜，但作者用曲子的独特形式表现出来，显得更加生动、形象，警策、动人。全曲六句，前后各三句构成两小段。小段内前两句都是采用赋的铺陈手法，列举常见的人生现象，第三句用带有警策性的议论句点出前两句事实包含的哲理意义。从结构上看，前两句作陪衬，目的是引出警策世人的第三句。而每一组前两句又是由正反两重意思组成，这样一反一正的垫村，使两组结句"无情的休想遇多情""若要轻别人还自轻"带有人生哲理色彩的警语自然充分有力了。小令层次十分清晰，句式大致相同，内容也近似，但并不觉得是堆砌，而是浑然一体的有机构成。

这首小令采用通俗活泼的、具有元代特色的口语、俗语入曲，如"短命的""老成的""懵懂的""瞌睡""鹘伶的"以致"惺惺惜惺惺",使这首小令显得明快风趣。

〔中吕〕阳春曲·知几

白 朴

知荣知辱牢缄口①,谁是谁非暗点头。诗书丛里且淹留②。闲袖手,贫煞也风流③。

[注释]

① 牢缄口:紧紧地闭上嘴。

② 淹留:停留,久留。

③ 贫煞:非常贫穷。

[赏析]

白朴的〔中吕〕《阳春曲·知几》共有四首小令,此为其一。知道什么是光荣,什么是耻辱,却牢牢地闭着口,明白谁是谁非却只暗地里点头。姑且在诗书堆里停留吧,对世事悠闲地袖手旁观,穷死也风流。

"知几",《周易·系辞下》说:"知几其神乎?君子上交不谄,下交不渎,其知几乎?几者,动之微,吉之先见者也。"意思是说,君子对地位高的人不谄媚,对地位低的人不亵渎,因为他洞悉变化的先兆,明白地位荣辱都是可以转变的。白朴在这首小令里提出要洞悉事物的先机,却又不说破奥秘的主张,体现了明哲保身的生活态度和禁口不言的处世哲学。前两句采用工整的对联形式,把世间"荣辱是非"的观念分条并举,提炼成凝练的警句,醒目地表达一个饱经风霜的世故者的"清醒"

和"糊涂"，令人一见难忘。"知荣知辱"语出老子《道德经》："知其荣，受其辱，为天下谷；为天下谷，常德乃足，复归于朴。"但白朴不是重复祖宗"知荣守辱"的遗训，不是稀里糊涂地不分是非，而是心如明镜，能清醒地辨识荣辱是非，只是不愿说破，不愿表态而已，正是"百姓心中自有一杆称"。真正的大智慧，不是洞悉奥秘，而是洞悉奥秘之后并不多言。荣与辱，是与非，心中自有评价，但是牢记祸从口出。与其惹闲事，不如陶醉在诗书里。虽然清贫，自有一番不同世俗的风流。

〔双调〕天香引·西湖感旧

汤 式

问西湖昔日如何？朝也笙歌，暮也笙歌①。问西湖今日如何？朝也干戈，暮也干戈②。昔日也，二十里沽酒楼，春风绮罗③；今日个，两三个打鱼船，落日沧波④。光景蹉跎，人物消磨⑤。昔日西湖，今日南柯⑥。

[注释]

① 朝也笙歌，暮也笙歌：化用林升《题临安邸》诗句"山外青山楼外楼，西湖歌舞几时休。"笙：管乐器。言朝朝暮暮都在演奏音乐。极力渲染西湖的繁华。

② 干戈：指战争。

③ "昔日"句：仍形容西湖之繁华。

④ "今日"句：描绘西湖之荒凉。落日沧波：夕阳西下时的碧波中。

⑤ 人物消磨：人们意志消沉。

⑥ 南柯：典出李公佐《南柯太守传》，落魄侠士淳于棼酒醉后睡在南边槐树下，梦入槐安国，极尽显贵。醒来始知是一场梦，他做太守的南柯郡原是槐树下一蚁穴。

[赏析]

这首小令抒发了亡国之痛、故国之思，表达了作者生逢乱世的悲哀与无奈。小令以设问开头，寄托着作者深沉的感喟，引起读者对昔日西湖的追忆。主体部分以西湖为透视点，作者抓住最能代表西湖风物的特征，以"笙歌"与"干戈""二十里沽酒楼，春风绮罗"与"两三个打鱼船，落日沧波"作鲜明对比，抒写杭州经过连年战乱后的沧桑巨变；各组前后之间构成了因果关系并相互映衬。作者用"笙歌、酒楼、春风、绮罗"四个意象，描绘出昔日西湖歌舞升平，笙歌漫地，沿途酒楼处处，人们穿着华丽的绫罗绸缎做的服装游览西湖，游人如织，车水马龙，一派繁荣、富庶、繁华、安乐的景象。用"干戈、鱼船、落日、沧波"四个意象，描绘出今日西湖战火不断、萧条荒芜的景象。这些意象具有典型性、概括性，每个意象背后都留有很大的想象空间。如"干戈"借代战争，这个具象让人联想到今日西湖刀砍剑斫、血肉横飞的惨象，充耳是铁蹄践踏、哭爹喊娘的悲声，令人目不忍睹，耳不忍闻。"朝也、暮也"在反复咏叹中抒发了作者不忍逼视的沧凉和无奈之慨；"昔日也、今日个"用一扬一抑的语气词"也、个"抒发了作者的不平和忧愤情绪；"春风绮罗、落日沧波"融人、情、物、景和象征为一炉，感慨唏嘘，沧桑兴废之叹尽在不言中。"光景蹉跎，人物消磨"，不仅是作者的身世之慨，也是对生活其间的所有人的嗟叹。"光景"既是承前总结风景，也是时光、境况的意思，作者感慨生不逢时，时光虚度，志气消磨，作为天地之"英"的人才白白浪费。最后两句以昔日西湖反衬今日西湖的赤贫、萧条。"昔日西湖"成为繁华、富庶、昌明鼎盛的美好世界的象征。

这首小令语言朴实，用白描手法写景，言出于中，不加修饰，情敛于内，深婉动人，寄托良深，好像西湖的一曲挽歌，表达了对时势的喟叹。

〔双调〕行香子·知足

秦竹村

壮岁乡闾①，养志闲居，二十年窗下工夫。高探月窟，平步云衢②。一张琴，三尺剑，五车书。

〔庆宣和〕引个奚童跨蹇驴③，竟至皇都。只道功名掌中物，笑取，笑取。

〔锦上花〕高引茅庐，无人枉顾。不遇知音，难求荐举。慷慨悲歌，空敲唾壶④。落魄无成，新丰逆旅⑤。

〔幺〕古今千百年，际会几人遇？试把前贤，从头细数：应聘文王，渭滨渔夫，梦感高宗，商岩版筑。

〔清江引〕蹭蹬几年无用处，村被儒冠误。改业簿书丛，倒得官人做，元龙近来豪气无。

〔碧玉箫〕今我何如？对镜嗟吁。岁月催促，霜染半头颅。老矣夫，终焉计尚疏。南山敝庐，收拾圆圃，安排隐居，效靖节先生归去。

〔鸳鸯煞指煞〕前程只有前程路，儿孙自有儿孙福。没来由谩苦，万丈剑门关，一线连云栈，万里凌霄渡。争一阶官职高，攒几贯家私富。手搭在心头窨附：二顷负郭田，对山三架屋，绕院千竿竹。充饥煮蕨薇，遇冷添紬絮，便是我生平所欲。世事尽无休，人生要知足。

[注释]

① 壮岁：古人以三十岁为"壮岁"。

② 月窟：月亮里。云衢：云路。此句比喻踏上仕途，当上大官。

③ 奚童：小童。蹇（jiǎn）驴：驽钝的驴子。

④ 空敲唾壶：是引用东晋名臣王敦的故事，典出晋裴启《语林》：王大将军（敦）每酒后，辄咏魏武帝《乐府歌》"老骥伏枥，志在千里，烈士暮年，壮心不已"，以铁如意击唾壶为节，壶尽缺。

⑤ 新丰：县名，故地在今陕西临潼县东北，以产美酒著称，"新丰逆旅"，在此泛指一般客店。

[赏析]

秦竹村，生平、里籍均不详。这篇散套由七支曲子组成。

直到进入壮年，还在家乡闲居，终日作伴的只有琴、剑、书，经过了二十年寒窗苦读，修养了满怀经邦济世的豪气，要平步青云、月宫折桂，没有什么问题。

骑着一头驽钝的驴子，带着一个小童，不慌不忙来到了京城，只说是功名富贵原是掌中之物，谈笑中就可以把它轻易拿到手。

长年高卧林下茅屋，从来也没有人屈驾光顾，没有人了解自己，难以遇到举贤荐能的人，悲歌可以当哭，愤慨已极，只有诉之悲歌，空自敲击痰盂为节奏，带着一副落魄没有成就的样子困居在旅店里。

千百年来，才有几个人碰到好运气呢？把历史上的贤人细数数，也不过就是常说的本是渭水边的钓叟，被周文王聘迎为大臣，后辅佐武王伐纣，终建周代基业的姜太公（吕尚），还有原在傅岩这个地方为人筑墙，被殷高宗武丁梦中赏识，请到朝中为相的傅说而已。

困顿失意地又过了几年，又经了几次科举，仍然不能如意，看起来全是被这顶可恶的儒冠耽误，抛了儒业，干脆去熟悉官署文书，当上了衙门小吏，反倒有个官儿做。

日月快得惊人，对着镜子一看，头发已经大半花白。人已经老了，但还没考虑好到哪里去打发这晚年的生活。准备远离官府，回到南山茅屋里去，收拾果园菜圃，效法陶潜过清静的隐居生活。

未来自有未来的发展道路，儿孙们也自有儿孙的福分，没有必要为这些不可预料的东西白白担心受苦。千丈高的剑门山上的雄关，只露出一线天的古连云栈道和波涛万顷远接云霄的茫茫渡口。在仕途上是不是再争上一级官职地位就更高了？在钱财享受上是不是再攒上几贯就变得更富了？只要有二顷靠近城郭的田地，有三间对山而建的茅屋，再绕着院子种上千竿翠竹，肚子饿了煮蕨菜薇菜充饥，身上冷了衣服里再加些丝絮，能过着不寒不饥的日子，就是我平生的欲望和追求。尽管世间万事万物无止无休，但人的一生只要知足就能常乐忘忧。

这首套曲叙述了自己由满怀信心摘取功名到落魄的经历，作者不得不降低自己的需求，使自己得到精神的平衡，主旨落在篇尾两句"世事尽无休，人生要知足"上。

　　第一支曲子展现了曲中主人公在未出茅庐前养精蓄锐，雄心壮志，豪情满怀，待时而飞，渴望一展宏图的精神面貌。"闲居"与"养志"组接，表现了作者对自己的才学满怀自信；"二十年窗下工夫"既写修养之深，学问之富，又暗含儒冠误身的自嘲，为下曲张本；最后三句用数字构成鼎足的三字对，赋予曲词以不可遏制的动感，有效地传达了主人公豪迈自信的情怀，曲词生动而高雅，不仅把曲中人的形象勾画出来，还能使人感到一种悠闲、自信而轻松的风度。

　　第二支曲子写赴试途中的情景，全段写得悠游自如，十分轻松，充满得意之情。"奚童、蹇驴"反衬功名不在话下的自信自得，"竟"直取功名、如探囊取物，"笑取，笑取"运用反复，把主人公轻取功名的状态勾勒得轻松活泼，作者用大量笔墨写谈笑可摘功名，目的是为下曲的落魄作反衬、对比，使儒生的辛酸凸显得更鲜明。曲中"只道"一词的悄悄插入，起着转折作用，为下段情况的突起变化作了准备，不免夹进一丝黯淡色彩。

　　第三支曲子明写失意，暗写落榜。前四句写不遇明主知音，"高引茅庐"征引诸葛亮高卧隆中茅庐故例，暗含无人识自己之大才的悲怆；后四句写尽落榜之后的悲愤失意与无可奈何之态，"空敲唾壶"形象生动，"新丰逆旅"写自己落魄、受人轻辱，用典含蓄，意蕴丰厚。

　　第四支曲子将考试落第归之于人生的际遇。曲子先用一句设问领起，"古今千百年"与"几人遇"对比，抒写了封建时代人才不被重视的普遍现象，接着圈点风云历史上没有几个著名例子，发出世无伯乐、生不逢时的慨叹，同是也为曲尾"知足"的主旨做了铺垫。

第五支曲子写壮志消磨。为了生计只好改儒从吏。古人重儒轻吏，以为戴冠的文人只能走科举仕途，做别的事是玷污斯文，而仕途难登，其他的技能也未学成，所以有"误身"之说，如杜甫《奉赠韦左丞文二十二韵》中有"纨绔不饿死，儒冠多误身"之句。段尾"元龙近来豪气无"，据《三国志·魏书·陈登传》记载，陈登，字符龙，志向高迈，有威名。国中名士许汜去看他，元龙十分傲慢，自己高卧在大床上，让许汜屈睡下床。汜尝谓人曰："陈元龙湖海之士，豪气不除。"作者引用此典意在嘲笑自己志向之不能实现，一个"无"字写英雄意志、锐气消磨殆尽。

第六支曲子自叹年老，应效法陶潜远离官场，归耕田园。"今我何如？"与青年时期的豪气干云形成对比，天上地下，判若云泥，令天下英雄"嗟吁"不已，隐隐透露出对府衙奉迎生活的厌倦。

最后一支曲子是点题之处，紧扣题目《知足》，抒发自己对人生追求的见解。先将"前程""儿孙"放开；次叙人心高，高不过天，世路险，登上一山更有一山拦；又次叙清淡生活中自有幸福，结尾句"世事尽无休，人生要知足"是在前曲大量铺陈的事实的基础上得出结论，"知足"方得心安，实乃不得已。该曲貌似旷达，如孤云野鹤；实则芒角暗伏，森然有疾世之想。叙议有序，层次分明。曲辞多发乎自然，出口成句，有雅俗共赏之功效。

怀古伤今

咸阳百二山河，
两字功名，
几阵干戈。
项费东吴，
刘兴西蜀，
梦说南柯。

〔正宫〕鹦鹉曲·赤壁怀古

冯子振

茅庐诸葛亲曾住，早赚出抱膝梁父①。笑谈间汉鼎三分②，不记得南阳耕雨③。

[幺] 叹西风卷尽豪华，往事大江东去。彻如今话说渔樵④，算也是英雄了处。

[注释]

① 赚出：请出。梁父：诸葛亮未出茅庐时曾作《梁父吟》，此处指代诸葛亮。

② 汉鼎：指汉代社稷。

③ 耕雨：晴耕雨读。代隐居。

④ 彻：到。

[赏析]

这首散曲表达了作者对英雄事业的感慨，流露出失意之情。前两句言诸葛亮与刘备一拍即合。刘备作为书生理想的贤君，曾三请诸葛出山，礼遇有加，但在冯子振看来，诸葛仍算不上"高人"。他在《处士虚名》中说："高人谁恋朝中住，自古便有个巢父。""早赚"既写刘氏心机，诸葛亮作为刘氏政治的一粒"棋子"入其"囊中"，亦写诸葛亮早有"出山"之念。拯民于水火也好，眷恋红尘富贵也好，图千古功名也好，在逍遥世外的"高人"看来，都未必合算；"抱膝""梁父"既是写诸葛亮的外部形象和内在理想与追求，又是描绘笑傲红尘、隐逸林泉的"高人"隐士的形象。那么，谁是"高人"呢？他们为什么又"遗失"林泉呢？这两句意在言外。三四句在对比中写诸葛亮在建功立业之后，早忘了初衷，表达了作者的惋叹之意。五六句说，历史上的英雄豪杰都像风卷残云，一去不复存在；英雄的业绩，也像滚滚的长江之水，向东奔流去不返了。一个"叹"字，透露出作者为什么为诸葛亮出山而惋惜。最后两句说，英雄的业绩，如今还常常被村野的渔父和樵夫传诵，这也许是英雄人物的最好结局吧！也就是说，这些英雄豪杰们哪里去了呢？无非是只在渔民樵夫的口里传述罢了。"煌煌事业随风去，百代名流尽湮没"，透露了作者影射现实之意，发人深思。

《赤壁怀古》前四句为叙事，后四句为抒情，全曲情绪比较低沉，颇多感叹，反映了元代知识分子的苦闷之情。

〔中吕〕山坡羊·骊山怀古

张养浩

骊山四顾，阿房一炬，当时奢侈今何处？只见草萧疏，水萦纡，至今遗恨迷烟树。列国周齐秦汉楚。赢，都变做了土；输，都变做了土。

[注释]

①萦纡：盘旋弯曲；回旋曲折。

[赏析]

这首怀古小令讽刺了统治者的奢侈无度。骊山，见证过历史上无数次兴亡巨变。秦灭六国后，始皇从即位起就在这里修建自己的陵墓，耗时二十年，动用七十万。可是秦二世而亡，始皇陵墓也被后世寻找亡羊的孩子无意中焚烧。位于秦都咸阳西南的阿房"东西五百步，南北五十丈，上可以坐万人，下可以建五丈旗"（《史记·秦始皇本纪》），"离宫别馆，弥山跨谷，辇道相属，阁道通骊山八百余里。"（《三辅黄图》）杜牧在《阿房宫赋》中对其雄伟壮丽做了形象描绘，可谓奢侈到极点。如此富丽堂皇、美轮美奂的阿房宫，最后被攻进咸阳的项羽下令一把火烧了。"列国周齐秦汉楚"没有列举唐宋，只是为了用韵。隋唐两代统治者为了统治和享乐的需要，都曾靡费大量人力物力营建都城、修建宫室。隋朝的大兴城（后为唐长安），是当时世界上是最为巨大的城市，是汉长安城的2.4倍，比同时期的拜占庭王国都城大7倍，较公元800年所建的巴格达城大6.2倍。唐代的骊山更是环山遍造宫殿，成为皇帝后妃们的避暑胜地，多次在杜甫诗中出现。

到如今，张养浩来到骊山，只见满眼的荒蒿野草，萧萧疏疏地在风中凄吟；弯曲的河流从荒草间寂寞地流过，笼罩在山岚夕烟中的莽莽树林也黯然无语。面对这荒凉的景象，回想历史上历朝历代的兴衰隆替，怎能不让人充满遗憾和悲戚？于是，一腔感慨凝成了两句凝练的警句："赢，都变做了土；输，都变做了土！"而每一个朝代的嬗变，都是对社会物质和精神财富的巨大毁灭。如此看来，输输赢赢又有什么意义呢？这个警句点明了全曲的主题，显示了一个文人对历史兴亡的大彻大悟。这种大彻大悟，是针对统治者为争夺权力发动的毁灭性战争和夺取权力之后的奢侈生活而发的，因此对统治者又具有一定的批判意义和醒世意义。

〔双调〕折桂令·苏学士^①

鲜于必仁

叹坡仙奎宿煌煌^②，俊赏苏杭，谈笑琼黄^③。月冷乌台^④，风清赤壁^⑤，荣辱俱忘。侍玉皇金莲夜光^⑥，醉朝云翠袖春香^⑦。半世疏狂，一笔龙蛇^⑧，千古文章。

[注释]

① 苏学士：苏轼曾官翰林学士、龙图阁学士、端明殿学士，故有是称。

② 奎宿：文曲星。

③ 琼黄：琼州（今海南琼山）、黄州（今湖北黄冈），均为苏轼贬谪之地。

④ 乌台：御史台，因汉御史台柏树上常栖乌数千而得名。元丰二年（1079 年），苏轼因"诗涉讪谤"而被押系御史台狱达四月之久，史称"乌台诗案"。

⑤ 赤壁：此指黄州的赤鼻矶。苏轼游此，作前、后《赤壁赋》，有"清风徐来""唯江上之清风……取之无禁，用之不竭"等语。

⑥ "侍玉皇"句：《宋史·苏轼传》："（哲宗元佑二年）召入封便殿………已而命坐赐茶，撤御前金莲烛送归院。"玉皇，皇上。

⑦ 朝云：王朝云，苏轼的侍妾，伴随苏轼二十一年，后卒于惠州。

⑧ 龙蛇：喻书法笔势的灵妙，也可喻文章的灵动流美。

[赏析]

这首小令用精炼的语言概括了苏轼一生的经历，再现了苏轼乐观、豪爽、旷达的人格魅力，盛赞苏轼的艺术成就彪炳千秋。开头以"叹"领起，赞叹多于惋叹，统领以下几句。"俊赏苏杭，谈笑琼黄。月冷乌台，风清赤壁，荣辱俱忘"赞苏轼在杭州的政绩，贬谪黄州、流放海南时的开朗、乐观；乌台诗案被陷下狱、几至身死，夜游赤壁时风清月朗的胸襟、气度。"侍玉皇金莲夜光，醉朝云翠袖春香"，写苏轼在人生的最高峰和最低谷的表现，年轻时，苏轼曾为皇帝侍读，中年妻子朝云早死，晚年寂寞凄凉。在宦海浮沉，挫折连绵的一生中，苏轼以"荣辱俱忘"、旷达、超脱的态度和情怀，始终含笑以对，他这种不为名利羁绊、放任天真、百折不断、愈磨愈亮的人格魅力，是留给后人的一笔宝贵的精神财富。"半世疏狂"，赞苏轼不随波逐流、不改本性。白居易诗云："疏狂属年少，闲散为官卑"，尚存"官卑"的不平之气，苏轼却始终不世故、不阿世取荣、不趋炎附势；"一笔龙蛇，千古文章"，称赞苏轼书法和文学的造诣流芳百世。尾句与首句呼应，表达了作者对苏轼人格的钦佩和对他文学才能的欣赏。纵览全曲，作者认为苏轼的人生遭遇是不幸的，然而，苏轼的人格魅力和他在文学史上的千古辉煌。

〔双调〕人月圆

倪　瓒

伤心莫问前朝事①，重上越王台②。鹧鸪啼处，东风草绿，残照花开。

怅然孤啸，青山故国，乔木苍苔。当时明月，依依素影，何处飞来？

[注释]

① 前朝：此指宋朝。

② 越王台：春秋时期越王勾践所建，为驻兵处。

② 素影：皎洁银白的月光。

[赏析]

不要再问前朝那些伤心的往事了，我重新登上越王台。鹧鸪鸟哀婉地啼叫，东风吹着初绿的衰草，残阳中山花开放。我惆怅地独自仰天长啸，崇山峻岭依旧，故国已不在，满目尽是乔木布满苍苔，一片悲凉。头上的明月，柔和皎洁，仍是照耀过前朝的那轮，可是它又是从哪里飞来的呢？

倪瓒主要活动在元朝中后期，宋朝的灭亡虽相去不远，但他始终难忘元兵南下、宋朝灭亡那段惨痛历史，因此，他一生都没有在元政权下做官，隐逸山林。而"越地"因有越王勾践报仇雪耻的历史背景，又是南宋经济文化中心，人们到了这里，尤其容易激发起亡国的惨痛感和恢复河山的愿望。

这首小令是吊古抒情之作，写作者登上越王台所见所闻所感，抒发了怀念故国，追忆往事的惆怅之情。全曲四小段，可分为两层。前两小段为一层，写登上越王台所见所闻；后两小段为一层，写月下追念故国。第一层前两句按照原序应当调换，把"伤心莫问前朝事"放在曲首，定下了伤感的基调，使全曲笼罩在亡国的哀伤情绪中；"前朝事"含蓄得好，"莫问"以否定语气出之，更能突出作者的伤痛：内心最深处、最柔软的伤痛不能触及，一提及就让人伤心落泪。第二小段写在越王台所见之景，用春景衬托哀情。"鹧鸪"引人起"归去"之思，北人不惯听，南人不忍闻，表达了作者对故国的追思；"残照"烘托亡国之哀，表现对故国的伤吊之情。第二层追忆故国往事。第三小段以情领景。"怅然"是对"伤心"的同义另起，反复渲染亡国之痛。"孤啸"正面写作者雪耻复国的强烈愿望，侧面写当时忘记故国伤痛的人稀而又少，与"孤愤"有相通之情。"青山故国，乔木苍苔"似是眼前之景，实是对故国的具体描写，是故国的代指。最后一小段由日写到夜。"当时明月"，李白《把酒问月》有"今月曾经照古人"之句。头顶明月是前朝故物，她那皎洁柔和的月光好像对故人依依不舍的感情。作者见而不由惊问，江山已经易主，当年的明月又从哪里飞来？这一问，把作者追念故国山川人物的情感迸发出来了。结尾收束奇突、有力。

　　作者是一位杰出的画家，他几乎是以淡墨山水画的高度技巧，把深情寄托在绿草苍苔、夕阳素影间，只觉诗中有画，画中有诗。不尽之意，蕴藉之思，幽人之叹，让人玩味不尽。

〔中吕〕朝天曲·沛公①

薛昂夫

　　沛公②，大风③，也得文章用。却教猛士叹良弓，多了游云梦。驾驭英雄，能擒能纵，无人出彀中④。后宫⑤，外宗，险把炎刘并。

[注释]

① 朝天曲：即《朝天子》，中吕宫常用的曲调，又名《谒金门》。原作共二十二首，前二十首均为咏史。

② 沛公：指刘邦。他在秦二世元年（公元前 209 年）秋号召沛县父老杀沛令反秦，被推为沛公。

③ 大风：指刘邦所作《大风歌》。

④ 彀中：本指箭射出去所能达到的有效范围，后来用以比喻牢笼、圈套。

⑤ 后宫：指吕后。

[赏析]

刘邦虽然以武力统一天下，他写了《大风歌》也懂得文章的作用。可是却让韩信那样的猛士有"高鸟尽，良弓藏"的感叹，又何必伪游云梦。他控制了英雄，既能收服又能使用，没有人能逃出他的掌握之中。可惜吕后和外戚险些把大汉王朝断送。

这首小令咏叹英雄豪杰的悲剧命运，感慨历史弄人，让人啼笑皆非的结局。小令共四小段，可以分为两层。前三小段为第一层，咏刘邦一世之雄的形象。第一小段写刘邦起自草莽，出身武人，文化水平不高，但也懂得文章的作用。"也"，一字褒贬，分寸感很强，有隐射当时社会现实的深意。第二小段写英雄豪杰的悲惨命运。刘邦《大风歌》云："大风起兮云飞扬，安得猛士兮守四方。"一时英雄豪杰尽入其"彀中"。但在得到天下后，为了统治和巩固刘氏江山，刘邦忘恩负义，大肆诛杀昔日为他打天下的"猛士"，令这些英雄豪杰大兴"狡兔死，良弓藏"的浩叹。这是天下英雄的命运悲剧，也是刘邦奸雄的一面。第三小段写刘邦善于驾驭群雄，让这些英雄豪杰心甘情愿、死心塌地地为他卖命，他可以控制、任意摆布天下英雄。这三句勾画出刘邦八面威风、集文韬武略于一身的英雄形象。最后一小段为第二层，叹刘邦的英雄末路。"炎刘"写刘邦翦灭群雄；正当刘氏盛世熏天，不可一世之时，几乎被后宫几个女子和外戚吞灭。此曲前三个小段用大量笔墨写刘邦横扫天下，吞灭英雄无数的英伟形象，目的是第四小段做铺垫，越是铺写刘邦赫赫煌煌的事业，越显得他的英雄事业的可笑。这是英雄的命运悲剧。睥睨天下，自以为创万世煌煌不朽之基业，谁知站在阴暗角落的历史小儿，早已望着他的后背揶揄冷笑。收拾天下英雄的人，谁知又将被谁收拾去？不过是华美的袍子爬满跳蚤而已。

〔双调〕折桂令·叹世

马致远

咸阳百二山河^①，两字功名，几阵干戈。项废东吴，刘兴西蜀，梦说南柯。韩信功兀的般证果^②，蒯通言那里是风魔^③？成也萧何，败也萧何；醉了由他！

[注释]

①百二山河：谓秦地地势险要，利于攻守，二万兵力可抵百万，或说百万可抵二百万。

②兀的般：如此，这般。证果：佛家语。谓经过修行证得果位。此指下场，结果。

③蒯通：即蒯彻，因避讳汉武帝名而改。曾劝韩信谋反自

立，韩信不听。他害怕事发被牵连，就装疯。后韩信果被害。

[赏析]

咸阳，万夫难攻的险固山河，因为功名两个字，曾发动过多少次战乱干戈。项羽兵败东吴，刘邦在西蜀兴立汉朝，都像南柯一梦。韩信有功却得到被杀的结果，当初蒯通的预言哪里是疯话？成功也是因为萧何，失败也是因为萧何；喝醉了一切都由他去吧！

这首小令以纵览古今的宽阔视野，信手拈来的丰富史料，概括了千百年来人们为之拼杀、争竞的功名的虚幻性，表达了"平淡是真""开心就好"的返朴归真的思想。小令四小段，表达了三层意思，中心句却在最后的"醉了由他"一句。第一层前三句，作者用宏阔的视野，纵横千古的大笔勾勒，概括了千百年来，所谓历史的"主人"为"功名"二字的搏杀。咸阳自古为兵家争夺天下的险要之地，"百二山河"，控关扼险，气势雄浑，烘托出争夺者争夺天下的雄心壮志；"两字、几阵"用表示很少的数字，表明这种争夺的无谓无聊，传达出作者的鄙夷之情。从漫长的历史、广漠的宇宙的角度看，当初这种争夺天下的所谓"壮举"不过是电光火石，短短一瞬就灰飞烟灭。这样看来，那些拼杀得血肉横飞的"争夺功名"又有什么意义呢？第二层包括二三两小段。第二小段写帝王之争，咏汉朝项羽、刘邦事，他们一起一灭，兔起鹘落，兴废更迭，又有谁知道谁是他们的掘墓人呢？这场争夺富贵功名的大戏，在后世看来，不过是"梦说南柯"。前两句铺陈，中心句在"梦说南柯"，突出其争斗的无聊无谓。第三小段写武将文臣争夺功名的毒幻。"证果"二字写出功臣"飞鸟尽，良弓藏；狡兔死，走狗烹"

的必然命运，汉杰首功的韩信为功名落得"被烹"，想要与常人一样老死善终而不得，岂不令人叹息？"风魔"从反面揭示出"功名"二字颠倒人生的魔毒，它把正常人变成疯子，把有情的人变成无情的野兽，让智者昏，让英雄销尽。"成也萧何，败也萧何"简直是一句谶语。萧何是韩信踏上功名路的荐引人，是韩信的"伯乐"，因此被韩信视为"知己"。韩信因功高盖主引起刘邦的怀疑后，萧何为吕后献计谋杀韩信。因为是萧何所召，韩信信而不疑，所谓"士为知己者死"，韩信也算"死得其所"。这一句暗示韩信落入一个早已设计好了的圈套，表面看，韩信是被萧何诱杀，实乃人主的阴谋，大而化之，他是被自己所热衷的功名杀害。所谓一世英雄，看破了反不如"活着就好"的凡夫俗子。最后一句"醉了由他"是一篇之眼，是全曲总结。"由他"包括争竞功名、帝王将相、知遇阴谋等如云漫卷的历史、如棋博弈的世事，是一种看破红尘、置身局外的旁观冷眼；"醉了"是糊涂中的清醒，是忘情物外的沉醉，是在平淡日子中寻觅幸福的真谛，是陶醉于小光阴的现世安稳。前面的大量铺陈，目的就是为了推出这一句；也正因为有了前面大量铺陈的蓄势，结尾这一句如开匣洪涛，一泻千里，势不可挡，显得格外有力。

〔双调〕清江引·钱塘怀古

任　昱

吴山越山山下水①，总是凄凉意。江流今古愁，山雨兴亡泪。沙鸥笑人闲未得②。

[注释]

①吴山越山：吴山，指钱塘江北岸一带的山；越山，指钱塘江南岸一带的山，古时分属吴国和越国。

②沙鸥笑人未朱得：沙鸥以其自由自在，笑世俗之人疲于奔波。

[赏析]

这首小令借吴越争霸之事，寄托对国难家亡的伤感。钱塘江一水分吴越两国，吴越在这里反复争霸。开头一句点明登临观览的地点，"未成曲调先有情"，为全曲定下凄凉的感情基调。一水分两国，展现在观者的眼中，是分裂割据的无休止的争夺拼杀，是无数生命卷入战争机器的惨烈画面，是血流成河、哭声千里、妻离子散、白骨成堆的凄惨景象，因此看着这"水"都感到凄凉。"水"的意象还包含着水流无情，逝者如川；山水依旧，换了人间；历史上争霸的风云，幻灭成空，"千年往事，随风吹雨打去"，作者用自然山水的永恒反衬人事纷争的短暂、虚幻。"总是"一词，点出不论谁胜谁败，争霸战争都是对人民生命、物质资源和社会文明的巨大毁灭性破坏。"江流今古愁，山雨兴亡泪"用工整的对偶分列今古兴亡沧桑之痛，它把自然山水、古今兴亡，历史和现实、时间和空间交汇在一起，揭示了历史的本质。不论是古是今，历史的改朝换代，榨取的都是老百姓的血汗，留给百姓和后人观感的，只能是愁云惨雾；"兴，百姓苦；亡，百姓苦"，不论是兴是亡，只不过催人落泪。作者用"江流"的永恒流动和"今古"时间的变迁反衬不变的"愁"；用"山雨"正面烘托"泪"之滂沱。古今兴亡留给人民的是不变的"愁"和"泪"，这就是深刻的历史本质。既然

"今古愁""兴亡泪"如此之多、之不变易，何不"偷得浮生半日闲"，何不得乐且乐？结尾一句从深沉的历史反思中返回现实，以眼前所见的沙鸥为观感视角，用自由翱翔在空中的沙鸥反衬整日为功名利禄奔波的辛苦，劝世人不要受功名的诱惑，姑且在闲散、恬淡中安享人世的片刻安宁。此曲虽短，却概览古今，气势宏阔，格调苍凉，主题深刻，对比鲜明，有很强的艺术感染力和令人信服的说服力。

〔越调〕柳营曲·范蠡①

马谦斋

一叶舟，五湖游，闹垓垓不如归去休。红蓼滩头，白鹭沙鸥，正值着明月洞庭秋。进西施一捻风流②，起吴越两处冤仇。趁西风闲袖手，重整理钓鱼钩。看，一江春水向东流。

[注释]

① 范蠡：春秋时越国大夫，助越王灭吴后，归隐江湖。
② 一捻：一把，形容西施的体态非常纤秀。

[赏析]

一叶扁舟，漫游五湖，纷扰喧闹中倒不如辞官归隐罢了。开满红色蓼花的浅水滩，白鹭与沙鸥上下翻飞，此时洞庭湖上恰好是明月高悬的秋夜。进献西施促成了吴王的风流韵事，引起了吴越双方互相争斗结下冤仇。趁着秋风乍起又闲居无事，把钓鱼钩重新整理。看，一江春水滔滔向东流去。

范蠡是春秋末政治家，越国大夫。传说他曾经向吴王夫差进献西施，帮助越国灭掉吴国，后来毅然辞官，乘舟泛五湖而去。他在建立了卓著功勋后，激流勇退，远祸全身，使无数元代知识分子奉之为心中的理想之士。

曲子从范蠡辞官归隐、泛舟五湖写起，点明了"归去"这一主旨，"闹垓垓"的纷争时局正是他归去的原因。接着写"游"中所见洞庭之秋景，描绘出一幅疏朗清淡的景象。"进西施"承接首句，表现范蠡为政朝廷、辅助君王时的情景，恰好是"闹垓垓"的具体写照。"趁西风"两句进一步描写范蠡归隐五湖、悠然闲适的生活，突出了"归去"的题旨。结尾借用名句，翻出新意，表现隐者飘逸洒脱的情怀。全曲有历史的追述，现实的反映，也有自然的描绘，从各个方面表现了范蠡逍遥闲适的归隐生活，怡然自得的愉悦心情，传达了作者的羡慕向往之情，透露出元代知识分子在黑暗封建统治下矛盾、复杂的特殊心态。

〔越调〕柳营曲·金陵故址

查得卿

临故国，认残碑，伤心六朝如逝水^①。物换星移^②，城是人非^③，今古一枰棋^④。南柯梦一觉初回，北邙坟三尺荒堆^⑤。四围山护绕，几处树高低。谁？曾赋黍离离^⑥。

[注释]

①六朝：指三国的吴，东晋，南朝的宋、齐、梁、陈。它们都建都在金陵（今南京）。

②物换星移：言万物变化，星辰运行，光阴过得很快。王

勃《滕王阁序》："物换星移几度秋。"

③ 城是人非：言城郭犹是，人民已非，环境变化得快。《搜神记》："丁令威化鹤归来时唱的歌道：'城郭如故人民非，何不学仙冢累累?'"

④ 今古一枰棋：今古的成败，不过象一局棋罢了。枰，棋盘。

⑤ 北邙（máng）坟：泛指墓地。因为东汉及魏的王侯公卿多葬于洛阳市北的邙山。

⑥ 黍离离：《诗经·王风》有《黍离》篇。内云"彼黍离离，彼稷之穗。行迈靡靡，中心如醉。"是东周的大夫看到故国的宗庙，尽为禾黍，徘徊感叹，而作是诗。

[赏析]

这首散曲写登临故国金陵所见所感，抒发了国家兴亡之慨，揭示历史教训。前三句记叙游历，开篇以"临故国"兴起沧桑之慨，一个"故"字寄托家国之情，饱蘸血泪深情。"认残碑"是一个细节动作，再现了"有处特依依"的神情意态。一"临"一"认"，创设了特定环境，为第三句的抒情做了令人信服的铺垫。"伤心六朝如逝水"化用王安石"六朝旧事随流水"句意，一笔书尽千古沧桑之变，无尽的感叹和悲伤奔泻而下，意味深长。接着夹叙夹议。"物换星移，城是人非，今古一枰棋"，仰观则星辰运行，时序变迁，俯视则古城依旧，人事已非，历史的改朝换代犹如一盘棋，胜败输赢，并无定局。"南柯梦一觉初回，北邙坟三尺荒堆"，讽刺六朝那些荒淫误国的统治者。"南柯梦"比喻享尽荣华富贵的六朝统治者，"北邙坟"借代六朝统治者的坟茔。六朝的帝王大都荒淫无度，整天纸醉金迷，不理朝政，因而总是好景不长。当他们纵情寻欢作乐，沉迷声色之时，往往门外楼头，悲恨相续，落下个丧身亡国的可悲下场。他们富贵奢华，乐极一时，犹如南柯一梦，一觉醒来，已是三尺荒坟，累累白骨，多么怵目惊心！作者在此总结的历史兴亡教训是深刻的，具有讽刺意味和警戒作用，发人深省。最后三句描写金陵古都美丽的自然景色。"四围山护绕"与刘禹锡《石头城》"山围故国周遭在"相似，是写远景；"几处树高低"是用参差绿树点染故都，是写近景。山河景色依旧，而昔日繁华的古城一去不返，如今竟不再有谁发一发故国之思了，这正是作者倍加伤感之处。

这首咏怀古迹的小令，作者从实地凭吊古都遗迹写起，引发自己的感慨，重点在议论。作者的议论步步推进，层层深入，所揭示的历史教训令人厌倦深思。在议论中，又加进自己动作描写、景物描写，虚实结合，对比鲜明，增加了议论的说服力和感染力。

〔双调〕折桂令·咏史

阿鲁威

问人间谁是英雄？有酾酒临江①，横槊曹公②。紫盖黄旗③，多应借得，赤壁东风。更惊起南阳卧龙④，便成名八阵图中⑤。鼎足三分，一分西蜀，一分江东。

[注释]

① 酾酒：薄酒。

② 槊：兵器，马上用的长矛。曹公：曹操。

③"紫盖黄旗"句：紫盖黄旗指云气，古人附会为王者之气的象征。作者认为，虚幻的王者不足凭信，东吴之所以能建立王业，是因为孙权、周瑜赤壁一战，借助东风，火烧了曹军的战船，遏止了曹操的进攻。

④南阳卧龙：指诸葛亮，他胸怀奇才，隐居南阳卧龙岗，徐庶称他为卧龙。

⑤八阵图：《三国志·诸葛亮传》说诸葛亮曾"推演兵法，作八阵图"。

[赏析]

这是一首咏史小令，咏叹三国人物的英雄业绩，歌颂他们的创业精神，抒发了自己渴望建功立业的豪情，含蓄地表达了追慕先贤、大展经纶的宏愿。作者用大开大合的笔法，再现了三国英雄的精神风貌。开头一句设问"问人间谁是英雄？"鲜明地点出题意，是要论说人间英雄，大有俯仰今昔、睥睨千古之气概。以问句冠首，能吸引读者的注意，为全曲铺辟出路径。接着，便分作三小节把魏、吴、蜀的代表人物各个加以讴歌：先化用苏轼《前赤壁赋》"酾酒临江，横槊赋诗"的名句，来歌颂曹操的英雄儒雅。当时已统一了中国北方的曹操，"壮心不已"，挥兵南下，破荆州，取江陵，直趋赤壁。他踌躇满志，临江豪饮，横槊而歌："月明星稀，乌鹊南飞。"这是何等的气慨！接下来，作者以极其简洁的笔墨，仅用十二字来写东吴的孙权、周瑜，赤壁一战，斗智斗勇，借助东风，火烧曹操战船，取得了胜利，创建了帝业。这里没有点明孙权、周瑜的名字，但读过"赤壁""东风"之后，他们那"雄姿英发"的豪杰形象和"谈笑间、樯橹灰飞烟灭"的显赫战绩便跃然纸上。然后用"更惊起"三字带出"南阳卧龙"，化用社甫"功盖三分国，名成八阵图"的诗句，加重语气来歌颂诸葛亮的业绩。他初出茅庐，就按"隆中对策"提出的方略，助吴抗曹，运筹帷幄，大显身手，为三分天下立下奇功，就连英雄盖世的周公瑾也不得不叹服于他。结尾处，作者综括全曲，正面点出就是靠这些彪炳一世的英雄人物，建功创业，才奠定了魏、蜀、吴鼎足而立的局面啊！整首小令，结构严谨，文笔简练，格调雄健，感情高昂，有着燕赵慷慨豪迈之气概，这在元曲中是不多见的。

〔中吕〕朝天曲·董卓①

薛昂夫

董卓，巨饕②，为恶天须报。一脐然出万民膏，谁把逃亡照？谋位藏金，贪心无道，谁知没下梢③。好教，火烧，难买棺材料。

[注释]

① 朝天曲：即《朝天子》，中吕宫常用的曲调，又名《谒金门》。

② 饕：即饕餮，古代传说中一促很凶残的兽类。

③ 下梢：下场，结局。

[赏析]

董卓，这个贪得无厌的大饕，恶贯满盈最终遭天报。肚脐燃出的是千万百姓的脂膏。又有谁能因此而关照走死逃亡的百姓？他阴谋篡位，聚敛财物、贪婪成性，不行人道，怎知道没有好下场，死后尸体被火烧，难得用上棺材料。

董卓是东汉末年的太师，他专横残暴，滥杀无辜，人民恨之入骨。他贪婪成性，横征暴敛，在郿坞里收藏了无数搜刮来的金银财宝，成为无人企及的"巨饕"。后来十八路诸侯讨董卓，他被司徒王允、部将吕布杀死后陈尸示众。人们在他肚脐上点起天灯，由于肉多脂厚，竟然通宵不灭。这首小令，以尖锐犀利的笔触，记述了这件事。小令语言朴实生动，富于讽刺意味，"一脐燃出万民膏"，辛辣地揭露了作恶多端的董太师的可耻下场，表达了人民对贪得无厌、财迷心窍者的深恶痛绝，警告了那些凶横无恩、多行不义的贪官污吏。

〔越调〕凭栏人·无题

徐再思

九殿春风鸸鹊楼①，千里离宫龙凤舟②，始为天下忧，后为天下羞。

[注释]

① 九殿：盘宫大殿深九层。鸸（zhi）鹊楼：汉武帝在甘泉苑所建的三座庞大的观楼之一。

② 离宫：正宫以外供皇帝出巡时休息游乐的宫室。龙凤舟：皇帝皇后专用的游铤。

[赏析]

这首小令有较高的思想性。前两句写"楼"写"舟"，实际说的是汉武帝和隋炀帝的事。汉武帝曾大兴土木，营造富丽堂皇的宫殿，并在甘泉苑建起三座庞大壮观的观楼：供他游玩享乐。隋炀帝更是奢侈无度；他要去扬州赏花，乘大龙舟沿运河南下，令美女拉纤，舟上装潢富丽，劳民伤财，百怨恨不已，终于揭竿而起。曲子通过这两件事，有力地斥责了封建帝王穷奢极侈的生活和靡丽无度的特权享受。后两句表明作者自己看到这种情况后的感慨，不禁为国担忧，并引以为耻。一个"忧"字，一个"羞"字，是全曲的警策之处，读起来发人深思。这首小令简洁自然，含蕴深刻，表现了作者高超的度曲技巧。

〔中吕〕满庭芳·看岳王传①

周德清

披文握武②，建中兴庙宇③，载青史图书。功成却被权臣妒，正落奸谋④。闪杀人望旌节中原士夫⑤，误杀人弃丘陵南渡銮舆⑥。钱塘路⑦，愁风怨雨，长是洒西湖。

[注释]

① 岳王：即岳飞，宋宁宗时追封为鄂王，故称岳王。看岳王传，即看岳飞的传记。

② 披文握武：指文武双全。

③ 建中兴庙宇：岳飞为国竭智尽忠，挫败了金兵的侵略，使宋朝得以中兴。

④ 正落奸谋：落入奸臣贼子的阴谋。

⑤ 闪杀人望旌节中原士夫：弄得中原人民只能遥望宋军撤退，而不能恢复祖国的统一。闪杀：抛闪。旌节：指旌旗仪仗。士夫：宋朝的官员。这句指岳飞破金打至朱仙镇被宋廷召回

的事。

⑥ 误杀人弃丘陵南渡銮舆：奸臣杀害了岳飞，致使大宋皇帝渡江南逃，大片国土沦于金人之手。丘陵：泛指国土。銮舆：代指皇帝，即宋高宗赵构。

⑦ 钱塘：即今杭州。

[赏析]

这首小令是歌颂宋代名将岳飞的名篇。小令四个小段，开头三句破空而来，气势非常雄壮，"披文握武"突兀而起，以"文、武"拟物，烘托出岳飞文武双全、器宇轩昂、雄视一世的英武形象，接着用两格对偶句，高度赞扬了岳飞的不朽业绩，"建中兴庙宇"赞扬他率领将士浴血奋战，收复中原失地，有再建宋王朝宗庙社稷的伟功，"载青史图书"赞扬他的丰功伟绩流芳百世，这三句对岳飞作概括性的评价。第二小段感叹岳飞"驾长车，踏破贺兰山缺。壮志饥餐胡虏肉，笑谈渴饮匈奴血。待从头、收拾旧山河"的时候，"功成却被权臣妒"，一个"却"字笔锋一转，交代岳飞被害的原因，饱含悲愤、痛惜。句中"妒"字十分生动地刻画出奸贼秦桧嫉妒贤能的丑恶嘴脸。岳飞被害当然不仅仅是权臣妒功的的结果，而是以宋高宗赵构和秦桧为首的投降派出于私利不允许人民起来与敌人斗争的结果。"正落奸谋"说明岳飞被召回，是投降派早已设下的一个圈套。这就把矛头暗中指向了最高统治者。这两句指出了岳飞悲剧的根本原因，同时揭示了南宋王朝覆灭的必然性。第三小段写岳飞被害产生的后果。作者饱含感情，用"闪杀人"和"误杀人"两个极其通俗而又生动的词语，分别从朝廷和"遗民"两个角度，描写岳飞惨遭杀害所造成的严重后果：丢弃宗庙南逃，收复失地无望，进一步谴责了以赵构、秦桧为首的投降派的罪恶，表达了作者的爱憎之情。最后三句落笔于岳坟。那"愁风怨雨"所凝聚的，正是千古不灭的民族正气，为忠臣的冤魂长掬一腔热泪。作者痛心岳飞的不幸遭遇，同时痛斥权奸和昏君误国殃民的罪行，这在当时的历史条件下，是难能可贵的。全曲叙事抒情一气呵成，动人心魄。

〔中吕〕满庭芳·误国贼秦桧①

周德清

官居极品②，欺天误主③，贱土轻民④。把一场和议为公论，妒害功臣。通贼虏怀奸诳君⑤，那些儿立朝堂仗义依仁⑥。英雄恨，使飞云幸存⑦，那里有南北二朝分⑧！

[注释]

① 秦桧：北宋末年任御史中丞。靖康初被金人掳去，旋放回，绍兴初任宰相，前后执政十九年。他主张降金，杀害抗金名将岳飞父子，贬逐主战派张浚等多人，后人将他当作卖国奸贼的典型。

② 极品：品位最高的官，指当宰相。

③ 欺天误主：欺瞒、贻误皇帝。天与主，此处均指皇帝。

④ 贱土轻民：轻视百姓，出卖国土。

⑤ 贼虏：指金国。

⑥ 那些儿：哪里是。仗义依仁：施行仁义。

⑦ 飞云：指岳飞及其长子岳云。

⑧ 南北二朝分：金入侵后，南宋偏安一隅，形成金宋对峙

的局面。

[赏析]

这首小令痛斥了以权谋私，祸国殃民的奸贼。南宋卖国贼秦桧，历来为人民所痛恨。这首小令，痛斥"官居极品"的秦桧，不思报国安邦，却明目张胆地欺君戕民，妒害功臣，不仁不义，卖国求荣。骂得痛快淋漓，令人解恨。同时对精忠报国，坚持抗金的岳飞父子被害，造成宋、金对峙的结果，甚是痛惜，愤恨不已。在黑暗的蒙元统治时期，作者能写出这样爱憎分明、充满激情的小令，表现了他的爱国思想和民族意识，反映了他对当时统治者的无比愤恨。

这首小令，感情强烈真挚，血泪交迸，语言铿锵有力，惊天破石，骂得酣畅痛快，使奸邪为之丧胆，具有较强的艺术感染力。

〔双调〕蟾宫曲·昭君

武林隐

天风瑞雪剪玉蕊冰花，驾单车明妃无情无绪，气结愁云，泪湿腮霞。只见十程五程，峻岭嵯峨，停骖一顾①，断人肠际碧离天漠漠寒沙。只见三对两对搠旌旗②，古道西风瘦马，千点万点噪疏林老树昏鸦。哀哀怨怨，一曲琵琶，没撩没乱离愁悲悲切切③，恨满天涯。

[注释]

① 骖（cān）：古代驾在车前两侧的马。

② 搠（shuò）：插。

③ 没撩没乱：当时的口语，形容心烦意乱、恍惚疏离到了极点。

［赏析］

武林隐，生平里籍均不详。这支曲子描绘了昭君出塞步步断肠的情景，抒发了身世家国之恨和故土难离的留恋之情。开篇一句描绘出一幅风大雪急、粉雕玉砌的晶莹"北国雪景图"。一个"剪"字，用拟人化的手法点出了这些美丽的、触目皆是的"玉蕊冰花"，是由"天风瑞雪"精心剪裁雕琢而成的；"瑞"是吉祥之意，它给全句带来欢快气氛；"蕊"和"花"是美的象征，这就极其自然地带出下文，把一个绝色的玉人——昭君衬托了出来。"驾单车明妃无情无绪，气结愁云，泪湿腮霞"，昭君一出场就使气氛陡变，笼罩着一层浓重的哀愁。"驾单车"，在这里强调她的孤单无依。面对蔚为奇观的纷纷瑞雪，她没有半点情趣，思故土的哀愁郁结不散，就像满天阴云，因远嫁的泪水沾湿了她艳如朝霞的面颊。"单车"也好，像愁云"也好，像首句的"瑞雪"一样各自为烘托其不同的意境服务。"只见十程五程，峻岭嵯峨，停骖一顾，断人肠际碧离天漠漠寒沙"，这几句是对昭君出塞的景观描写，"十"和"五"是一个虚写的数字，"十程五程"相当于千里之遥，是以一当十的表现手法；山高岭险，乡里日远，停下车马回眸看时，背后留下的只是碧空下一片寂寞无声的黄沙，怎不叫人悲伤肠断，心寒意冷？"只见三对两对搠旌旗，古道西风瘦马，千点万点噪疏林老树昏鸦"，这段曲句套用了马致远的名句"枯藤老树昏鸦""古道西风瘦马"，在文字上又加增补与铺陈："三对两对搠旌旗"

中的"三""两"，在这里是言其少，作为奉汉皇之命嫁到塞外作妃子的昭君，应当有较大的排场，然而这仪仗不管多么隆重，一旦撒落在漫长的沙漠古道上，也都会显得稀稀落落、三三两两；西风萧瑟，天寒地冻，连日跋涉，连坐马也一天瘦似一天，马尚如此、人何能禁？"千点万点"是形容远处的乌鸦，与前文中的"十程五程"，"三对两对"的字句形成了遥遥的对仗，古人多以鹊鸣写喜，以鸦噪写悲，作者运用夸张手法，进一步写出了昭君的大悲，天色已晚，正是乌鸦归巢的时分，远处那数不清的乌鸦"哑哑"地叫着，像千万个黑点密密麻麻飘入稀疏的枯树林里，这就使四周景色更加萧瑟，与主人公的悲凄心理融为一体。"哀哀怨怨，一曲琵琶，没撩没乱离愁悲悲切切，恨满天涯"，眼前的凄凉，更加重了心中的愁苦，满腹哀怨又向何人诉说？只能借助于手中的琵琶；随着北行愈走愈远，别井离乡之苦就象决堤的河水，从琵琶曲中倾泻出来，萦回在天涯沙海。此曲以昭君出塞为题材，大笔绘景、细腻抒情，景因情变，情借景至，水乳交融，以圆熟的对仗、叠字等艺术手法，以亦俗亦文的语言，又以双调的音响表示出一股呜咽激扬的气势，写得沉郁哀怨，大气苍凉，琅琅上口，让人沉浸在昭君出塞的边关风雪中久久不能自拔。

〔双调〕夜行船·吴宫吊古

杨维桢

〔夜行船〕霸业艰危，叹吴王端为、苎罗西子①。倾城处，妆出捧心娇媚。奢侈，玉液金茎，宝凤雕龙②，银鱼丝鲙；游戏，沉溺在翠红乡，忘却卧薪滋味③。

〔前腔〕乘机，勾践雄图，聚干戈，要雪会稽羞耻④。怀奸计，越赂私通伯嚭⑤。谁知，忠谏不听，剑赐属镂，灵胥空死⑥。狼狈，不想道请行成，北面称臣不许⑦。

〔斗哈蟆〕堪悲，身国俱亡，把烟花山水，等闲无主。叹高台百尺⑧，顿遭烈炬。休觑，珠翠总劫灰，繁华只废基。动情的，때耐范蠡扁舟，一片太湖烟水⑨。

〔前腔〕听启，檇李亭荒，更夫椒树老，浣花池废⑩。问铜沟明月，美人何处？春去，杨柳水殿欹，芙蓉池馆摧。恼人意，只见绿树黄鹂，寂寂怨谁无语。

〔锦衣香〕馆娃宫⑪，荆榛蔽；响屟廊⑫，莓苔翳。可惜剩水残山，断崖高寺，百花深处一僧归⑬。空遗旧迹，走狗斗鸡。想当年僭祭⑭。望效台凄凉云树⑮，香水鸳鸯去⑯。酒城倾坠⑰，茫茫练渎⑱，无边秋水。

〔浆水令〕采莲泾红芳尽死⑲，越来溪吴歌惨凄⑳。宫中麋走草萋萋㉑，黍离故墟㉒，过客伤悲。离宫废，谁避暑，琼姬墓冷苍烟蔽㉓。空园滴、空园滴，梧桐秋雨。台城上㉔、台城上，夜乌啼。

〔尾声〕越王百计吞吴地，归去层台高起，只今亦是鹧鸪飞处㉕。

[注释]

①"霸业艰危"三句：春秋末期，诸侯争霸。吴王夫差在败楚灭越后也曾建立霸业。苎萝西子，指西施，她出生于苎萝山（今浙江诸暨县南），故名。

②"玉液金茎"二句：形容吴王的奢侈生活。玉液，美酒。

金茎，本是汉武帝金人承露盘的铜柱，这里借指珍贵的饮料。宝凤雕龙，疑指华丽的酒器。

③忘却卧薪滋味：吴王阖闾出兵伐越，为越王勾践所败，伤病而死，临终时嘱咐太子夫差，叫他不要忘了勾践杀父之仇。夫差继位后，刻苦自励，三年后报了越仇。卧薪尝胆，本是越王勾践的事，这里借用以表示吴王败越之后就忘了以前的艰苦日子。

④"乘机"四句：指越王乘吴王骄奢之时，操练兵马，要雪会稽之耻。吴王击败越兵，困勾践于会稽（今浙江绍兴），见《史记·越王勾践世家》。

⑤"怀奸计"二句：指越王用财物收买吴太宰伯嚭，使之成为吴国的内奸。

⑥"谁知"两句：指吴王不听相国伍子胥的忠谏，反而赐剑令他自杀。灵胥，即伍子胥，曾助吴王阖闾破楚，又助夫差败越。他自刎后，吴王令人把他的尸首抛在江里。相传每当江潮涨时，他的尸首就逐潮而来，故称为灵胥。屡镂，夫差赐子胥自杀的剑名。

⑦"狼狈"三句：越败夫差，围吴王于姑苏山上。吴王请示北面称臣事越，越王不许，吴王遂自杀。

⑧高台：即姑苏台，在苏州胥门外姑苏山上，为春秋时吴王夫差所建。

⑨"动情的"三句：指范蠡助越王灭吴后，认为越王可以共患难，不可以共安乐，泛舟太湖而去。时耐，原意为难耐。这里是说难得。

⑩"听启"四句：指过去吴越争霸的地方已成废迹。檇李，在浙江嘉兴县西南七十里，勾践击败吴王阖闾处。夫椒，在江

苏吴县西南太湖中，夫差击败越王勾践处。

⑪ 馆娃宫：吴王夫差为西施建造的宫室，在苏州西南灵岩山上，旧有灵岩寺，即其故址。后三句劝友人不要吊古伤今。

⑫ 响屧廊：吴王宫中的廊名。相传以梓板铺地，因西施穿屧过廊时发出声响而得名。

⑬ "断崖高寺"二句：指后人在吴宫旧址上建的灵岩寺。

⑭ 想当年僭祭：指吴王在黄池会诸侯争霸中原事。春秋诸侯会盟，要杀牛祭祀，祭时霸主执牛耳。僭祭：超越本分的祭祀。

⑮ 郊台：即吴越郊台。

⑯ 香水鸳鸯去：指香水溪的鸳鸯已远去了。香水溪，在吴宫中，相传是西施洗浴的地方。

⑰ 酒城：在鱼城之西，原是吴郡的一个城。

⑱ 练渎：在江苏吴县西南。

⑲ 采莲泾：在今江苏吴县城内。

⑳ 越来溪：在今江苏吴县西南，相传越兵由此溪入吴。

㉑ 宫中鹿走：相传伍子胥谏吴王，吴王不听，他感慨说："臣今见麋鹿游姑苏之台也。"

㉒ 黍离：《诗经·王风》有《黍离》篇。《诗序》说："闵（悯）宗周（西周国都，现西安市附近）也。周大夫行役至于宗周，过故宗庙宫室，尽为禾黍，闵周室之颠覆，彷徨不忍去而作诗。"这里借以叹吴国的衰亡。

㉓ 琼姬墓：《吴郡志》："阳山（江苏吴县西）有琼姬墓，吴王女也。"

㉔ 台城：三国吴的后苑城，在江苏江宁县治北玄武湖侧。

㉕ "越王百计吞吴地"三句：李白《越中览古》诗："越王

勾践破吴归，义士还家尽锦衣。宫女如花满春殿，只今惟有鹧鸪飞。"意说越王也走上了骄奢亡国的道路。

[赏析]

春秋后期，南方新崛起的吴、越两个强国，逐鹿中原，为争夺霸权展开了激烈的斗争，结果吴国被越国所灭。作者在这套散曲中，以深刻的洞察力，纵观这一戏剧性的历史演变，抓住史实的本质，着力描写了吴王胜利后骄横奢侈，导致身灭国亡的教训，从而揭示出"骄奢必败"这一具有普遍意义的历史规律。

前两曲集中写吴国灭亡的原因。在吴越争霸中，吴国也曾称雄一时。吴王阖闾即位后，任用楚国亡臣伍员，"与谋国事"，任用孙武，改进军事，便开始成为霸主。公元前496年，吴伐越败于檇李，越兵移至姑苏，吴兵大败，阖闾战伤致死，临终时嘱咐太子夫差不要忘了勾践杀父之仇。夫差继位之后，励精图治，"习战射，常以报越为志"。公元前494年，夫差反攻越兵于夫椒，越兵大败，困勾践于会稽。勾践承认为吴附庸，夫差要越国君臣为吴"臣妾"。这时，夫差便昏昏然起来，他自恃力量强大，勾践不敢东山再起，由刻苦自励转向了骄横奢侈。他迷恋于西施的"捧心娇媚"，进而对她言听计从，他完全忘却了以前的艰苦日子，沉溺在酒色歌舞之中；他不听忠谏，听信谗言，令足智多谋、功勋卓著的伍子胥赐剑自刎。他由一个励精图治的君王变成了一个骄奢淫逸、刚愎自用的昏王。而在这时，越王勾成践表面上对夫差"执礼甚恭，贡纳不绝"，而实际上趁机操练兵马，要雪"会稽羞耻"。他任用范蠡、文种，君臣"卧薪尝胆"，用财物买通吴国太宰伯嚭，使之成为在吴国的内应。经过"十年生聚，十年教训"，越国便富强起来。正当夫差与晋王会于潢池（今河南封丘县），"争为盟主"，"欲霸中国，以全周室"之时，勾践率兵乘机袭取吴都，夫差闻讯赶回，被围于姑苏山上。这时，这个昏王不得不请求称臣事越，却遭到勾践拒绝，最后落得个身亡国灭的下场。"北面称臣不许"寥寥六个字，把夫差的狼狈不堪一笔写尽。作者通过这两支曲子，把夫差由胜利而骄横，由骄横而奢侈，由骄奢而身国俱亡的教训写得既凝练又深刻。这个教训，今天仍有一定的借鉴作用。

《斗蛤蟆》写夫差骄奢的后果。开头从"堪悲"二字入笔，从夫差的被迫自杀身死，写到大片"烟花山水"落于勾践之手，从姑苏台"顿遭炬烈"，写到宫窒殿宇和珠翠宝玉化为尘土，一个曾经败楚灭越的夫差，落得"身国俱亡"，岂不可悲、可叹！骄奢的危害岂不可想而知？在这里，作者没有铺叙冗长的史实，而是通过对典型事物的描写，反映了吴国覆灭的历史悲剧。特别是接下来的三支曲子，作者极写荒凉的遗迹，借景抒情，把主题表现得更为鲜明。《前腔》一曲写吴越曾经鏖战过的槜李、夫椒如今是荒亭、老树；西施曾经活动过的浣花池，如今是废池。面对这荒凉的景象，作者不禁发出了"问铜沟明月，美人何处"的感叹。曲子的最后两句"只见绿树黄鹂，寂寂怨谁无语"，把荒凉的景象与吴国覆灭的悲剧融为一体，意味深长。《锦衣香》一曲，极写吴宫遗迹的荒凉。那金碧辉煌的馆砒宫化成了尘土，杂草灌木把它的遗址也遮盖得看不见了，昔日繁华的宫殿，如今成了"斗鸡走狗"的场所，鼠雀出没的巢穴；曾经用梓板铺地、西施散步足声悦耳的宫廊，如今是杂草覆盖，荆棘遍地。在吴宫遗址修建的灵岩寺，孤零零地立于断崖之上，这里再也没有过去那种歌舞升平的景象了，只见百花深处一位僧人归来。吴王祭天的高台,被"凄凉云树"所遮蔽;西施洗浴的香水溪,鸳鸯已经远去;酒城、练渎也是一派肃杀;"僧人"的意象代表吴国争霸化为"空"。《浆水令》一曲,继续写萧索之景,既写吴宫遗迹的冷落,又写吴国故地的衰败。那采莲泾"已经红芳尽死",毫无生机;那越来溪这潺潺的流水,仿佛是惨凄的的吴歌,那琼姬的坟墓,苍烟笼罩,萧条冷落。晚上,远处传来乌鸦凄厉的叫声,更显得凄凉难耐。曲中的"宫中鹿走草萋萋",既是写吴宫遗迹之萧然,又是写夫差不听忠谏的教训。相传伍子胥谏夫差,夫差不听,他感慨地说:"臣今兄麋鹿游姑苏之台也。"夫差骄奢,落得如此凄惨的结局,作者的感慨是深沉的。《前腔》《锦衣香》《浆水令》三曲,写得悲凉慷慨,富有强热的艺术魅力。作者善于摄取多种景物从各个侧面反映吴国覆灭的历史悲剧性,如:用"亭荒""树老""荆榛蔽""莓苔黳""草萋萋"等写荒凉的远迹,用"寂寂怨无语""花深处一僧归""宫中鹿走""夜乌啼"等加以衬托,使荒凉的景物更增强悲剧的色彩。作者在这短短的三支曲子中,写了十几处吴国遗迹,每处一笔,挥洒而出,写得十分凝练,明代梁辰《浣纱记·泛湖》一出戏文,整段借用了《锦衣香》《浆水令》两曲,由此可见其艺术影响。《尾声》一曲,写越王灭吴以后,也走上了骄奢亡国的道路。在这里,作者着墨不多,但对表现这套散曲的主题却起到了画龙点睛的作用。

隐逸玩世

白雁乱发秋似雪，
清露生凉夜。
扫却石边云，
醉踏松根月。
星斗满天人睡也。

〔南吕〕一枝花·不伏老

关汉卿

〔一枝花〕攀出墙朵朵花①，折临路枝枝柳②。花攀红蕊嫩，柳折翠条柔，浪子风流。凭着我折柳攀花手，直煞得花残柳败休③。半生来折柳攀花，一世里眠花卧柳。

〔梁州〕我是个普天下郎君领袖④，盖世界浪子班头⑤。愿朱颜不改常依旧⑥，花中消遣，酒内忘忧。分茶攧竹⑦，打马藏阄⑧，通五音六律滑熟⑨，甚闲愁到我心头！伴的是银筝女银台前理银筝笑倚银屏⑩，伴的是玉天仙携玉手并玉肩同登玉楼⑪，伴的是金钗客歌《金缕》捧金樽满泛金瓯⑫。你道我老也，暂休。占排场风月功名首⑬，更玲珑又剔透⑭。我是个锦阵花营都帅头⑮，曾玩府游州。

〔隔尾〕子弟每是个茅草岗、沙土窝初生的兔羔儿乍向围场上走⑯，我是个经笼罩、受索网苍翎毛老野鸡蹅蹅的阵马儿熟⑰。经了些窝弓冷箭镴枪头⑱，不曾落人后，恰不道"人到中年万事休"⑲，我怎肯虚度了春秋。

〔尾声〕我是个蒸不烂、煮不熟、捶不匾、炒不爆、响珰珰一粒铜豌豆⑳，恁子弟每谁教你钻入他锄不断、斫不下、解不开、顿不脱、慢腾腾千层锦套头㉑。我玩的是梁园月㉒，饮的是东京酒㉓，赏的是洛阳花㉔，攀的是章台柳㉕。我也会围棋、会蹴踘、会打围、会插科、会歌舞、会吹弹、会咽竹、会吟诗、会双陆㉖。你便是落了我牙、歪了我嘴、瘸了我腿、折了我手，天赐与我这几般儿歹症候㉗，尚兀自不肯休㉘。则除是阎王亲自唤，神鬼自来勾。三魂归地府，七魄丧冥幽㉒。天哪！那其间才不向烟花路儿上走㉓。

[注释]

①〔一枝花〕属套数首牌。出墙朵朵花：伸出墙外的花朵。宋人叶绍翁《游园不值》有"春色满园关不住，一枝红杏出墙来"，后来"出墙的花朵"常比喻行为不轨的风情女子。

②临路枝枝柳：路边的枝枝柳条。唐代敦煌曲子词《望江南》写妓女的感叹，其中词句有"我是曲江临池柳，这人折了那人攀，恩爱一时间"。

③直煞得：直熬得，直弄得，这里指降服美女。

④〔梁州〕次牌。郎君：古代女子对丈夫的称呼，妓女借用来称呼嫖客。

⑤班头：行业首领，第一人。

⑥朱颜：年轻的容颜。南唐李煜《虞美人》："雕栏玉砌应犹在，只是朱颜改。"

⑦分茶：流行于宋代的一种饮茶方法。把茶叶进行加工，碾成细茶末。取适量，在茶盏中调成膏状，然后将沸水注入盏中；与此同时，用竹制的茶筅或者银制的茶匙在盏中搅动茶膏，上下回环击拂，使盏面泛起雪白的乳花，出现奇异的水波纹。乳花细密，保持时间长，水纹变幻奇特，则说明分茶的手法高超。随着饮茶方式的改变，分茶技艺在元代之后失传。㩧（dié）竹：一种游戏，将竹签放在竹筒中，颠动竹筒，使某支竹签跳出，根据签上标记决定输赢。

⑧打马：产生于北宋时期的一种棋类游戏，有博彩性质。棋子为马，根据所掷骰子的点数和色样，决定棋子在棋盘上的

走法。藏阄（jiū）：一种多人竞猜游戏，源于"藏钩"。参与人分成两组，以某个小物件为"阄"（钩），一组藏，一组猜阄所在的位置，猜中为赢。阄可以藏在某一个人手里，也可以在本组不同人之间秘密流动，以迷惑对方。

⑨ 五音六律：古代对于音阶及乐音标准的称呼。宫、商、角、徵（zhǐ）、羽为五音，黄钟、大蔟（cù）、姑洗、蕤（ruí）宾、夷则、无射（yì）为六律。这里泛指音乐修养。

⑩ 银筝女银台前理银筝笑倚银屏：与下文"玉天仙""金钗客"两句同义，都是指在装饰华丽的居室中，与美女相伴，珠围翠绕，弹琴、唱歌、饮酒……尽情享受。理：弹奏。

⑪ 玉天仙携玉手并玉肩同登玉楼："玉天仙"释义同⑩。

⑫ 金钗客歌《金缕》捧金樽满泛金瓯："金钗客"释义同⑩。《金缕》，即《金缕衣》，唐代曲子，佚名唐诗《金缕衣》："劝君莫惜金缕衣，劝君惜取少年时。花开堪折直须折，莫待无花空折枝。"金瓯（ōu）：金质酒杯，这里是对酒杯的美称。

⑬ 占排场风月功名首：在风月场中名声赫赫，占据首位。

⑭ 更玲珑又剔透：形容人圆滑世故，能左右逢源、八面玲珑，是风月老手，即元曲中所谓的"水晶球"。元杂剧《逞风流王焕百花亭》："水晶球，铜豌豆，红裙中插手，锦被里舒头。"乔吉〔南吕〕《一枝花·杂情》："本待做曲吕木头车儿随性打，原来是滑出律水晶球子怎生拿。"

⑮锦阵花营都帅头：花枝招展的妓院里的统帅。

⑯〔隔尾〕曲牌名。子弟每是个茅草冈、沙土窝初生的兔羔儿乍向围场上走：嫖客们像小兔崽子刚刚进入打猎场，没见过世面。子弟每：即子弟们，妓院、娱乐场所的客人及演员都可称作子弟，这里指嫖客。围场：围起来供打猎的场所，这里

暗指妓院。

⑰ 我是个经笼罩、受索网苍翎毛老野鸡蹅踏的阵马儿熟：我像那经受过笼子和网捕捉的老野鸡，经验丰富，到处都混得熟。苍：老。蹅（chá）踏：踩踏。阵马儿：破阵的马，指围场打猎时的形势，比喻妓院里的各种情形。

⑱ 窝弓冷箭鑞枪头：指在风月场所里，所受到的各种刺激、挑拨甚至摧残。

⑲ 恰不道：却不道，难道没听说。

⑳〔尾声〕，套曲中最末一曲的泛称，亦有称"尾""收尾""余文""结音"的。铜豌豆：形容人圆滑世故、门道精熟，在元曲中与"水晶球"同义，指风月老手。

㉑ 锦套头：锦绣织成的笼头，指妓院里拉拢嫖客的各种伎俩、圈套。

㉒ 梁园月：梁园的月色，指豪华园林里的美景。梁园：汉代梁孝王营造的宫殿及苑囿，又称"兔苑""兔园"，规模宏大，方圆三百余里，其中的奇花异木、珍禽佳兽，不可胜数。

㉓ 东京酒：东京的美酒。东京：宋代的都城汴梁。汴梁在洛阳东边，为东京；洛阳为西京。

㉔ 洛阳花：洛阳的名花，指国色天香的牡丹花。宋人欧阳修《洛阳牡丹记》："牡丹……出洛阳者，今为天下第一。"

㉕ 章台柳：章台是汉代长安城的街名，此处多妓院，故"章台"指游冶之地。章台柳，指美艳妓女。唐人许尧佐《柳氏传》与孟棨《本事诗·情感一》均讲述了韩翊与柳氏的悲欢离合故事，韩翊寄与柳氏的诗曰："章台柳，章台柳，昔日青青今在否？纵使长条似旧垂，也应攀折他人手。"

㉖ 蹴鞠：一种踢球游戏，战国时开始流行，唐宋时期盛行，

是有史料记载的最早的足球运动。球用皮制成，中间有填充物。踢球竞技的方式多种多样。打围：本义是狩猎，有一种骨牌游戏，也称"打围"。插科：戏剧表演中插入滑稽逗乐的表演。插科打诨经常连用，指故意用动作、语言引人发笑。咽作：唱歌。双陆：一种棋类游戏，按掷出的骰子色样移动棋子。

㉗ 歹症候：糟糕的疾病，指上文的落牙、歪嘴、瘸腿、折手。

㉘ 尚兀自：尚且，尚自。

㉙ 三魂归地府，七魄丧冥幽：指死亡。道教认为人有三魂七魄，据《云笈七签》卷十三，三魂分别为胎光、爽灵、幽精；据《云笈七签》卷五十四，七魄分别为尸狗、伏矢、雀阴、吞贼、非毒、除秽、臭肺。

㉚ 那其间：那时候。烟花路：风流路，指妓院。

[赏析]

关汉卿是中国文学史上一位伟大的戏剧家，是元代最杰出的一位"书会才人"。关于他的生平事迹存留下来的很少。据钟嗣成《录鬼簿》记载，他是"大都人，太医院尹，号已斋叟。"元末朱经的《青楼集·序》记载："我皇元初并海宇，而金之遗民若杜散人、白兰谷、关已斋辈，皆不屑仕进，乃嘲风弄月，留连光景。"可知关汉卿生于金末，由金入元，年代大约与杜善夫、白朴相近，他卓绝的智力，雄豪的性格，纵横的才气，磅礴的情感，在他的散曲、戏剧中不难窥见。但是，时代巨变，江山易主，蒙元对士人的压制，使他沦落到社会底层，一生浪迹江湖，流连勾栏瓦肆，愤世嫉俗。这篇《不伏老》是关汉卿带有自述心志性质的著名套曲，最能体现他鲜明的个性、性格、经历和思想，历来为人传颂，被视为关汉卿散曲的代表作。

这首套曲，作者用玩世、谑世的口气，表达了他对整个封建规范的蔑视和辛辣嘲弄，勇敢地把世俗藩篱踩在脚下，毅然选择自己独立的生活方式；以文人个体特色的方式与强大的封建上层建筑相颉颃的凛然正气；展露出"天地开辟，亘古及今，自有不死之鬼在"（钟嗣成《录鬼簿序》）的新的人生意识。正是在这首套曲中，作者的笔触将我们带进了这样意蕴深广的心灵世界。

在套数首牌〔一枝花〕中，作者以夸张放诞的语言，公开宣称自己是"折柳攀花""眠花卧柳"的风流浪子，得意地炫耀自己"摧花败柳"的"泡妞"手段，活色生香地炫示自己所"泡"之"妞"的美艳。显然，作为一个戏剧家，关汉卿与艺妓之间不可避免地有事业上的亲密接触，但在关汉卿的杂剧作品中，我们可以看到，关汉卿对那些被侮辱、被损害的女性深表同情，对戕害妇女的娼妓制度有所揭露；他让处于社会底层的人物在戏剧舞台上嬉笑怒骂，激荡着不甘屈服的情绪和反抗精神，赢得了人民群众的广泛喜爱，这就足以证明他不同于那些生活糜烂的狎客，也不是生活放浪的颓废。作者的这种情调实质上是对世俗观念的嘲讽和自由生活的肯定。当他的盖地才情在所谓仕宦的正途上找不到出路的时候，他又不愿意像一般文人那样过着噤若寒蝉的隐居生活，便把生命的出口投放在风月场。在他炫示"折花"手段的背后，何尝不是无奈悲怆的泪水？在花艳柳鲜的盛宴背后，何尝不是人生的大荒凉？混迹于花柳丛中的"热闹场"的人，其实是最孤寂、最凄凉的人，是另一种"醉"。关汉卿故意高扬与世俗伦理道德背道而驰、甘冒天下之大不韪"折柳采花"的行为，是对封建统治阶级制定的所谓礼法的对抗，是对束缚生命的重重枷锁的冲击。"浪子风流"，就是他的自我标榜。"浪子"，本是放荡不羁的形象。既然是"浪子"，还顾忌什么呢？在此更带有一种不甘屈辱和我行我素的意味，因而结句写道："半生来折柳攀花，一世里眠花卧柳。""半生来"，是对作者自己"偶倡优而不辞"（《元曲选序》）生涯的概括；"一世里"，则是表示了他将在一生中的着意追求。

在第二支曲子〔梁州〕中，关汉卿进一步"高唱"自己的"玩主"形象。娼妓、戏子，不是最让人看不起的下三滥职业吗？人们不是瞧不起"书会才人"吗？他偏就夸耀自己"是个普天下郎君领袖，盖世界浪子班头"。"普天下""盖世界"的夸张，极其鲜明地表明他鄙弃功名的态度，不仅如此，作者还炫耀自己风月场中的种种浪漫生活，炫耀自己种种"不务正业"的"玩技"，毫无顾忌地大把大把挥霍生命时光，不难发现，在这貌似诙谐佻达中，是对黑暗现实的嘲谑、对世俗观念的蔑视和自我存在价值的高扬。但是，作者并非只是一个"玩主"，他把"占排场"视作"风月功名"之首，是严肃地将"编杂剧，撰词曲"作为自己的事业和理想，"更玲珑又剔透"是他对艺术境界的追求；〔隔尾〕中"我怎肯虚度了春秋？"再次表达了作者珍惜时光并甘愿为理想献身的坚定信念！这支曲子，作者采用欲扬先抑的手法，用貌似浪子的"玩主"形象反衬对理想事业的追求，作者要把自己的身影长长地留给后世。

如果说，前三支曲在情感的骚动中还只体现了作者的外在心态，那么在〔尾〕曲中，作者的愤激之情倾泻而下，内在的精神力量逼人而至，使全曲的感情达到了高潮。这支曲子五个小段可分为三层。第一层第一小段，他自比"一粒铜豌豆"，

"铜豌豆"原本是个妓院里的术语，关汉卿用"蒸不烂、煮不熟、捶不匾、炒不爆、响铛铛"这一串掷地有声的词语来修饰，使"铜豌豆"成为傲骨与豪情的象征。在这一气直下的五串衬字中，体现了一种为世不容而来的焦躁和不屈，喷射出一种与传统规范相撞击的愤怒与不满，体现了不向黑暗势力屈服，不向艰难困苦低头的精神。这是我们民族很可贵的传统。第二层第二、三小段，充分表现了他的多才多艺，对生活和艺术的无限热爱。元末熊自得编纂的《析津志·名宦传》中说关汉卿"生而倜傥，博学能文，滑稽多智，蕴藉风流，为一时之冠"。《祁州志》也说他"高才博学"。关汉卿自我炫才是对自我价值的肯定和自信，对压制人才的黑暗现实的强烈不满。第三层第四、五小段，作者用夸张放诞的语言，向社会、向世俗的偏见挑战，表示了要坚持走自己的生活道路的坚韧决心。这里的"向烟花路儿上走"，主要是指从事于戏剧创作和戏剧活动。既然他有了坚定的人生信念，就敢于藐视一切痛苦乃至死亡；既然生命属于人自身，那么就应该按自己的理想完成人生，坚定地"向烟花路儿上走"。这种对人生永恒价值的追求，对把死亡看作生命意义终结的否定，正是诗中诙谐乐观的精神力量所在。关汉卿一生创作了60多个剧本，现存18个，此外还有大量的散曲作品，今存小令62首，套曲十四套。其创作数量之多，质量之高，在已知的240余位元代剧作家中是首屈一指的。在当时民族压迫与阶级压迫都很沉重的时代，关汉卿的胸中奔流着对黑暗社会的反叛之情，强烈的冲动、豁达的胸襟促使他使用一种滑稽佻达的口吻，似真似假，似嗔似怒，在夸张的语言中透露了他的不平之气，表现了他那桀傲不驯的性格。

这首散曲在艺术上达到了炉火纯青的境界。作者娴熟地运用排比句、连环句，造成一种气韵铿锵的艺术感染力；熟练运用元代俗语、口语，大量添加衬字，形成向前流泻的激越节奏；交替使用长短句，形成疾风密雨，急促粗犷，铿锵有声，极为有力地表现出作者激情澎湃的感情。全曲一气直下，然又几见波折，三支曲牌中"暂休""万事休"等情绪沉思处，也往往是行文顿挫腾挪、劲气暗转处，读来如睹三峡击浪之状，浑有一种雄健豪宕、富于韵律的美感。

〔黄钟〕人月圆·卜居外家东园^①

元好问

一

重冈已隔红尘断^②，村落更年丰。移居要就^③：窗中远岫^④，舍后长松。十年种木，一年种谷，都付儿童。老夫惟有：醒来明月，醉后清风。

二

玄都观里桃千树^⑤，花落水空流。凭君莫问^⑥，清泾浊渭，去马来牛^⑦。谢公扶病^⑧，羊昙择涕^⑨，一醉都休。古今几度，生存华屋，零落山丘^⑩。

[注释]

① 人月圆：黄钟调曲牌名。卜居：择定居所。外家：母亲的娘家。

② 重冈：重重叠叠的山冈。红尘：这里指繁华的社会。

③ 要就：要去的地方。

④ 远岫：远山。

⑤ "玄都"句：唐刘禹锡《戏赠看花诸君子》："玄都观里桃千树，尽是刘郎去后栽。"玄都观，唐代长安城郊的一所道观。

⑥ 凭：请。

⑦ "清泾"二句：语本唐杜甫《秋雨叹》："去马来牛不复辨，浊泾清渭何当分。"清泾浊渭，泾、渭皆水名，在陕西高陵县境汇合，泾流清而渭流浊。

⑧ 谢公：谢安（320—385），东晋政治家。在桓温谋篡及符坚南侵的历史关头制乱御侮，成为保全东晋王朝的柱石。孝武帝太元年间，谢安受到会稽王司马道子的排挤，出镇广陵。不久患病还都，入西州门，因大志未遂，深自慨叹，怅然谓所亲曰："吾病殆不起乎！"果病卒。

⑨ 羊昙：谢安之甥，东晋名士。羊昙曾受到谢安的器重，谢安死，他"辍乐弥年，行不由西州路来因大辟误入西州门，诵曹植诗曰：'生存华屋处，零落归山丘！'"（《箜篌引》）恸哭而去。

⑩ "生存"二句：三国魏曹植《箜篌引》："生存华屋处，零落归山丘。"言人寿有限，虽富贵者也不免归于死亡。

[赏析]

这是元好问〔黄钟〕《人月圆·卜居外家东园》的同题小令，共二首。元太宗十一年（1239年），饱经战乱的元好问携妻带子回到故乡秀荣（今山西沂县），其时金朝已亡，生母张氏已久故，"外家"人物零落殆尽。这时他已五十岁，过起了遗民生活。大半生漂泊挣扎，已让他心身憔悴；想要在国破家亡、战火频仍的元初，找寻一个安身之地并不容易。因此"卜居"

并不是选择居处这么简单，而是关系着他今后何去何从的大事。

第一首小令，作者先写为什么要选择外家居处，居处有一带"重冈"隔断了"红尘"。"红尘"指闹市的飞尘，但结合元朝的统治，在作者心目中有复杂的新意味，这是不难领会的。一个"已"字表现了作者的选择：抛弃十丈"红尘"的喧嚣。"晚年惟好静，百事不关心"，作者为生命做减法，把争名夺利的纷扰"齐抛闪"。更可喜的是，"村落更年丰"，一个"更"字表达了作者的欣悦之情。有平安，有饭吃，还求什么呢？作者把自己人生的欲望放到了最低点，从反面可以看出，当时的时势已不允许人有更多的欲求。尽管如此，作者仍不失优雅的气质："窗中远岫，舍后长松。"在淡泊幽静中而"松"之苍劲、高洁，隐然展现了作者不堕"红尘"的节操。移居到这幽静的乡居环境中，作者做什么呢？"十年种木"也罢，"一年种谷"也罢，这些生计上的事务，这些警世的格言，"都付儿童"，让下一辈、再下一辈去操心，去实践吧！作者倒是洒脱，无官一身轻，"老夫惟有：醒来明月，醉后清风。"清风明月醒复醉，看似悠闲，实则一腔酸楚，满腹忧愤。曲子的第一节用貌似洒脱、闲适的气息反衬自己的悲酸心情。

第二首小令，首二句化用刘禹锡诗，一方面感慨金朝在蒙元的打击下迅速消亡的惨痛，另一方面从主观上反思金朝盛衰兴亡的主观原因。刘禹锡的《戏赠看花诸君子》和《再游玄都观》讽刺了当时打击新运动的新贵和当权者，那么，金朝的消亡当与此类似。由于种种原因，作者不愿意直接说出反思的结果，却劝人家不要问"清泾浊渭，去马来牛"，欲言又止，欲吐又吞，使人倍感沉痛。接着，作者用"谢公扶病，羊巧挥涕"的故事借古喻今，却以"一醉都休"自我麻醉，自我解脱。然而这毕竟是解脱不了的，因而又想到羊昙吟诵过的那两句诗，不禁悲从中来，发出无人能够解答的疑问："生存华屋，零落山丘"，这种令人恸哭的事，从古到今，究竟有多少次了？不难想象，元好问在金亡之后回到阔别二十多年的故乡，田园寥落，亲友凋零，屋宇犹存，居人已逝的惨象，经常会闯入他的眼帘，触发他的愁思。作者虽然用了羊昙的典故，但所表现的却不仅是一般的存殁之戚和知己之感，而是具有社会乱离的广阔内涵，因而更能激动人心。

〔双调〕拨不断

马致远

酒杯深①，故人心，相逢且莫推辞饮。若歌时我慢斟②，屈原清死由他恁③。醉和醒争甚？

［注释］

① 酒杯深：把酒杯斟得很满。

② 歌：这里指即席吟诗或放声歌唱。

③ 由他恁：由他去。恁，如此。

［赏析］

此为马致远〔双调〕《拨不断》一组小令中的一首。端起满满的酒杯开怀畅饮，难忘那故人的一片真心，今日相逢请别推辞，尽情地喝吧。你要唱歌时让我慢慢把酒斟，屈原为了坚持清白节操而自殉由他去吧。醉了的人和清醒的人还争什么？

这首小令以"饮酒"为题材，但意不在酒，表达了不愿忠诚于元朝统治者，宁愿醉隐得乐的思想。小令共三小段。第一小段用殷情劝酒的形式，以"酒杯深"兴起"故人心"，表达朋友之间的深厚情谊。"相逢且莫推辞饮"，唯以"酒"为事，隐含笑傲风月，国事莫论，功名莫提，荣枯莫问的意思，表达对现实的不满和失意。今朝有酒需尽欢，但求一醉，遥引尾句。第二小段更深入一层，以虚拟反意入手，进一步凸显对待"酒"的态度。作者引入新的意象"歌"。"歌"代表的是欢乐，"若歌时我慢斟"是得乐且乐，深深沉醉在"酒"中，不在乎醉不醉，与屈原"众人皆醉我独醒"的用意相反。因此，轻快洒脱地甩出一句"屈原清死由他恁"。作者认为屈原以"清流"自居，为统治者殉国实在不值，以屈原故事寄托自己不愿效忠元朝的思想。尾句关锁全曲。在"醉"与"醒"中，作者选择了"醉"，认为屈原与渔父争论"醉"与"醒"纯属多余，简直是笑谈。曲尾似在谈"酒"论"醉"，实则鞭挞了黑暗不堪的现实，简洁有力，真如"豹尾"。小令中讥笑屈原的一句，散曲中时有出现，意在借批评屈原的"轻生"与"独醒"，或以显示达观，或者愤世疾俗，不可作贬抑屈原的理解。其实，作者的本意何曾想长醉不醒呢？通篇不过是愤懑至极的反语。

〔越调〕清江引·野兴

马致远

一

东篱本是风月主①，晚节园林趣。一枕葫芦架②，几行垂杨树。是搭儿快活闲住处③。

二

樵夫觉来山月底④，钓叟来寻觅⑤。你把柴斧抛，我把鱼船弃。寻取个稳便处闲坐地。

[注释]

① 风月主：在这里是借代，代整个大自然。

② 一枕：一排、一溜儿之意。

③ 搭儿：一处地方的意思。

④ 山月底：月亮已经落到山了。

⑤ 钓叟：渔翁。

[赏析]

此为马致远〔越调〕《清江引·野兴》二首小令。

第一首：我本来是大自然的主人，晚年的志向、爱好在于寄趣园林。在院子里种一排葫芦架，在门前栽几行垂杨柳。这真是一个快乐的世外仙境。

这是一首隐居休闲小令，抒发了对田园生活的热爱。小令开头一小段总领，作者以"风月主"自居，表现了洗尽世俗功名利禄之后，对大自然的热爱；"园林趣"是作者晚年的情趣和怀抱，而这种心绪和怀抱正是作者从坎坷、漫长的仕途中亲身体会出来的。第二小段具体描写"园林趣"。作者用无处不在的"诗眼"，信手拈来两种景物。"葫芦架"体现了农家劳动之美，"垂杨树"表现了自然之美。正因为并不刻意追求的取景，反而使农家小院的风光显得更加令人喜爱。最后一句点化风景之美，总束全曲，照应"风月主、园林趣"而留下悠悠不尽、忘情物外之趣。小令随手铺洒点染，寥寥几笔，就描绘出一帧清新、恬淡、安宁的农家院落的小画，折射出社会的复杂和污浊。小令结构清晰，语言朴素明快，特别是用元代口语入曲，使全曲显得更加生动活泼。

第二首：山中砍柴的樵夫一觉醒来月亮已经落下去了，渔翁登上山来找他。他对樵夫说，你把那砍柴的斧子扔了，我好把那渔船丢弃。一起去找个安安静静没人打扰的地方闲坐着。

这首小令描绘了隐居率性自然、放任天真的生活片段，表现了避祸全身、超然物外、与天地自然混合为一的真趣。第一小段，樵夫醒来而月落，一醒一落，纯真自然，表现了樵夫不受世俗拘束，没有俗务打扰，身心全然放松的随性状态。而月落之时，天尚未明，钓叟已经来找他：又一个随性自然、无拘无束的人！"寻觅"反见樵夫隐居深山，不是常人随便能找到的。于千万人中"觅"你，可见二人志趣相投，心意相通，二人的交往绝非世俗的势利之交，泛泛之徒。从曲子一开头他们的反常之举就可以看出，他们绝不是一般的"樵夫、钓叟"，而是两个隐士。第二小段选取一个动作细节，用"把柴斧抛，把鱼船弃"，反衬二人心志相投，感情默契。"柴斧、鱼船"是谋生的工具，二人一见而"抛弃"，说明他们在意的、关心的，绝不是柴米油盐等俗务，而是另有重要得多的事。最后一句有两处双关语，"稳便处"暗指远祸全身之处，事实上是没有一个"稳便处"让他们"闲坐着"。他们这种"闲坐"之举，虽然落脚点有逃避现实之嫌，但其思想锋芒是难以掩饰的。

这首小令采取叙事手法，一开头就把读者带入一个朦胧的特定环境和超尘拔俗的情趣之中。作者运用留白艺术，给读者丰富的想象空间。樵夫为何月落而醒？钓叟因何来找樵夫？二人一见面因何抛弃了各自的斧头、渔舟？他们谈了什么？作者将其隐而秘之，留给读者想象，反而增加了小令的容量。作者有意让樵夫、钓叟出现在这种没有开始、也没有结局，无始无终的永恒状态中，既鲜明又含蓄地表达了作者出世的心志情思，又也折射出蒙元专制统治的严酷。

〔双调〕寿阳曲·厌纷①

李爱山

离京邑，出凤城②。山林中隐名埋姓。乱纷纷世事不欲听，倒大来耳根清净③。

[注释]

① 寿阳曲：曲牌名。又称《落梅风》《落梅引》。

② 京邑：这里指东城。凤城：亦指京城。据说秦穆公之女弄玉吹箫，箫声引来凤凰降于京城，因称丹凤城，后来便以凤城泛指京城。

③ 倒大来：极大。

[赏析]

李爱山，生平、里籍均不详。这首曲子的开头破空而来，又连用两个三字句，并以两个动词领起同一个对象，这种喷涌叠起，急促难收的笔势，便将主人公那种愤极而去，义无反顾的神刻画得栩栩如生。出离京城之后往何处去？去干什么呢？答案立即顶上。"山林中隐名埋姓"。既不瞻前顾后，也无彷徨迟疑，如此干脆利落，则深思已久，熟虑于心，自不待言。这前三句一泻而下，动作连贯，意向明确，情绪亦溢满字里行间。但终究给人留下了一个悬念，那就是究竟为什么要如此坚决离京归隐呢？原来是为了"乱纷纷世事不欲听，倒大来耳根清净"。这两句一写"厌"，一写"求"，一反一正，相辅相成，"不听"方可"清净"，"清净"只有"不听"。话虽不多，可谓尽意尽言，直截了当，毫不含糊。这与诗中之"怨而不怒"，词中之含而不露，是大异其趣的，而这正是曲的风味吧。

这首曲子采取层层倒叙的写法，先写人物的"动向"，后写"动因"，亦即先果后因的笔法。先果，动态强烈，引人注目，又能留下悬念，发人思索；后因，谜底揭开，意向鲜明，正反相衬，深化了主题。这样篇幅虽短，而无一眼见底之弊，却又有一气呵成，愈进愈深之妙，其思致之缜密精巧。此曲题为"厌纷"，"纷"，自然是文中所说的"乱纷纷"的"世事"，它唱出了作者心中的不满与愤慨。

〔中吕〕朝天子·归隐

汪元亨

住茅舍竹篱，穿芒鞋布衣，啖霍食藜羹味①。两轮日月走东西，搬今古兴和废。蕙帐低垂②，柴门深闭，大斋时犹未起③。叹苏卿牧羝④，笑刘琨听鸡⑤，睡不足三竿日。

[注释]

① 藿食：粗劣的饭食。藜羹：用藜菜做的羹，泛指粗劣的食物。

② 蕙帐：帐的美称。蕙，用芦苇或茅草盖的屋顶。

③ 大斋：正餐。

④ 苏卿牧羝：即苏武牧羊。苏武奉命以中郎将持节出使匈奴，被扣留。匈奴贵族多次威胁利诱，欲使其投降；后将他迁到北海（今贝加尔湖）边牧羊，扬言要公羊生子方可释放他回国。苏武历尽艰辛，留居匈奴十九年持节不屈。至始元六年（前81年），方获释回汉。此处指苏武因王事而遭受困厄。

⑤ 刘琨听鸡：用"闻鸡起舞"事。一次半夜，祖逖听到鸡叫，叫醒刘琨道："此非恶声也。"意思是，这是老天在激励我们上进，于是与刘琨到屋外舞剑练武。刘琨后来累迁至并州刺史。永嘉之乱后，318年，刘琨及其子侄四人被段匹磾杀害。此处指刘琨为建功立业而终遭杀身之祸。

[赏析]

汪元亨，字协贞，号云林，又号临川佚老。饶州（今江西波阳县）人，为元代后期曲家。这支小令抒写作者甘于过隐居清贫的生活，表达了"明哲保身"的思想。全曲四小段，抒写了两层意思。前三小段写甘于过隐居清贫的生活，最后一小段写隐居的原因。第一小段从住的、穿的、吃的三个方面写隐居的清苦生活，虽然简陋贫困，作者却感到很满足。第二小段写作者精神的富足。"两轮日月走东西"即任时光流失，一心无挂，无忧无虑，那种自由自在的精神畅扬；"搬今古兴和废"显示了作者才学的渊博，暗含对权势者的讥讽和时势变迁的预感。这两句隐喻人寓居在时光的缝隙，人生短促，不如顺遂生命，保持精神的快乐的思想。第三小段描绘了一帧作者隐居生活的小画。"帐"以"蕙"修饰，足见作者用精神的富足超越贫困的物质生活；"低垂、深闭"是隐居的形象描写，隐含着远祸全身的思想，也是对统治者排斥心理的写照。第三小段引用苏武和刘琨的典故，含蓄地表达了在当时的时势下，所谓在朝为官，所谓建功立业的雄心壮志，只能受辱惹祸，故结句说："睡不足三竿日。"结尾这句话描绘了一幅隐士高卧的图画，表达了与其立功于朝，不如食足而卧，无拘无束，悠闲自在的隐居。这支小令用朴质的语言，照亮了平淡生活的诗意美，从这个意义上说，语言确实是心灵的拐杖和精神的激光灯。

〔正宫〕**鹦鹉曲** · 山亭逸兴

冯子振

嵯峨峰顶移家住①，是个不唧口留樵父②。烂柯时树老无花③，叶叶枝枝风雨。

〔幺〕故人曾唤我归来，却道不如休去。指门前万叠云山，是不青蚨买处④。

[注释]

① 嵯峨：山势高峻的样子。

② 不唧口留：不伶俐、不精细。此句一作"旦暮见上下樵父"。

③ 烂柯：传说晋代王质入山砍柴，见二童子在下棋。童子

给他一颗枣核大的东西，含在嘴里就不觉得饥饿。不一会儿，一局棋下完，王质回头一看，砍柴的斧柄已经腐烂了。他回到家，原来已经过了一百年。见南朝梁任昉《述异记》。树老无花：指百年老树，不会开花了。

④"指门前"两句：是说门前青山，不用花钱买，尽可供自己欣赏。云山：一作"青山"。青蚨，传说中的虫名，形如蝉，生子必依草叶。取其子，母即飞来。如果用青蚨母虫和子虫的血分别涂在钱上，到市上买东西时，或付母钱，或付子钱，各自都能飞回。见晋干宝《搜神记》。后因以"青蚨"指代钱。

[赏析]

这支小令表达了作者追求大自然美好生活和蔑视世俗社会的强烈愿望。前两句以"樵夫"自比，樵夫把家搬到嵯峨的峰巅居住，他是个不合时流，不愿随世俗浮沉的隐者，表现了对世俗的批判。三四句以老树自况，作者山顶上看到一棵百年老树，老树已经不会开花了，它的枝枝叶叶遭受了多少凄风苦雨的摧残？受了多少磨难？在元朝异族的统治下，知识分子深受思想钳制之苦，"叶叶枝枝风雨"就表达了这种无处不在的摧残。五六句运用对比表达了对自然生活的热爱，对元朝黑暗统治和世俗追逐富贵名利生活的鄙弃。最后两句进一步阐明为何"不如休去"：你看这门前万叠青翠山峦和满空缤纷彩云，是不要花钱买的最美住处，表达了作者对钱的蔑视，对青山白云的自由、美好生活的向往。这首小令前四句写人写树，即景抒情；后四句与故人相问答，直抒胸臆，表达了对人生和理想生活的理解和追求。全曲风格较豪放，写出了作者超逸豪迈的意兴和气概，读之逸兴遄飞。

〔中吕〕普天乐·柳丝柔

滕 宾

一

柳丝柔，莎茵细①。数枝红杏，闹出墙围。院宇深，秋千系。好雨初晴东郊媚②。看儿孙月下扶梨。黄尘意外③，青山眼里，归去来兮。

二

翠荷残，苍梧坠。千山应瘦，万木皆稀。蜗角名，蝇头利④。输与渊明陶陶醉，尽黄菊围绕东篱⑤。良田数顷，黄牛二只，归去来兮。

[注释]

① 莎茵：像毯子一样的草地。莎，即莎草。茵，垫子、席子、毯子之类的通称。

② 媚：娇美。"数枝"二句：这是化用《玉楼春》"绿杨烟外晓寒轻，红杏枝头春意闹"和叶绍翁《游园不值》"春色满园关不住，一枝红杏出墙来"等诗句。院宇深，秋千系：这两句是从冯延巳《上行杯》"罗巾莫遮香，柳外秋千出画墙"和欧阳修《蝶恋花》"庭院深深深几许""乱红飞过秋千去"等诗句中脱胎而来的。

③ 黄尘：暗用唐令孤楚《塞下曲》："黄尘满面长须战，白

发生头未得归。"指官场上的风尘。

④ 蜗角名，蝇头利：比喻极微小的名利。

⑤ "输与"二句：陶渊明，性嗜酒，又爱菊。陶陶，和乐的样子。

[赏析]

滕宾，生卒年不详，元代著名散曲作家。滕宾〔中吕〕《普天乐》共十一首，皆以"归去来兮"煞尾，此选其中二首。

这两首小令描绘了一幅优美恬静动人的田园画，抒发了抛弃官场名利、获得自由、诗意人生的愉悦之情。第一首写春景。采用移步换景的写法，由院内而郊外，由观白日春光明丽而赏月下耕作，写归田后春日赏心悦目之美。开篇以"柳丝、莎茵"的"柔、细"，为全曲定下了亲切、喜爱的感情基调。以绿衬红，"数枝红杏，闹出墙围"有"春色满园关不住，一枝红杏出墙来"之妙，更多出喧腾、热闹的生机。深深的庭院里，把秋千系，流溢着含饴弄孙的喜悦，洋溢在和悦的春光里。更喜春雨如油，好雨初晴，东郊多美丽。月夜野外明如白昼，看儿孙在月下耕田，更是惬意的一景。"黄尘意外，青山眼里"对仗工整，"青山眼里"悠然无挂碍；"黄尘意外"，忘官场之羁绊。第二首写秋景。"翠荷残，苍梧坠。千山瘦，万木稀"，并非不美；在一个挣脱人生羁绊、内心充盈的人看来，它们都焕发着独特的美。"残、坠、瘦、稀"，用词准确，变化多姿，各尽其态，曲尽其美。写景之后转入议论。"蜗角名，蝇头利"，直抒胸臆。许由以天下为小，庄子以相位可鄙，以生命的短暂和人的本性而论，名利实微不足道，又怎可自入"笼中"？又焉能被其"拘捕"？"输与渊明陶陶醉，尽黄菊围绕东篱"，以世俗所看重的荣华富贵相比较，陶渊明采菊东篱的悠然自得，无所欲求的天真任性，更宝贵百倍。"陶陶"，以叠词突出内心富足的乐趣；"尽"，言无蝇营狗苟之腥臭，无机诈算计之倾轧，无富贵加身之累赘；其富在"尽黄菊围绕东篱"，其贵在"陶陶醉"。最后三句，抒发作者的愿望："良田数顷，黄牛二只。"欲望小了，满足就大了，幸福感也随之而来。故作者再次得出结论："不如归去。"这结尾的一笔犹如豹尾，简洁有力；前后两次反复，呼吁挣脱人生羁绊，保性全真，获得生命的大自在，大喜悦。

人生几度春秋。这两首小令写春又写秋，深意蕴含其中。春之荣华，秋之萧瑟，在内心如此充盈、快乐的人眼里，无处不适，无有不美。至此不难明白，作者写春光之美，秋菊之乐，说"不如归去"，都是为了反衬元朝官场的黑暗。

〔双调〕殿前欢·省悟

李伯瞻

去来兮！黄鸡啄黍正秋肥。寻常老瓦盆边醉①，不记东西。教山童替说知②，权休罪③，老弟兄行都申意。今朝溷扰④，来日回席。

[注释]

① 寻常：常常。

② 教：叫。

③ 权：姑且，暂且。休罪：不要怪罪。

④ 溷扰：烦扰；打扰。

[赏析]

李伯瞻，蒙古名彻彻干，又作薛彻干。汉名岊，字伯瞻，号熙怡。居于龙兴（今江西南昌市）。其散曲多写其淡泊情怀，表现对官场的冷漠和对归隐生活的向往。李伯瞻出身显赫家世，其曾祖父曾为西夏国主。李伯瞻自己曾官至翰林直学士、阶中义大夫，但这首小令把平常家居生活和寻常的人情往来写得极富诗意。

回到乡里去吧，金秋时节，林里的黄鸡饱啄禾黍正肥美。常常在老瓦盆边喝得大醉，走路迷迷糊糊辨不清东和西。只好教书童向老弟兄们告罪：请你们别怪罪，了解我的心意，今日打扰了你们，明日一定设酒席回请你们各位。

开头以"去来兮"三字冠首，那种挣脱官场枷锁，无官一身轻的愉悦扑面而来。二三两小段以"黄鸡、黍、老瓦盆"发掘平常生活的清淡朴素之美，显得特别醇厚。一"肥"一"醉"表达了对日常生活的喜爱，连"不记东西"都透着忘情物外、浑然可爱的醇厚美。最后两小段用"老僧拉家常"的口气，表达了醇厚的人情美。全曲语浅情浓，如话家常，读来甘厚温馨，让人感到平淡生活中蕴藏着深厚的幸福。

〔双调〕凌波仙①

钟嗣成

菊栽栗里晋渊明，瓜种青门汉邵平②。爱月香水影林和靖③，忆莼鲈张季鹰④。占清高总是虚名。光禄酒扶头醉⑤，大官羊带尾撑⑥，他也过平生。

[注释]

① 凌波仙：曲牌名，又名《凌波曲》《水仙子》《湘妃怨》等。

② 栗里：晋代作者人陶渊明曾居江西九江陶村西的栗里，"采菊东篱下，悠然见南山"写的就是他当时辞官（彭泽令）归去来后，寓居于此的情景。汉邵平：汉初，故秦东陵侯部平赡居乡里，在长安城东青门种瓜，瓜味甚美，世称"东陵瓜"。

③ 月香水影林和靖：北宋诗人林逋（卒谥和靖先生）隐居西湖孤山，赏梅养鹤，终身不仕，亦不婚娶，后人称其"梅妻鹤子"，他的杰作《山园小梅》中有传诵古今的名句："疏影横斜水清浅，暗香浮动月黄昏。""月香水影"即是这一名句的概括，也是他隐逸生活的写照。

④ 莼鲈张季鹰：西晋文学家张翰，字季鹰，齐王司马冏执政，任为大司马东曹掾。张翰知道司马将败，又因秋风起，思念故乡菰菜、莼羹、鲈色脍，遂辞官回乡（江苏苏州）。

⑤ 光禄酒：疑为御酒。南朝梁置光禄卿，北齐以后称光禄寺卿，主要掌管皇室的膳食，唐改为司宰寺卿，后又复旧称，专掌酒醴膳馐之事，历代沿置。

⑥ 大官羊带尾撑：疑为蒙古族的一种传统游戏娱乐活动。

[赏析]

钟嗣成的〔双调〕《凌波仙》二首选一。借讴歌隐逸来否定现实的黑暗之作比比皆是，这首小令却别出心裁，通过隐逸来否定黑暗的现实，构思新颖。本曲前四句列举四位典型的隐者，代表了四种品格类型。作者用极为简洁的语言点出他们的生活特征，或赞他们的悠然陶然，或赞他们的水月胸襟，或赞他们的卓识预见，或赞他们的高风亮节。然而在这潜藏着同情与肯定的同时，又进行了毫不犹疑的批判："占清高总是虚名"。清高洁白诚然如是，但他们生前过的无非是凄凉的日子，只能给后世留个虚空的名声，也隐含着作者对他们无奈处境的同情和理解，对人生认识的悲哀：功名富贵是短暂的，隐逸遁世也是虚空的。后四句的意思是：你看人家那些饮着光禄美酒，天天在醉乡中昏天黑地度着岁月，把肥墩墩的官羊提着尾巴撑在手中戏耍的人们，不是活得非常自在吗？这两句暗含讥讽，指斥元代统治者骄奢淫逸的生活，作者其实是说反话，在表面的肯定中蕴藏着彻底的否定和抨击，是这首曲不同凡响的艺术特征。作者似乎是在黑暗的中国中世纪中探索着一种新的人生哲学和人生道路：在齐物虚无的背后，迸发着反抗斗争的火星。

〔双调〕清江引·秋居

吴西逸

白雁乱飞秋似雪，清露生凉夜①。扫却石边云，醉踏松根月。星斗满天人睡也②。

[注释]

① 白雁：白色的雁。雁多为黑色，白色的雁较为稀少。宋彭乘《墨客挥犀》："北方有白雁，似雁而小，色白，秋深到来。白雁至则霜降，河北人谓之霜信。"

② 松根月：指地面靠近松树树根的月光。

[赏析]

吴西逸，生平、里籍不详。《太和正音谱》评其词"如空谷流泉"。成群的白色大雁好似秋天里飞起雪片，清冷的露珠使秋夜更凉。扫去石边的云雾，踏碎松下的月影，醉意正浓，在满天星斗之下睡入梦乡。

在这首曲中，作者追求的是远离污浊的尘世，回到大自然的怀抱，保持高雅的情操，读之令人俗念顿消。前两句描绘了一幅雅洁清莹的秋景图，前句写白天，后句写夜晚。雁以黑雁居多，此处写白雁，与夜晚的"清露"一起构成一幅明净的清秋图。白雁飞秋雪的景象奇特而美丽，显然加进了作者的想象，一个"乱"描绘出白雁像白雪缤纷的令人目眩之美。果然，三四句就出现了主人公。"石边云""松根月"是对高山奇特景观的采撷，宛如不食人间烟火的仙境。"扫却、醉踏"描绘出主人公淡泊宁静、仿佛神仙的山居日常生活；"醉踏"，写出了人物醉态可掬的形象，看来他的"醉"不是借酒浇愁，而是十足的闲适和陶醉。最后一句，用天上"星斗满天"烘托山上"睡的人"，表现主人公隐居自得自乐、安闲自在、心旷神怡的神仙生活。此曲用自然的洁白清莹反衬世俗的黑暗污浊，用"扫云"、"踏月"、睡在满天星斗中烘托主人公的高洁情操。全曲意境优美，剪景奇丽，有超凡拔俗、自抱高洁的旨趣。

〔双调〕蟾宫曲·自乐

孙周卿

草团标正对山凹①，山竹炊粳②，山水煎茶。山芋山薯，山葱山韭，山果山花。山溜响冰敲月牙③，扫山云惊散林鸦。山色元佳④，山景堪夸，山外晴霞，山下人家。

[注释]

① 草团标正对山凹：茅屋挂的幌子正对着山凹。

② 山竹炊粳（jīng）：用山间野竹烧饭。粳：米不粘为粳。

③ 山溜响：山间泉流叮咚作响。溜，小股水流。

④ 元佳：美好。元：美。

[赏析]

孙周卿〔双调〕《蟾宫曲·自乐》二首选其一。茅屋北倚青山，面对山凹。吃的是山竹烧炊粳米饭，喝的是山水煮山茶，还有山芋山薯，山葱山韭，山果山花。山上冻结的冰溜子被风折断发出的响声，如同是冰敲月牙发出的声音。打扫院子的时候，云气氤氲，好像扫云，惊散了林中的乌鸦。山外晴霞满天，山景值得夸赞，山下房舍尽收眼底。

这首小令表现了山林隐居的闲适情趣。偌大山景，从何处写起呢？作者选择了自己住的茅屋，这是作者安身立命之所，也是一切山景的出发点。山居生活条件简陋，但作者认为其中自有一番真趣。从饮食方面来说，有取之不尽的山竹可以炊饭，有清冽甘醇的泉水可以煎茶，而这饭，用的不是陈仓老米，而是刚刚收获的新谷，所以香气格外诱人；这茶，也不是等闲之物，而是层峦叠嶂之间朝云暮霭滋润而成的云雾茶，即被称为"云腴"的珍品。有这样的饮食，作者觉得是一种极大的享受。接着作者列举了一连串的山野之物，夸赞之意流溢纸面。作者这样写，不仅表现了山中资源丰富，心灵的丰盈，精神的富足，而且通过这简朴的山中之物，凸显山中古朴醇厚的人情世态。"山果山花"是过渡句，"山果"可供食用，"山花"可供观赏，因此下文由饮食之乐转入景物之乐的描写。"山溜"句写山间泉水叮咚作响，犹如冰敲月牙一般。古人常以"敲冰戛玉"形容乐声的清脆，这里作者更发奇思，设想以透明的冰杖去敲击那玉盘一般晶莹的月亮，其声响该是何等铿锵悦耳？这里运用通感的修辞手法，用泉水的响声反衬山间的静谧。"扫山云惊散林鸦"仍是写山间的宁静，但角度又有变换。唐权德舆诗有"石磴扫春云"之句，刘乙诗有"扫石云随带"之句，这里作者大约也在清扫石磴，因为云气氤氲，所以扫磴犹如扫云一般。清扫石磴的声音本来是不大的，居然惊得林鸦四散飞起，可见这山谷之间是何等空寂幽深。而林鸦飞起时那"扑腾腾"的振翅声，更反衬出空山幽壑之间的静谧气氛。末四句总写山景，收束全篇。作者仰观山外晴霞，指点山下遥望可见的房舍，全身心沉浸在这如诗如画的大好山色里。这首小令每句都有"山"字，属于曲之俳体中的"嵌字体"，作者的安排颇具匠心，强调了"山"在作者生活中的无处不在，突出了作者的生活充满自然情趣，作者山居生活的爱山恋山、怡然自乐的心情。

〔双调〕拨不断·闲居

吴仁卿

泛浮槎①，寄生涯，长江万里秋风驾。稚子和烟煮嫩茶②，老妻带月匏新鲊③。醉时闲话。

[注释]

① 泛浮槎：指泛舟漫游。

② 和烟：置身炊烟之中。

③ 匏：蒸煮。鲊：腌渍的鱼。

[赏析]

吴仁卿〔双调〕《拨不断·闲居》，共四首，此处选一。这组小令的曲题"闲居"一作"闲乐"。坐一叶小舟江海泛游，寄托短暂生涯，万里长江秋风潇洒。幼小的孩子和着烟煮嫩茶，老妻带着月光蒸煮新鲈，喝醉时快快乐乐说闲话。

这首小令表达了退隐江湖，远离名利场，抒发了享受平凡生活之乐。全曲三小段，第一小段表达甘愿远退隐江湖，享受不受名利羁绊之乐。"泛浮槎"，《博物志》云："天河与海通，近世有人居海渚者，每年八月，有浮槎去来不失期。"深化了作者不愿混迹世俗，甘心退隐江湖的思想。"寄生涯"流露出不喜世俗官场，宁喜江湖山林之意。"长江万里秋风驾"具体描绘了挣脱名利羁绊的自由自在之乐。第二小段描述了充满天伦之乐的情景。前句动静相生，"嫩茶"与"稚子"相映衬，显得清新喜人，"和烟"烘托出一副充满人间烟火味的乐景；后句天上的月亮照着地上的"老妻炮新鲈"，"老妻"与"新鲈"相反衬，使"老妻"更醇厚可爱，使"新鲈"更新鲜可喜。这两句剪辑两幅平淡的生活琐事，却写得极富人情美，画境美。"老妻、稚子、煮茶、新鲈"都是在行进的船上，"和烟、带月"也一定与这个情境有关，因此给人以别开生面之感。最后一句写作者已几分醉意，与家人说着闲话。"醉、闲"二字传神地勾勒出作者此时悠闲自在的神情。这是一幅多么和谐、温馨、淳朴的"闲乐图"，简直进入了没有美丑、和平宁静的"桃花源"式的境界。作者以之反衬名利场的龌龊无情的用意很明显，但也表明细如流水的日常生活中蕴含美感，值得人们珍惜。

〔越调〕天净沙·鲁卿庵中①

张可久

青苔古林木萧萧②，苍云秋水迢迢③。红叶山斋小小。有谁曾到? 探梅人过溪桥④。

[注释]

① 鲁卿: 作者的友人，一位隐居山寺的隐者。

② 萧萧: 风吹树林木摇动的声音。此处形容冷清幽静。

③ 迢迢: 高、远貌。

④ 探梅人: 指作者自己。梅，比喻高士。

[赏析]

这首小令通过对友人山斋的描写，表达对隐居山中的"鲁卿隐"的礼赞，也表现了作者由衷的向往之情。这是一个深秋，作者来到友人居住的深山。这里背山临水，作者看见山上一株株古树萧萧，树上爬满了青苔；因为处于森林之上，天上的云也显得更青，苍云低回，使这里的环境更加清幽。一江清澈的秋水从门前向远方流去，把人的视线牵向山外，拓展了画面层次。这两句从宏观上描写友人居处的大环境。第三句写友人的山斋。作者没有描写室内设施，而以"满山红叶"掩映山斋，把山斋烘托得热烈而富有诗意。因为"红叶满山"，因此山斋显得更小；而山斋的"小"，使舍内的氛围更显温馨、祥和，可以想见主人的热情、周至。"有谁曾到?"不直接说自己"曾到"，而出以问句，意含深刻。既写出了友人山斋的幽深难找，又表达了作者对友人山斋的赞美和向往，还含蓄地批评统治者"遗落"贤人于此山林。最后一句写作者通过溪桥，向友人的山斋走去。作者自称"探梅人"，既显作者的风雅，也是对友人的称赞。"梅"是实指，也是友人人格的象征。而"探梅人走过溪桥"本身就是一幅画。作者采用大处泼墨，小处点染，烘托映衬，层层添加的方法，把友人的居处写得富有诗情画意。如最后一句，在前面描绘友人山斋处古木之中，掩映在满山红叶之下，添加上"溪桥"，使画面掩映多姿，宛如一幅淡远幽雅的山水画。小令对写山斋环境的描写，实际上是对友人形象的描写，也是作者赞美隐居生活的真情流露。

〔双调〕落梅引

张养浩

野鹤才鸣罢，山猿又复啼。压松梢月轮将坠①。响金钟洞天人睡起②。拂不散满衣云气。

[注释]

① 压松梢月轮将坠：月亮仿佛压着松悸落下。

② 响金钟洞天人睡起：响金钟，指山寺中传来钟鼓声。洞天人，仙人，此处指世外人。

[赏析]

此为张养浩〔双调〕《落梅引》六首小令之一。这首小令描写山居生活，抒发了退隐后悠然自得的心情。小令用"寓静于声""动中显静"的手法描给了一幅幽静的境界。"鹤鸣"

"猿啼"是写所闻,"松梢""月轮"是写所见,"响金钟"又是写所闻。这样错落地把当时的环境描写得十分幽美。从表面上看,这里洋溢着一片热闹,实际上正是这些喧闹烘托出了山居的寂静。作者写"鹤""猿啼""月轮""晨钟",正是为了表现山居生活的清淡远渺、高雅而又孤寂。从这些描写中,很自然地体味出一种恬静的气氛和作者远离宦海以后的心境。